Dieses Buch ist ein unmoralisches Angebot. Denn es bedient von der ersten bis zur letzten Seite ein menschliches Bedürfnis, das gelegentlich in Verruf gerät: Schadenfreude. Anderen passiert ein Missgeschick – wir lachen, heimlich oder hemmungslos. Darf man das? Der Autor dieses Buches ist davon zutiefst überzeugt. Missgeschicke sind eindeutig eine Bereicherung für unser Leben, vor allem die Missgeschicke der anderen. Wie wäre das Leben ohne Pannen? Unvorstellbar glatt und damit langweilig. Peinliche Momente bedeuten auch, etwas gewagt und die Routine durchbrochen zu haben. Blamagen sind oft der Anlass, an sich selbst zu arbeiten. Und die schönsten Geschichten schreibt immer noch das Leben. Von der Putzfrau bis zum Politiker – es kann natürlich jeden treffen.

Hinrich Lührssen ist Geschäftsführer der Fernsehproduktionsfirma Studio Bremen Hinrich Lührssen GmbH, die Reportagen und Berichte für alle Fernsehsender, aber auch für Online- und Printmedien anfertigt.

Hinrich
Lührssen

Hallo?! Holt mich hier raus!

Vom Mann, der sich selbst einmauerte, und andere kuriose Missgeschicke

Rowohlt
Taschenbuch
Verlag

Originalausgabe
Veröffentlicht im Rowohlt Taschenbuch Verlag,
Reinbek bei Hamburg, Dezember 2012

Umschlaggestaltung ZERO Werbeagentur, München
(Umschlagabbildung: FinePic®, München)
Satz aus der Concorde, PostScript, InDesign,
bei Pinkuin Satz und Datentechnik, Berlin
Druck und Bindung CPI – Clausen & Bosse, Leck
Printed in Germany
ISBN 978 3 499 62988 4

Inhalt

Vorwort

Dieses Buch ist ein unmoralisches Angebot. Denn es bedient von der ersten bis zur letzten Seite ein menschliches Bedürfnis, das gelegentlich in Verruf gerät: Schadenfreude. Anderen passiert ein Missgeschick – wir lachen, heimlich oder hemmungslos. Darf man das? Ist das überhaupt politisch korrekt? Der Autor dieses Buches ist davon zutiefst überzeugt. Missgeschicke sind eindeutig eine Bereicherung für unser Leben, vor allem die Missgeschicke der anderen. Und auch über die eigenen Pannen können die meisten von uns lachen, allerdings ist dafür manchmal ein gewisser zeitlicher Abstand erforderlich.

Die meisten Pechvögel machen gern das Schicksal für ihr (hoffentlich kurzfristiges) Unglück verantwortlich, für Wissenschaftler hingegen liegen die Ursachen meist bei den Betroffenen selbst.

Wie wäre das Leben ohne Pannen? Unvorstellbar glatt und damit langweilig.

No risk, no fun. Peinliche Momente bedeuten auch, etwas gewagt und die Routine durchbrochen zu haben. Blamagen sind oft der Anlass, an sich selbst zu arbeiten. «Unsere Fehlschläge sind oft erfolgreicher als unsere Erfolge», wusste schon Industriepionier Henry Ford.

Die schönsten Geschichten schreibt immer noch das Leben. Die hier geschilderten Pannen kann sich kein Drehbuchautor oder Filmproduzent ausdenken, zu absurd und unberechenbar sind die Situationen, in die manche Zeitgenossen hineingeraten. Von der Putzfrau bis zum Politiker – es kann natürlich jeden treffen.

Wie der Mann, der sich aus Versehen selbst einmauerte und aus dem eigens geschaffenen Kellerverlies nicht mehr entkam.

Oder der Hausbesitzer, der auf der Jagd nach Mäusen seine eigenen vier Wände niederbrannte. Und die Kassiererin, die versehentlich immer ihre schweren Brüste auf der Waage mitwog. Oder das italienische Ehepaar, das sich auf einer Kreuzfahrt für Homosexuelle wiederfand. Und schließlich der Pilot, der nicht wusste, dass sein Mikrophon noch eingeschaltet war, als er seine Passagiere als «Schwule und Omas» bezeichnete.

Übrigens hält sich fast jeder fünfte Deutsche für einen chronischen Pechvogel. Laut derselben Umfrage haben von 1000 Befragten im Alter zwischen 25 und 60 Jahren immerhin 60 Prozent in ihrem Leben schon mal eine Phase erlebt, in der grundsätzlich alles schiefging. Jeder Vierte glaubt, dass es geborene Unglücksraben gibt. Bei Frauen sollen Pannen oft aus einem geringen Selbstwertgefühl heraus entstehen, bei Männern liegt es eher an Selbstüberschätzung, haben Wissenschaftler herausgefunden. Zufall oder nicht: In diesem Buch haben von Männern verursachte Pannen ein deutliches Übergewicht.

Für Pannen gibt es keine Grenzen – deshalb widmet sich ein Kapitel auch den schönsten Missgeschicken der letzten Jahrzehnte aus aller Welt. Da ist zum Beispiel der Fall des amerikanischen Flugpassagiers, der an Bord einen alten Bekannten entdeckte und ihn mit den Worten «Hi, Jack» begrüßte. Das wurde vom Bordpersonal irgendwie missverstanden.

Oder die schwedischen «Weight Watchers»-Teilnehmer, die bei ihrem ersten Treffen durch den Holzfußboden krachten.

Langjährige Pannenforscher wie der Autor dieses Buches unterscheiden in Patzer, Pannen, Missgeschicke und Blamagen. Patzer sind kleine Pannen, können schon richtig ärgerlich sein und auch verbal verursacht werden. Ein bewährter Lieferant auf der politischen Ebene war in den vergangenen Jahren Bayerns ehemaliger Ministerpräsident Edmund Stoiber. Ein Beispiel: «Ich weiß, was es heißt, Mutter von drei kleinen Kindern zu sein.» Manchmal geschieht so ein politischer Patzer aber auch aus voller Absicht, um sich ins Gespräch zu bringen. So wie bei der Forderung nach einer «Ausweispflicht für Haustiere» oder dem «Autobahn-Verbot für Singles».

Die Panne ist im Vergleich zum Patzer schwerwiegend und kann Karrieren vernichten. Zum Beispiel, wenn man als Minister den falschen Briefbogen benutzt. Oder bei seiner Doktorarbeit abschreibt und sich dann erwischen lässt.

Eine Panne, und damit kehren wir zu den Vorteilen zurück, ist immer auch ein magischer Moment. Von einer Sekunde zur anderen ist alles anders, der geplante Ablauf empfindlich gestört. Die Gedanken überschlagen sich: Wie konnte das bloß passieren? Wie komme ich am besten aus der Nummer wieder raus? Das Überstehen einer Panne stärkt zweifellos Reaktionsfähigkeit und Entschlusskraft. Und die nächste Panne wartet schon …

Dann gibt es noch das Missgeschick. Sprachlich ist es eng verbunden mit dem «Ungeschick». Es ist selbst verschuldet, häufig verbunden mit totaler Selbstüberschätzung. Wie bei der 16-jährigen Thessa aus Hamburg, die versehentlich den falschen Button drückte und damit eine Serie hemmungsloser Massenpartys in allen Ecken der Republik in Gang setzte.

Und schließlich gibt es die Blamage. Das Wunschbild von sich selbst stimmt in diesen Fällen mit der Bewertung durch andere überhaupt nicht überein, so die Sicht von Psychologen. Eine persönliche Katastrophe in einer Leistungsgesellschaft, in der alle in allen Situationen immer gut aussehen wollen. Gerade aus Blamagen kann man aber eine Menge lernen, um es beim nächsten Mal besser zu machen.

Patzer, Pannen, Blamagen, Missgeschicke – in diesem Buch ist alles drin. Vielleicht sogar neue Pannen, die erst beim Schreiben entstanden sind, wer weiß? Pannen sind jederzeit möglich und menschlich.

Der Autor dieses Buches hat sich jedenfalls redlich bemüht,

die Sammlung und Erforschung von Pannen in der jüngeren Zeitgeschichte entschieden voranzubringen.

Und wünscht seinen Lesern möglichst wenige eigene Pannen und viel Vergnügen beim Lesen.

«Wenn es mehrere Möglichkeiten gibt, eine Aufgabe zu erledigen, und eine davon in einer Katastrophe endet oder sonst wie unerwünschte Konsequenzen nach sich zieht, dann wird es jemand genau so machen.»

Murphys Gesetz

Die Redaktion der Zeitschrift «Neue Welt» (wöchentliche Auflage: 230 000 Exemplare) wusste es zuerst, vor allen anderen und absolut exklusiv: «Victoria – Hurra, ein Junge!», war auf dem Titelblatt über die Niederkunft der schwedischen Kronprinzessin Victoria zu lesen. Erst einen Tag später bekam die Kronprinzessin tatsächlich ihr Kind – ein Mädchen.

Mit einer Stan-Laurel-Karnevalsmaske überfiel eine 41-Jährige in Berlin eine Bank. Sie erbeutete zwar knapp 20 000 Euro, vergaß auf der Straße aber, die Maske wieder abzunehmen. Bis zum Eintreffen der Polizei wurde sie von Passanten festgehalten.

Vom Ruhm des Spielfilmes «Keinohrhasen» von Til Schweiger wollte der Tierpark Limbach-Oberfrohna profitieren. Das niedliche Keinohr-Kaninchen «Til» sollte der neue Star des Tierparks werden. Doch die Karriere des Kaninchens endete, bevor sie begann. Beim Pressetermin wurde «Til» von einem Kameramann aus Versehen tot getreten.

«Ich mache gleich Kacka in meine Hose.»

Bruce Darnell in der ProSieben-Sendung: «Germany's Next Topmodel»

«Brüh im Licht dieses Glückes.»

Sarah Connor singt die deutsche Nationalhymne beim Eröffnungsspiel von Bayern München gegen die deutsche Nationalmannschaft

«Ein fröhliches und gesegnetes Osterfest!»

Die «Esslinger Zeitung» auf der Titelseite ihrer Weihnachtsausgabe

Zwei britische Vogelliebhaber haben sich jahrelang gegenseitig für Eulen gehalten. Die Nachbarn ahmten Abend für Abend den Schrei einer Eule nach. Und freuen sich über die prompte Antwort auf ihre Lockrufe. Erst ein zufälliges Gespräch ihrer Ehefrauen sorgte für Aufklärung. Die Ehefrauen erzählten sich von dem abendlichen Treiben ihrer Männer. Da wurde allen klar, dass die Eule keine Eule war.

Schon Monate vor der nächsten Landtagswahl ist die niedersächsische Landesregierung baden gegangen. Bei einem Ausflug mit dem Drachenboot «Struppi» während einer Klausurtagung kenterten Ministerpräsident David McAllister und mehrere Minister im elf Grad kalten Zwischenahner Meer. Knapp 20 Politiker mussten von Rettungsschwimmern der DLRG geborgen werden.

Der niedersächsische Ministerpräsident hatte zuvor als Trommler am Bug gesessen und den Klassiker der Seemannslieder «Wir lagen vor Madagaskar» angestimmt. Minuten später lagen die Politiker stattdessen im Wasser.

«For you. Vor Ort.» Mit diesem denglischen Werbeslogan warb die Drogeriekette «Schlecker». Ein Unternehmenssprecher begründete die Kombination aus Deutsch und Englisch so: «Dieses Motto sollte die durchschnittlichen Schlecker-Kunden, die niederen bis mittleren Bildungsniveaus zuzuordnen sind, ansprechen.» Der durchschnittliche Schlecker-Kunde war schlau genug, daraufhin im Durchschnitt viel weniger bei «Schlecker» einzukaufen, die Drogeriekette musste Insolvenz anmelden.

Der weltweit erste und bislang auch einzige «Trauer-Drive-in» ist in Los Angeles eröffnet worden. Wer für die Trauer um Verstorbene eigentlich keine Zeit hat oder ungern zu Fuß geht, kann jetzt aus dem Auto heraus Abschied nehmen, ohne auszusteigen. Einfach reinfahren, kurz ein letzter Gruß und wieder rausfahren.

Sein Haus, sein Boot, seine Frau – innerhalb von 24 Stunden hat ein 69-jähriger Brite alles verloren. Der Hobbysegler kenterte mit seiner Yacht. Nach seiner Rettung teilte ihm seine Frau mit, dass sie sich nach 33 Ehejahren trennen möchte. Für das gemeinsame Haus habe sie bereits einen Käufer.

Solche Großeltern wünscht man keinem Kind: Bei einem Ausflug ins Sauerland haben ein 72-jähriger Großvater und seine Frau ihre kleine Enkelin im Kofferraum vergessen. Auf einem Parkplatz rief das Kind so laut, wie es konnte, um Hilfe, Passanten alarmierten die Polizei. Gegenüber den Beamten erklärte der Opa, seine neunjährige Enkelin habe um eine Fahrt im Kofferraum gebeten. Nach dem Parken hätten sie nicht mehr an das Kind gedacht.

Nach seinem Abschied aus dem Bundestag nahm der ehemalige CDU-Generalsekretär Laurenz Meyer zwölf Kilo ab. Der Grund war nach seiner Aussage: weniger Alkohol.

Ein peinlicher Fehler ist dem Bundespresseamt bei der Erstellung der Presseschau für Bundeskanzlerin Angela Merkel passiert. Statt «Stühle rücken» war im Inhaltsverzeichnis der Überschriften der vorgelegten Presseartikel zu lesen: «Stühle ficken».

Ein 28-jähriger Amerikaner aus Knoxville, Tennessee, hat beim zuständigen Standesamt die Ehe mit seinem Ford Mustang GT beantragt. Er sei von den Frauen enttäuscht, begründete er seinen Antrag. Sein Auto habe ihn dagegen noch nie im Stich gelassen.

«Dies ist ein Überfall», stand auf dem Zettel, den in Wuppertal ein Bankräuber über den Schalter schob. Der Bankmitarbeiter drehte den Zettel um – es war ein Briefbogen mit Name, Adresse und Telefonnummer des Bankräubers. Weil eine Flucht somit sinnlos war, ließ sich der Bankräuber an Ort und Stelle von der Polizei verhaften.

Mit einem Strumpf über den Kopf und in seiner Uniform überfiel ein Bundeswehrsoldat eine Bank. Trotz der Maske konnte er umgehend ermittelt werden: Auf seiner Uniform prangte sein Namensschild.

Wie gemein die Welt sein kann, erfuhr ein 34-jähriger Düsseldorfer nach einem Unfall. Er war von einem Autofahrer angefahren, aber dann liegen gelassen worden. Als er einen Passanten um Hilfe bat, klaute der sein Fahrrad und fuhr ebenfalls weg.

«Zugunsten meines Mandanten muss sich auswirken, dass er alles verloren hat, sogar seine eigene Frau.»

Aus dem Plädoyer eines Verteidigers in einer Gerichtsverhandlung in München. Seinem Mandanten wurde vorgeworfen, seine Ehefrau umgebracht zu haben

Die größten Dussel in der langen Geschichte des Verbrechens sind vermutlich zwei Räuber aus Kanada. Nach dem Überfall auf eine Tankstelle in Vancouver verfuhren sie sich bei ihrer Flucht. An der nächsten Tankstelle fragten sie nach dem Weg – es war genau die Tankstelle, die sie kurz zuvor überfallen hatten. Die Polizei war gerade eingetroffen und konnte beide verhaften.

«Was sind Sie von Beruf?»

«Verbrecher.»

«Ich meine: Was haben Sie gelernt?»

«Verbrechen!»

Dialog zwischen Richter und Angeklagtem vor dem Landgericht München

Stolz ließ sich David Dopp aus Utah in den USA mit seinem Hauptgewinn bei einem Preisausschreiben fotografieren: ein nagelneuer Lamborghini, 280000 Euro teuer. Auf dem Heimweg kam er mit dem teuren Flitzer in einer Kurve ins Schleudern und landete im Graben. Der Hauptgewinn hatte nur noch Schrottwert.

Das gesamte Dorf war außer sich vor Freude. Der gut 720 Millionen Euro schwere Jackpot ging bei der spanischen Weihnachtslotterie in das kleine Dorf Sodeto. Nur einer bekam nichts ab: Der griechische Dorfbewohner Costis Mitsotakis hatte sich als Einziger im Dorf kein Los gekauft. Als ein paar Nachbarn wie seit Jahren üblich von Haus zu Haus gezogen waren, um die Lotterielose zu verkaufen, hatten sie vergessen, auch an seiner Tür zu klopfen.

Den teuersten Rasierapparat aller Zeiten hat Amazon angeboten. Durch einen Fehler bei der Datenübertragung lag der Preis für einen Rasierer von Braun zeitweise bei 4210202380269 Euro – über vier Billionen Euro. Nach einigen Stunden wurde das Gerät wieder zum regulären Preis von 29,33 Euro angeboten. Käufer für den Rasierapparat hatten sich bis dahin nicht gefunden.

Die Schusskraft des englischen Nationalstürmers Wayne Rooney ist zu Recht gefürchtet. Mit einem Fehlschuss beim Aufwärmen vor dem Spiel gegen Wolverhampton brach der Fußballer einem neunjährigen Jungen am Spielfeldrand das Handgelenk. Der Junge war zum ersten Mal in seinem Leben in einem Fußballstadion gewesen. «Es fühlte sich an, als ob eine Rakete meinen Arm getroffen hat», berichtete der Neunjährige hinterher den englischen Zeitungen. Unklar ist noch, woher der Junge weiß, wie sich Körpertreffer durch eine Rakete anfühlen.

… und noch ein paar peinliche Sprüche

«Die waren doch alle nackt.»

Der Anwalt des ehemaligen Chefs des Internationalen Währungsfonds (IWF) und französischen Spitzenpolitikers Dominique Strauss-Kahn zum Vorwurf, sein Mandant habe Sexpartys mit Prostituierten gefeiert. Strauss-Kahn habe zwar an den Partys teilgenommen, aber nicht gewusst, dass Prostituierte dabei waren.

«Boris Becker hat das WC-Turnier gewonnen.»

Dagmar Berghoff, «Tagesschau»

«Bundesaußenseiter Genscher.»

Karl-Heinz Köpcke, «Tagesschau»

«Und nun die Lottovorhersage …»

Jens Riewa, «Tagesschau»

«Es wurde zu keinem Zeitpunkt bewusst getäuscht oder bewusst die Urheberschaft nicht kenntlich gemacht.»

Karl-Theodor zu Guttenberg, ehemaliger Bundesverteidigungsminister. Die Universität Bayreuth bescheinigte ihm später «vorsätzliche Täuschung» und erkannte ihm den Doktortitel ab.

«Die Straßen waren in einem miserablen Zustand.»

Aus der Klageschrift eines Passagiers nach Rückkehr von einem gebuchten Abenteuerurlaub in Grönland.

«Für Ihre Frau ist durchaus ein Brautpreis von einigen Nguni-Kühen angemessen.»

Südafrikas Präsident Jacob Zuma im Sommer 2011 zu dem frisch vermählten Fürst Albert II. von Monaco, der mit seiner Gattin Charlene angereist war

«Wir beginnen in fünf Minuten mit der Bombardierung Moskaus.»

US-Präsident Ronald Reagan 1984 in der Annahme, sein Mikrophon sei ausgeschaltet

«Da drüben ist das Riesenarschloch von der *New York Times.*»

US-Präsident George W. Bush in der gleichen Annahme zu seinem späteren Vizepräsidenten Dick Cheney

«Browser? Was sind denn jetzt noch mal Browser?»

Brigitte Zypries, SPD, ehemalige Justizministerin

Ausgerutscht – Fußballersprüche

«I think we have a grandios Saison gespielt.»

Roman Weidenfeller, Torwart bei Borussia Dortmund, im Interview mit «Dubai Sports»

«Jetzt müssen wir die Köpfe hochkrempeln. Und die Ärmel natürlich auch.»

Lukas Podolski, Nationalstürmer

«Zuerst hatten wir kein Glück, und dann kam auch noch Pech dazu.»

Jürgen Wegmann, ehemaliger Stürmer bei Borussia Dortmund

«Wir können so was nicht trainieren, sondern nur üben.»

Michael Ballack, ehemaliger Nationalspieler

«Man darf ihn jetzt nicht übers Knie brechen.»

Rudi Völler, ehemaliger Nationalspieler und -trainer

«Wir dürfen jetzt nicht den Sand in den Kopf stecken.»

Lothar Matthäus, ehemaliger Nationalspieler

«Ich glaube nicht, dass der Verein mir Steine in den Vertrag legt.»

Thorsten Legat, ehemals bei Werder Bremen und dem VfL Bochum

«In einem Jahr habe ich mal 15 Monate durchgespielt.»

Franz Beckenbauer

«Ich verwarne Ihnen!» – «Ich danke Sie!»

Legendärer Dialog zwischen einem Schiedsrichter und Wili «Ente» Lippens, Rot-Weiß Essen

«Hass gehört nicht ins Stadion. Die Leute sollen ihre Emotionen zu Hause in den Wohnzimmern mit ihren Frauen ausleben.»

Berti Vogts, ehemaliger Nationalspieler und -trainer

«Ich grüße meinen Vater, meine Mutter und ganz besonders meine Eltern.»

Toni Polster, ehemaliger Stürmer beim 1. FC Köln

«Ich habe ihn nur ganz leicht retuschiert.»

Olaf Thon, ehemaliger Spieler bei Schalke 04 und in der Nationalmannschaft

«Das wird alles von den Medien hochsterilisiert.»

Bruno Labbadia, Stürmer und Trainer

«Ein Drittel mehr Geld? Nee, ich will mindestens ein Viertel.»

Horst Szymaniak, ehemaliger Nationalspieler

«Der Jürgen Klinsmann und ich, wir sind ein gutes Trio. Ah, ich meine Quartett.»

Fritz Walter, Ehrenspielführer der deutschen Nationalmannschaft

Thessa, du bist nicht allein – die schlimmsten Facebook-Partys

Location: Hamburg-Bramfeld.
Wer war's? Thessa, weil sie ihren 16. Geburtstag mal groß feiern wollte.
Eingeladen: nur Freunde, über Facebook. Doch aus Versehen hatte Thessa ihre Fete nicht als privat markiert.
Zusagen: 15 000.
Gekommen: 1600.
Bewertung: Bis heute ist die Party von Thessa unvergessen. Der Auftakt für Spaß und Randale in der ganzen Republik.
Besondere Vorkommnisse: Die Gastgeberin setzt sich mit ihren Eltern noch vor der Feier ab. Die Polizei sperrt die Straße ab. Die ungebetenen Gäste singen: «Thessa, oh, Thessa, wir kennen uns zwar nicht. Doch uns egal, wir feiern dich und saufen uns jetzt dicht.» Es fliegen Flaschen und Feuerwerkskörper, Zäune der Nachbarn von Thessa werden niedergetrampelt. Neben 100 Polizisten in Schutzkleidung kommt auch die Reiterstaffel der Hamburger Polizei zum Einsatz. «Das habe ich alles nicht gewollt», sagt Thessa, seit drei Jahren bei Facebook, später zur *Bild*, die die nun 16-Jährige für ein Exklusiv-Interview gewinnen konnte.

Location: Strand auf Sylt im Juni 2009.
Wer war's? Ein 26-Jähriger aus Schleswig, der nicht wusste, was er tat.
Eingeladen: alle im Netz, noch ohne Facebook, über die eigene Website.

Gekommen: 5000.
Bewertung: absoluter Trendsetter, die erste Online-Massenparty in Deutschland.
Besondere Vorkommnisse: Umweltschäden, Alkoholexzesse, Schlägereien. Die örtliche Inselpolizei war auf den Ansturm nicht vorbereitet und musste dem Treiben weitgehend tatenlos zusehen.

Location: Zirndorf, Landkreis Fürth, Bayern.
Wer war's? Eine 14-jährige Schülerin.
Anlass: nur mal so.
Eingeladen: alle.
Gekommen: 70.
Bewertung: Auch 14-jährige Küken aus der Provinz sind seit Jahren online.
Besondere Vorkommnisse: Zuerst leeren die Gäste die Hausbar, dann wird die Einrichtung auseinandergenommen und die gesamte Wohnung ihrer Eltern verwüstet. Die Polizei kommt, als gemeldet wird, dass eine Person bewusstlos auf der Terrasse der Nachbarn liegt. Auf dem Weg haben die Polizeibeamten bereits zwei Männer angehalten, die eine junge Frau in einem Sessel trugen. Die Gastgeberin kann selbst nicht bis zum Ende ihrer Party dabei sein, sie muss mit einer Alkoholvergiftung ins Krankenhaus.

Location: Hasloh bei Hamburg.
Wer war's? CDU-Ortsverband.
Anlass: Scheunenfest.
Eingeladen: alle 60 Parteimitglieder und ihre Freunde.
Zusagen: 3000.
Bewertung: Damit hatte die örtliche CDU nicht gerechnet. Pure Unwissenheit, was im Netz abgeht. Die Gäste, die kommen wollen, wirken dagegen routiniert: «Ab wann gibt es denn das

Freibier?» – «Komme extra aus Bayern und bringe einen Riesendurst mit.» – «Ich bring die Punks vom Kiez mit», schreibt ein Hamburger.

Auch die «Hells Angels» kündigen angeblich ihr Kommen an.

Bewertung: nicht zu bewerten.

Besondere Vorkommnisse: Aus Sicherheitsgründen sagt die CDU das Fest ab.

Location: Heusweiler, Saarland.

Wer war's? 16-jähriger Schüler, der angeblich auch versehentlich öffentlich eingeladen hat.

Anlass: Geburtstag.

Gekommen: 2000.

Bewertung: Der Spaß ist vorbei.

Besondere Vorkommnisse: 69 Festnahmen, Schlägereien, wildes Urinieren, Sachbeschädigung. Höhe der Schäden: 50 000 Euro. Kosten für den Polizeieinsatz: 115 000 Euro.

Mehrere Landesinnenminister fordern danach ein Verbot von Facebook-Partys.

Unklar bleibt, wie die Landesminister das amerikanische Unternehmen davon überzeugen wollen.

Verbraucherministerin Ilse Aigner fordert einen «Internet-Führerschein». Wer den wofür bekommen soll, sagt sie nicht. Die Gewerkschaft der Polizei weist in Berlin darauf hin, dass die Veranstalter von Facebook-Partys damit rechnen müssen, die Kosten für mögliche Polizeieinsätze zu übernehmen.

Location: Büdelsdorf, Schleswig-Holstein.

Wer war's? André S. Er wollte ins Fernsehen kommen und berühmt werden.

Anlass: 22. Geburtstag.

Zusagen: 1600.

Gekommen: keiner.
Bewertung: lieber nicht.
Besondere Vorkommnisse: Nach Anrufen von besorgten Nachbarn erlässt die Stadt Büdelsdorf eine Ordnungsverfügung und verbietet die Party. Der 22-Jährige feiert vor und wird mit drei Promille und Drogen im Blut auf richterliche Anordnung in die Psychiatrie eingewiesen. Sein Vater ist damit einverstanden.

Location: Privatgarten in Hamburg.
Wer war's? Mitarbeiter des Business-Netzwerkes Xing.
Anlass: Grillfest.
Zusagen: unbekannt.
Gekommen: doch nur die echten Freunde.
Bewertung: Da wollte wohl einer ganz schlau sein.
Besondere Vorkommnisse: Angeblich machte auch er aus Versehen seine Einladung zu der Grillparty öffentlich, in diesem Fall sichtbar für die elf Millionen Mitglieder von Xing. Nach der Klarstellung, dass es sich um eine private Party handele, meldeten sich brav alle Interessenten wieder ab. Verdacht: Nach dem Rummel um Facebook wollte sich auch mal Xing ins Gespräch und in die Schlagzeilen bringen.

Location: Zwiesel, Niederbayern.
Wer war's? Zwei Schülerinnen, 14 und 15 Jahre alt.
Anlass: Prügelei, über Facebook angekündigt.
Eingeladen: alle, die zuschauen wollen.
Gekommen: 100 Neugierige.
Bewertung: das Letzte!
Besondere Vorkommnisse: Die beiden Schülerinnen wollten ihren am Vormittag in der Schule begonnenen Streit am Abend mit einer Schlägerei im Stadtpark entscheiden. Dort kommt es zu einem Menschenauflauf, der von der Polizei aufgelöst werden muss. Die Polizeibeamten stellen Platzverweise aus. Die beiden

Mädchen werden in Gewahrsam genommen und später ihren Eltern übergeben.

Location: P 1, München.
Wer war's? Horst Seehofer, Ministerpräsident von Bayern und Vorsitzender der CSU.
Anlass: «Jetzt möchte ich möglichst viele von euch persönlich kennenlernen», so Horst Seehofer auf Facebook. Dürfen ihn jetzt seine Fans auch duzen?
Eingeladen: Nach 2500 Zusagen ließ Seehofer die Gästeliste schließen.
Gekommen: 600, darunter 150 (!) Journalisten.
Bewertung: der Facebook-Flop des Jahres. Die abgesperrten Freiflächen vor der Münchener Nobel-Diskothek (die nicht so recht zur Facebook-Generation passen will) bleiben leer, in der Disko selbst absolut tote Hose. Seehofer wird fast ausschließlich von Journalisten bestürmt – eine PR-Nummer für ihn. Noch vor einem Jahr hatten seine Parteifreunde ein Verbot von Facebook-Partys gefordert, jetzt macht er selber eine. Die Zahl seiner Fans konnte Seehofer (HS bei Facebook) mit 9000 immerhin verdoppeln, bleibt aber weit hinter Angela Merkel (156000 Facebook-Fans) zurück. Von den Zahlen eines Barack Obama mit 26 Millionen «Gefällt mir»-Klicks können beide nur träumen.
Besondere Vorkommnisse: die erste Facebook-Party eines deutschen Spitzenpolitikers. Und auch die erste mit Sicherheitsschleusen für die Gäste.

Pannen-Ticker Deutschland, Teil 1

Weil Jugendliche Schneebälle gegen seine Fenster warfen, rief der Formel-1-Pilot Timo Glock bei der Polizei in Darmstadt an. Am anderen Ende der Leitung meldete sich Oberkommissar Michael Schumacher. Beide – Schumacher und Glock – gingen in diesem Moment davon aus, dass sie auf den Arm genommen werden. Glock war sauer, Schumacher auch. Der Rennfahrer rief erneut bei der Polizei in Darmstadt an und stieß wieder auf Michael Schumacher. Erst als die Kollegen von Oberkommissar Schumacher zu dem Haus von Timo Glock fuhren, klärte sich die Situation auf. Da waren die Schneeballwerfer allerdings schon geflüchtet.

Eine Katze verursachte mit einer Bratpfanne einen kuriosen Verkehrsunfall. Die Polizei im Landkreis Verden bei Bremen konnte den Unfall später so rekonstruieren: Die Katze lief über die Straße, ein 20 Jahre alter Autofahrer legte im letzten Moment eine Vollbremsung hin. Dabei rammte er eine Mülltonne, dann zwei Findlinge am Fahrbahnrand und kam schließlich an einem Baum zum Stehen.

Aus der gerammten Mülltonne flog eine gusseiserne Bratpfanne heraus und schlug in die Scheibe eines entgegenkommenden Fahrzeugs ein. Beide Autos wurden erheblich beschädigt, die Autofahrer kamen mit dem Schrecken davon. Die Katze flüchtete.

Mit einem Motorrad rammte ein herrenloser Papagei auf der A 5 bei Alsfeld in Hessen einen Kleinbus. «Plötzlich schrien meine Fahrgäste: ‹Da kommt ein Papagei auf einem Motorrad auf uns zugerollt!› Ich dachte zuerst, die machen einen Scherz», sagte der Busfahrer gegenüber der Polizei aus. Die elfjährige Blaustirnamazone mit dem Namen «Henry» gehörte einem 74-jährigen Rentner. Der Papagei fährt seit Jahren mit seinem Besitzer in einem Motorrad-Gespann mit. Bei schnellen Touren in einem Käfig auf dem Sitz, bei langsamem Tempo vorne auf dem Beiwagen.

Doch dieses Mal hatte der Rentner nicht aufgepasst und war beim Bremsen vor einem Stauende auf der A5 von der Maschine gefallen. Der Papagei blieb allein auf dem Beiwagen und rollte noch etwa 300 Meter weiter. Erst durch den Aufprall mit dem Kleinbus kam der Papageien-Express zum Stehen. Papagei und Besitzer überstanden den Unfall nahezu unverletzt.

Weil er Geld und Zeit sparen wollte, sprang ein 30-Jähriger in einem Bahnhof kurz vor Heppenheim in Baden-Württemberg auf einen langsam fahrenden Güterzug auf. Er hatte keine Lust, auf den regulären Zug zu warten, und wollte nach fünf Kilometern in Heppenheim wieder abspringen. Doch wider Erwarten legte der Güterzug an Geschwindigkeit zu, an Abspringen war nicht mehr zu denken. Per Handy bat der Schwarzfahrer um Hilfe, doch er konnte den Zug nicht näher identifizieren. Erst nach 237 Kilometern hielt der Güterzug planmäßig. Völlig entkräftet konnte er endlich den Güterzug verlassen.

Weil sie sich über die Höhe des Fahrpreises beschwerte, sperrte ein Hamburger Taxifahrer eine 32-Jährige in den Kofferraum ein. Fünf Stunden lang ließ er die Frau dort zur Strafe liegen.

Als sie frühmorgens von der Reeperbahn mit einem Taxi nach Hause fahren wollte, bemerkte sie, dass der Taxifahrer einen Umweg fuhr. Ihr Verdacht: Der Taxifahrer wollte so den Fahrpreis in die Höhe treiben und hatte offenbar nicht damit gerechnet, dass sich sein Fahrgast in der Gegend auskannte. Auf ihre Nachfragen sei der Taxifahrer ausgerastet und habe sie mit Gewalt in den Kofferraum eingesperrt.

Die Frau hatte zwar ihr Handy dabei, konnte aber nicht angeben, wo genau sie sich in Hamburg befand. Nach ihrem Anruf leitete die Hamburger Polizei eine Großfahndung ein, kam bei ihren Ermittlungen zunächst jedoch nicht weiter. Der Taxifahrer war mit der Frau im Kofferraum in der Zwischenzeit zu seiner Wohnung in Hasloh in Schleswig-Holstein gefahren und hatte dort eine Pause eingelegt. Erst als Passanten ihre Hilferufe hörten und die Polizei alarmierten, konnte sie befreit werden. Gegen den Taxifahrer wurde wegen Körperverletzung ermittelt.

Weil sie in der Mittagszeit den Rasen ihrer Eltern mähte, beschoss der 53-jährige Nachbar die 14-Jährige mit einer Luftdruckpistole. Dabei traf er sie vom Balkon aus in den Rücken.

Nach den Ermittlungen der Passauer Polizei hatte er vor lauter Ärger über die Ruhestörung in der Mittagszeit zunächst mit einer voll gefüllten Wasserflasche nach der 14-Jährigen geworfen. Als sie den Motorrasenmäher dennoch wieder in Gang setzte, griff er zur Pistole. Das Mädchen musste zur Untersuchung ins Krankenhaus, der bewaffnete Nachbar wurde von der Polizei festgenommen, die Pistole musste er abgeben.

Bei einem Unfall mit einer motorisierten Getränkekiste wurde der Fahrer und Konstrukteur des fahrbaren Untersatzes in Ober-Olm in der Nähe von Mainz schwer verletzt. Die Untersuchungen der örtlichen Polizeidienststelle ergaben, dass die Getränkekiste eine Spitzengeschwindigkeit von bis zu 50 Stundenkilometern erreichen konnte. Das Gefährt war mit einem Mopedmotor, drei Rädern und Bremsen ausgestattet, so die Polizei weiter. Die

Straßenlage der Getränkekiste war allerdings vermutlich noch nicht ausgereift, denn in einer leichten Kurve kam der 22-jährige Konstrukteur von der Fahrbahn ab und überschlug sich. Da er bei seinem Ritt auf der Getränkekiste auf einen Sturzhelm verzichtet hatte, musste er mit Kopfverletzungen mit einem Rettungshubschrauber ins nächste Krankenhaus geflogen werden.

Aus Angst vor Hundeläusen jagte ein 32-Jähriger mit fünf Dosen Insektenspray aus Versehen seine Wohnung in einem Mehrfamilienhaus in Wesel bei Hamburg in die Luft. Nach Angaben der örtlichen Polizei blieb nur noch ein Trümmerhaufen übrig.

Der Mann hatte den Hund einer befreundeten Familie gepflegt und sich anschließend Sorgen gemacht, der Hund könne Flöhe hinterlassen haben. Nachdem er fünf große Dosen Insektenspray versprüht hatte, schaltete er anschließend seine Waschmaschine an und verließ die Wohnung. Nach den Ermittlungen von Polizei und Feuerwehr brachte beim Umschalten in ein anderes Waschprogramm ein Funke das Luft-Gas-Gemisch in seiner Wohnung zur Explosion. Dabei wurde ein 25 Quadratmeter großes Loch in das Dach seiner Wohnung gerissen. Der Mieter soll sehr erstaunt gewesen sein, als er zurückkam.

Durch aufmerksame Beobachtung konnte die Polizei Thüringen eine 36-Jährige aus Apolda als gemeingefährliche Müllsünderin überführen. Aus Ärger über das Fernsehprogramm hatte die Frau ihren Fernseher aus dem geöffneten Fenster ihrer Wohnung im zweiten Stock geworfen. Der Kasten knallte mitten auf den Gehweg der Hauptverkehrsstraße. Fußgänger waren zu dieser späten Stunde allerdings nicht mehr unterwegs, niemand wurde verletzt. Dennoch rief ein empörter Nachbar die Polizei. Die konnte die Flugbahn des Fernsehgerätes schnell nachvollziehen und stand deshalb zehn Minuten nach ihrem Eintreffen vor der Tür der Werferin, die übrigens nüchtern gewesen sein soll.

Die 36-Jährige stritt Tat und Wurf vehement ab. Doch sie hatte vergessen, dem Fernseher auch die Fernbedienung hinterherzuwerfen. Die Beamten entdeckten sie auf dem Tisch im Wohnzimmer, der Fall war geklärt.

Den verrücktesten Autodiebstahl des Jahres meldete die Polizei aus Endorf im Saarland. Der Fall begann mit der Verlustmeldung eines schwarzen Mercedes, C-Klasse. Ein Werkstattmitarbeiter war mit diesem Fahrzeug einer Kundin auf die Schnelle zur Bäckerei gefahren, ließ den Schlüssel stecken. Als er mit seiner Brötchentüte wieder herauskam, war der Mercedes weg. Was er nicht wusste: Zeitgleich hatte ein 71-jähriger Kunde die Bäckerei verlassen, auch er Fahrer und Besitzer eines schwarzen und baugleichen Mercedes, C-Klasse. Gegenüber der Polizei sagte der Senior später aus, dass er sich über den schmutzigen Zustand des Autos wohl gewundert habe, auch sei er überrascht gewesen, zwei Zündschlüssel vorzufinden. Doch darüber habe er nicht weiter nachgedacht und sei losgefahren. Sein Mercedes stand dabei drei Meter entfernt und war verschlossen. So verwirrend die Lage, die Lösung dieses Falls war einfach: Die Autos wurden noch am gleichen Tag zurückgetauscht.

Mitten in der Nacht fand eine 41-Jährige aus Wismar einen fremden Mann auf ihrer Wohnzimmercouch vor. Nach Angaben der Polizei hatte sie kurz vor dem Schlafengehen ihren Müll rausgebracht und dabei die Tür offen gelassen. Der Schreck war groß, bis zum Eintreffen der Polizei versteckte sich die Frau in ihrem Schlafzimmer. Sie hatte sofort gerochen, dass der Eindringling auf ihrer Couch stark angetrunken war. Doch gegenüber den Polizeibeamten sagte der alkoholisierte Couch-Besetzer aus, dass er hier zu Hause sei und sich schon über die fremde Frau in seiner Wohnung gewundert habe. Am Ende stellte sich heraus, dass der Eindringling fünf Jahre lang Mieter genau dieser Wohnung gewesen war. Und er offenbar endlich wieder nach Hause kommen wollte. Die Polizei nahm ihn mit.

Um sein Bargeld bei einem Überfall zu schützen, aß ein 37-jähriger Erfurter 145 Euro auf. Nach Polizeiangaben war er zu später Stunde auf einer Nebenstraße von einem 28 Jahre alten Mann überfallen worden. Der Räuber forderte zunächst Bargeld, der Überfallene zückte zwar seine Brieftasche, steckte den Inhalt aber sofort in seinen Mund. Dabei handelte es sich um einen Hundert-, einen Zwanzig-, zwei Zehn- und einen Fünf-Euro-Schein. Doch die Mahlzeit konnte er sich nicht schmecken lassen. Der aufgebrachte Räuber schlug ihn zusammen und entwendete sein Handy und seinen Personalausweis.

Mit Hautabschürfungen und einer Rippenfraktur wurde das Opfer ins Krankenhaus gebracht. Durch die Verabreichung von Abführungsmitteln konnte immerhin erreicht werden, dass sein Barvermögen wieder ans Tageslicht kam, wenn auch in einem wenig brauchbaren Zustand.

Eine Niesattacke mit teuren Folgen meldete die Polizei aus Herzogenrath. Durch den heftigen Niesanfall auf einer Landstraße kurz vor Aachen verlor ein Autofahrer die Kontrolle über sein Fahrzeug und prallte auf der Gegenspur gegen ein geparktes Auto, das dann in drei andere Fahrzeuge hineinrollte. Die Niesattacke sorgte für einen Sachschaden von über 20 000 Euro.

Wegen ihrer Spinnenphobie sorgte Wochen später eine 20-jährige Autofahrerin aus Ismaning in Bayern für einen Unfall. Auf ihrem Lenkrad hatte sich eine kleine Spinne niedergelassen, die junge Frau geriet in Panik und landete im Straßengraben. Dabei überschlug sich das Auto, die Frau wurde leicht verletzt. Die Spinne konnte unversehrt entkommen.

Eine halsbrecherische Klettertour legte ein 23-Jähriger mit 1,72 Promille im Blut in Neubrandenburg hin. Weil er Haus- und Wohnungsschlüssel vergessen hatte, stieg er angetrunken an der Außenfassade bis zum 14. Stockwerk hoch.

Nach dem Bericht der Polizei Mecklenburg war dem Kletterer nach einer Kneipentour nachts um vier Uhr aufgefallen, dass er seine Schlüssel nicht eingesteckt hatte. Seine schlafende Freundin hätte er nicht wecken wollen, sagte er später gegenüber den Beamten aus. Also stieg über die Balkone und Mauervorsprünge vom ersten hoch in den vierzehnten Stock. Dort erreichte er allerdings den falschen Balkon an und war mit seinen Kräften am Ende. Mehrere Mieter waren inzwischen wach geworden und alarmierten Feuerwehr und Polizei. Um den Hochhaus-Besteiger bergen zu können, musste nur noch die Wohnungstür aufgebrochen werden, da seine Nachbarn nicht zu Hause waren. Nach Vernehmung und Belehrung konnte der Angetrunkene dann endlich die eigene Wohnung betreten.

Keine gute Idee: Mit einem Würstchen von Mund zu Maul wollte ein 46-jähriger aus Schleswig den Hund seines Nachbarn füttern. Doch dem Hund schmeckte die dargebotene Wurst offenbar so gut, dass er dem Mann vor lauter Gier kräftig in die Lippe biss. Nach den Angaben der örtlichen Polizei blutete der Mann anschließend so stark an Ober- und Unterlippe, dass Rettungssanitäter seine Wunden versorgen mussten.

Der dümmste Einbrecher des Jahres kommt aus Springe in Niedersachsen, ist 23 Jahre alt und alles andere als eine große Nachwuchshoffnung für die Welt des Verbrechens. Was hatte er getan? Wie die Polizei in Springe meldet, war er zusammen mit einem erst 18-jährigen Kumpel in eine Kirche in der niedersächsischen Kleinstadt eingebrochen. Doch eine lohnende Beute fanden sie in dem Gotteshaus nicht. Stattdessen verlor der Amateureinbrecher seinen Ausweis direkt vor dem Altar. Am nächsten Morgen stieß die Küsterin auf Einbruchsspuren und den Personalausweis. Sie schaltete die Polizei ein. Vor der Festnahme flüchtete der 23-Jährige über den Balkon seiner Wohnung. Dabei verlor er allerdings dieses Mal seine Schuhe. Die Abdrücke waren identisch mit denen vor und in der Kirche – ohne Beute und gleich doppelt überführt.

Er hatte im Versandhandel ein Katzenklo bestellt – doch geliefert wurde eine Panzersprenggranate aus dem Zweiten Weltkrieg. Ziemlich seltsam, fanden auch die Experten des Landeskriminalamtes in Sachsen und nahmen die Ermittlungen auf. Fest steht: Ein 33-Jähriger aus Schneeberg im Erzgebirge hatte sich nachweisbar ein Katzenklo mit Luxus-Ausstattung bestellt. Doch in dem zugestellten Paket mit dem Katzenklo befand sich ein weiteres Päckchen. Inhalt: eine 27 Zentimeter lange Panzersprenggranate aus den Beständen der deutschen Wehrmacht. Ein gehöriger Schreck für den Besteller des Katzenklos. Er konnte auch nicht wissen, ob die Granate noch scharf war. In dieser Hinsicht konnte das von der örtlichen Polizei eingeschaltete Landeskriminalamt immerhin Entwarnung geben. Zünder und Sprengstoff waren vorher entfernt worden. Doch niemand konnte so richtig erklären, wie die Granate in das Paket geraten war. Alle weiteren Ermittlungen führten letztendlich ins Leere.

Zu lasche Richter, zu nachsichtige Staatsanwälte in Deutschland? Eine Mutter von zwei Kindern aus Bonn hat rein subjektiv betrachtet ganz andere Erfahrungen gemacht. Wegen des Diebstahls von zwei Päckchen Käse im Wert von jeweils 3,18 Euro in einem Supermarkt wurde die 49-Jährige zu zwei Monaten Freiheitsstrafe ohne Bewährung verurteilt. Es mache ihm zwar keinen Spaß, jemanden wegen zwei Stückchen Käse ins Gefängnis zu schicken, erklärte der Richter am Amtsgericht Bonn. Aber die Angeklagte habe bereits 25 Vorstrafen. Und somit war ihr letzter Ladendiebstahl besonders großer Käse.

Eine neue Lieferung aus Asien löste Panik in einer Aachener Boutique aus. In dem Paket befand sich zum Entsetzen des Personals und der Kundschaft eine 40 Zentimeter lange Giftnatter aus Südostasien. Die Schlange war vermutlich als blinder Passagier mitgereist. Sie schlängelte sich durch das Geschäft, in dem sie sich dann schnell allein aufhielt. Feuerwehrleute fingen sie schließlich ein und stellten fest: Sie sah nicht nur fies aus, sondern war tatsächlich hochgiftig.

Der Freier einer Prostituierten in Celle sorgte für Aufregung in einem Mehrfamilienhaus. Denn plötzlich stand er nackt im Hausflur. Nachbarn riefen die Polizei, die fand heraus: Der 47-Jährige wollte in der Wohnung der Prostituierten zur Toilette, irrte sich aber in der Tür und kam nicht wieder in die Wohnung zurück. Die Klingel war abgestellt, und offenbar vermisste die Prostituierte ihren Kunden zunächst auch nicht. Der klingelte unterdessen bei einer Nachbarin und bat um einen Mantel. Das führte zum Anruf bei der Polizei. Erst zeitgleich mit dem Eintreffen der Beamten bemerkte die Prostituierte das Verschwinden ihres nackten Kunden und holte ihn in ihre Wohnung zurück.

Der stundenlange Aufenthalt eines 16-Jährigen auf einer Toilette hat zu einer Vermisstenmeldung bei der Polizei geführt. Seine Eltern waren in großer Sorge, teilte die Polizei in Nidderau mit. Der Teenager war am Vorabend in einer Spielhalle gewesen und bis zum nächsten Morgen nicht nach Hause zurückgekehrt. Was die Eltern nicht wissen konnten: Mit heftigen Darmbeschwerden hatte sich ihr Sohn auf die Toilette der Spielhalle zurückgezogen. Und zwar bis Ladenschluss, was er zunächst gar nicht mitbekam. Ein Handy hatte er nicht dabei, und er konnte auch in den Räumlichkeiten kein Telefon finden. Er musste bis zur Öffnung der Spielothek am nächsten Morgen warten.

Auf die ungewöhnliche Dekoration in seinem Garten war ein Rentner aus Uelzen in Niedersachsen richtig stolz. Ein kleines Kunstwerk aus Stahl zwischen Begrenzungssteinen und Blumenbeeten. Zwei Jahre zuvor hatte er den Stahlkörper bei Gartenarbeiten ausgegraben und ihn zu seinen Beeten gerollt. Doch dann las der Rentner in seiner Lokalzeitung einen Artikel über Blindgänger aus dem Zweiten Weltkrieg. Dem Rentner fiel dabei erstmals die frappierende Ähnlichkeit seiner ausgefallenen Gartendekoration mit einer Bombe auf. Noch am selben Tag erschien der Kampfmittelräumdienst und untersuchte das Objekt. Ergebnis: ein Sprengkörper, immer noch scharf. Unter großen Sicherheitsvorkehrungen wurde er sofort abtransportiert und anschließend gesprengt.

Den Kauf eines neuen Klappbettes bereute ein 81-jähriger Rentner aus Bad Harzburg in Niedersachsen noch am selben Tag. Denn mit dem Aufbau war er offenbar derart überfordert, dass er am Ende in seinem neuen Klappbett feststeckte. Nur mühsam (und mit Klappbett) konnte er das Telefon erreichen, und das mitten in der Nacht. Ein Arm des 81-Jährigen sei so fest eingeklemmt gewesen, dass er blau angelaufen war, so der Polizeibericht. Er wurde in ein sicheres Krankenhausbett gebracht.

Die Ehrlichkeit seines fünfjährigen Sohnes brachte einem 45-jährigen Kölner eine Strafanzeige ein. Der Kleine verpetzte ihn bei der Polizei. Sein Vater hatte eine Radfahrerin angefahren und Fahrerflucht begangen. Wenig später hatte er vor einer Ampel einen geparkten Wagen gerammt und war erneut einfach weitergefahren. Zeugen hatten sich jedoch sein Kennzeichen gemerkt, deshalb bekam der Verkehrsrowdy Besuch von der Polizei. Er gab sich ahnungslos, sein fünfjähriger Sohn war ehrlicher. «Ich weiß, warum ihr da seid. Bestimmt wegen dem Unfall eben.» Da half seinem Vater kein Leugnen mehr.

Wenn der Haussegen schief hängt, schlechtes Benehmen und erhöhter Alkoholgenuss dazukommen, kann es mitunter schnell zu einer Bluttat kommen, wie dieses Beispiel aus Regensburg zeigt: Weil er seine Füße zur Entspannung auf den Tisch legte, stach eine 46-jährige Ehefrau ihren Mann mit ihrem Küchenmesser in den Knöchel. Die Attacke erreichte ihr Ziel zwar, ihr Mann nahm sofort seine Füße vom Tisch. Allerdings musste er wegen der stark blutenden Wunde zur Behandlung ins Krankenhaus.

Die Verkehrssünder-Ausrede des Jahres: «Das Kind hatte Hunger.» So begründete ein 28-jähriger Aachener gegenüber der Polizei die Überschreitung der erlaubten Höchstgeschwindigkeit um 105 Stundenkilometer. Mit Tempo 175 und mit einem Kleinkind in der Babyschale war er durch das Stadtgebiet gerast und konnte nur mit Mühe von einer Zivilstreife gestoppt werden.

Mitten auf der Kreuzung von zwei Bundesstraßen im Rhein-Sieg-Kreis schlief ein betrunkener Autofahrer ein. Der Verkehr staute sich, mehrere andere Autofahrer klopften an die Scheiben seines verschlossenen Fahrzeuges. Da ein medizinischer Notfall vermutet wurde, wurden Feuerwehr und Polizei alarmiert. Doch noch vor dem Eintreffen von Rettungsdienst und Polizei erwachte der Betrunkene und fuhr weiter.

Erwischt wurde er wenig später dennoch, der Alkoholtest ergab bei dem 44-Jährigen einen Wert von 1,28 Promille.

Obwohl noch ein Bauarbeiter auf der Ladefläche saß und vor Angst schrie, ist ein 60-jähriger Autodieb mit einem Kleinlaster mehr als zehn Kilometer durch Parchim gerast. Der Täter war gerade erst von der Polizei aus einer Ausnüchterungszelle entlassen worden und wollte offenbar nicht zu Fuß nach Hause gehen. Der Kleinlaster mit dem ahnungslosen Bauarbeiter stand direkt vor dem Revier. Nach einer Verfolgungsjagd konnte ihn die Polizei stoppen und brachte ihn zurück in die Zelle.

Mit 93 Damenslips in unterschiedlichen Größen wurde ein Ladendieb in Köln erwischt. Der 36-Jährige war in einem Lebensmittelgeschäft aufgefallen, weil er dort 34 Getränkedosen entwenden wollte. Bei der Durchsuchung seines Rucksackes stießen die Polizeibeamten dann auf die 93 nagelneuen Damenslips.

Ob der Dieb erst die 34 Dosen austrinken und danach die 93 Slips auftragen wollte, konnte laut Polizeiangaben nicht ermittelt werden, der Kleinkriminelle mit dem Unterwäsche-Tick verweigerte die Aussage.

Ihre gerade erst erworbenen Computerkenntnisse wollte eine 63-jährige Rentnerin aus Leipzig zur Aufbesserung ihres Einkommens am Pfandflaschenautomaten nutzen. Sie fälschte die Etiketten auf den Flaschen und druckte sich eigene Aufkleber aus. Ein cleverer, wenn auch verbotener Trick, der sogar funktionierte: Der Automat nahm die Flaschen mit den von ihr hergestellten Etiketten tatsächlich an. Allerdings fiel die Fälscherin einer Mitarbeiterin des Supermarktes auf. Die Marktleitung rief die Polizei, und die Nummer fand ein jähes Ende.

Er kniete auf dem Gehweg, fasste sich ans Herz, das Gesicht verzerrt – für die Passantin in Saarbrücken war die Situation eindeutig: Der junge Mann da vorne hatte ganz offenbar akute Gesundheitsprobleme, womöglich das Herz. Da fackelte sie lieber nicht lange und setzte per Handy einen Notruf ab. Die Saarbrücker Polizei raste heran, war noch vor dem Notarzt bei dem jungen Mann. Ein Notfall war es schon, allerdings kein gesundheitlicher: Der junge Mann wollte nach einem heftigen Streit seiner Freundin eine Liebeserklärung machen und war deshalb auf die Knie gegangen. Zwecks Wiederanbandelung hatte er sich mit beiden Händen ans Herz gefasst. Ein ganz großes Missverständnis.

Weil er alle seine Schlüssel verloren hatte, sollte ein Gefängniswärter aus Kempten 27 000 Euro zahlen. Nach Meinung der Leitung der Justizvollzugsanstalt Kempten war der Austausch sämtlicher Gefängnisschlösser erforderlich. Der Beamte zog angesichts dieser hohen Kosten vor Gericht. Die Richter ordneten einen Vergleich an. Die eine Hälfte zahlte die Versicherung des Gefängnisbeamten, die andere der Freistaat Bayern. Die Gefängnisschlüssel blieben verschwunden.

Umweltkatastrophe in einem bayerischen Reihenhaus: Weil ein Heizöl-Lieferant die Keller verwechselte, pumpte er 300 Liter Öl in den falschen Keller, in dem es überhaupt keinen Tank gab. Nach Polizeiangaben richtete das Öl einen Schaden in fünfstelliger Höhe an. Der Lieferant sollte eigentlich den Reihenhaus-Nachbarn beliefern. Noch während der Prozedur bemerkte er den Fehler und schloss nach 300 Litern das richtige Rohr an. Seinen peinlichen Fehler meldete er allerdings nicht. Der starke Ölgeruch aus dem Keller ohne Tank löste dann die Nachforschungen aus.

Nach einem heftigen Streit auf einem Parkplatz ist ein 19-Jähriger aus Hagen in Westfalen sieben Kilometer auf dem Dach eines Autos mitgefahren. Das Fahrzeug war dabei über fünfzig Stundenkilometer schnell.

Vor einem Hagener Lokal wollte der Teenager gerade in das Auto seiner Schwester steigen, als der Fahrer eines anderen Autos auf dem Parkplatz hupte. Darin saßen vier junge Männer, die offenbar einen Bekannten grüßen wollten. Doch der 19-Jährige vermutete, dass sie seine Schwester anbaggern wollten. Deshalb stieg er aus, beschimpfte die vier und ohrfeigte den Fahrer. Als sie daraufhin die Türen verriegelten und unvorsichtigerweise noch einmal hupten, rastete der Mann komplett aus. Als sie losfuhren, sprang er auf das Autodach und klammerte sich über eine Strecke von sieben Kilometern fest. Erst beim Abbiegen fiel er vom Dach und erlitt nur einige leichte Schürfwunden. Gegen den Fahrer wird wegen Körperverletzung ermittelt, gegen den Beifahrer auf dem Autodach wegen gefährlichen Eingriffs in den Straßenverkehr.

Ihr übergroßer Einsatz beim Frühjahrsputz wurde einer Hausfrau aus Königswinter bei Bonn zum Verhängnis. Sie blieb beim Putzen mit einem Finger im Duschabfluss stecken. Die gründliche Hausfrau konnte erst durch einen Einsatz der Feuerwehr befreit werden, nach Stunden in einer äußerst unbequemen Körperhaltung. Die Feuerwehrmänner versuchten zunächst mit Gleitmittel, den Finger zu befreien, leider ohne Erfolg. Schließlich mussten zehn Feuerwehrmänner die komplette Duschwanne ausbauen.

Diese Panne geht auf keine Kuhhaut: Durch ein offenes Fenster landete die komplette Gülleladung eines Landwirtes in einem Pkw. Ein 77-jähriger Landwirt war mit seinem Traktor und einem angehängten Güllefass in Löpsingen in Bayern unterwegs gewesen. Da ihm auf der engen Fahrbahn ein 38-Jähriger mit seinem Renault entgegenkam, bremste er stark ab. Dabei schwappte die Gülle aus dem Fass direkt durch das geöffnete Autofenster. Der Autofahrer blieb zwar unverletzt, war dennoch ziemlich stinkig.

Zu einem Schlüsselerlebnis wurde für eine 18-Jährige aus Schleiden die erste Fahrt mit dem eigenen Auto einen Tag nach ihrer bestandenen Führerscheinprüfung. Die Fahranfängerin wollte nach dem

Einkaufen wieder in ihr geparktes Auto steigen. Doch die Fahrertür ließ sich zu ihrer Überraschung mit dem Schlüssel nicht öffnen. Der Kofferraum war dagegen unverschlossen, wie sie schnell herausfand. So kam sie doch noch ins Auto und kletterte auf den Fahrersitz. Aber ihr Schlüssel passte nicht ins Zündschloss, auch die Fahrertür ging von innen nicht auf.

Die Klettertour durch das Fahrzeug und ihr verzweifeltes Verharren vor dem Lenkrad fiel Passanten auf, die die Polizei riefen. Dabei kam heraus: Es war gar nicht ihr Auto. Nach Polizeiangaben war es noch nicht einmal dieselbe Marke, nur die Farbe stimmte.

Mit einem Luftgewehr eröffnete ein Rentner aus Nürnberg die Jagd auf Wühlmäuse in seinem Garten. Die ersten Schüsse durch Blumenbeete und Büsche und das ständige Hantieren mit der Waffe machten seine Nachbarn nervös, die deshalb die Polizei alarmierten. Wegen des vermeintlichen Schusswechsels umstellten zehn bewaffnete Polizeibeamte das Haus des Schützen und rückten in den Garten vor.

Völlig überrascht stellte der Rentner seine Jagd auf die Wühlmäuse sofort ein und sorgte so immerhin für die schnelle Entwarnung. Zum Beweis seiner Absichten legte er den Polizeibeamten eine Wühlmaus vor, die er bereits erschossen hatte.

Geteilte Ansichten über einen neuen Haarschnitt lösten in einem Friseursalon eine Schlägerei aus. Eine 43-jährige Kölnerin hatte sich eine neue Frisur gegönnt, war jedoch nach dem ersten Blick in den Spiegel dermaßen enttäuscht, dass sie die Friseurin als «blöde Kuh» beschimpfte. Sie weigerte sich zu zahlen und schlug stattdessen mehrmals mit ihrer Handtasche auf die Friseurin ein, die durch die Metallbügel der Tasche Prellungen am Kopf erlitt.

Dümmer, als die Polizei erlaubt

Ein völliges Fiasko, verbunden mit einem Zwangsaufenthalt in einem Kellerverlies, erlebte ein Heimwerker aus Gumperda in Thüringen. Er wollte den Zugang seines fensterlosen Kellers zumauern und stand dabei dummerweise auf der falschen Seite der Wand. Erst als der Rentner das Mauerwerk beendet hatte, bemerkte er seinen Fehler. Er hatte sich selbst eingemauert.

An alles hatte der fleißige Heimwerker gedacht: Mauersteine, Kelle, Mörtel und sogar eine Verpflegungsration für seinen Arbeitstag lagen bereit, als der 64-Jährige an einem Wochenende mit den Bauarbeiten begann. Wegen eines Streits mit seinen Nachbarn wollte er den Zugang zu seinem Keller verschließen. Möglichst stabil sollte es sein. Erst als die Mauer vor dem bisherigen Ausgang des drei Quadratmeter großen Kellerraums fertig war, bemerkte der 64-Jährige, dass er nun nicht mehr herauskam. Geschockt durch das eigene Versehen, verbrachte der Heimwerker den Rest des Tages und den kompletten Sonntag in seinem selbstgeschaffenen Gefängnis.

War es ihm peinlich? Oder wollte er erst in aller Ruhe nachdenken, wie er aus seinem Verlies wieder herauskam? Denn den Bohrhammer, den er ebenfalls mitgebracht hatte, setzte er erst nach zwei Übernachtungen in dem Kellerverlies ein. Dabei irrte er sich zum zweiten Mal in der Richtung: Anstatt den von ihm selbst zugemauerten Kellerzugang aufzubrechen, machte er sich nach den Ermittlungen der Polizei in Thüringen an der Brandmauer des Nachbarhauses zu schaffen. Bei seinem Durchbruch wartete bereits die Polizei auf ihn: Nachbarn hatten den Lärm des Bohrhammers gehört, sich erst gewundert und dann die 110 angerufen.

Als der Mann durch die Wand kletterte, Polizisten und Nachbarn sah, soll er wüste Beschimpfungen ausgestoßen haben. Schon seit Jahren soll es zwischen ihm und anderen Bewohnern des Hauses immer wieder zu heftigen Streitereien gekommen sein. Aber einen anderen Weg zurück in die Freiheit gab es für ihn ja nicht mehr. Sein Durchbruch brachte dem Rentner Anzeigen wegen Sachbeschädigung und Hausfriedensbruch ein. Die eigene Mauer ließ er stehen.

Seine Flucht aus dem Knast glückte. Doch dann brachte sein ausgeprägter Ordnungssinn den entflohenen Häftling umgehend zurück ins Gefängnis.

Der 54-Jährige war aus der Justizvollzugsanstalt Euskirchen ausgebrochen. Wegen Diebstählen und Computerbetruges hätte er noch 500 Tage verbüßen müssen. Weil er seine persönlichen Gegenstände wie Uhr und Brieftasche vermisste, schrieb er nach seiner geglückten Flucht einen Brief an die Anstaltsleitung. Darin behauptete der entflohene Häftling, mittlerweile in einer Therapieeinrichtung zu sitzen. Er nannte eine Adresse in Köln, an die man seine Sachen freundlicherweise schicken sollte. Ein cleverer Plan? Eher nicht, denn die Polizei ermittelte, dass es sich dabei um seine Privatadresse handelte. Also öffnete der korrekte, entflohene Häftling die Tür, als ihm die Beamten einen Besuch abstatteten, und wurde umgehend wieder inhaftiert.

Auch für Einbrecher kann die Polizei durchaus zum Freund und Helfer werden. Wie im Fall von zwei Kölner Spitzbuben, die während ihrer Tat im Aufzug steckenblieben. «Das hört sich jetzt dumm an, ist aber leider so: Wir wollten einbrechen, und der Aufzug ist steckengeblieben», lautete ihr Notruf bei der Kölner Polizei. Vor Ort entdeckten die Polizeibeamten, dass die Eingangstür einer Reinigungsfirma aufgebrochen war. Und im Aufzug steckten tatsächlich die beiden Einbrecher fest, die eigentlich in die obere Etage des Gebäudes wollten. Als sich einer von beiden bei einem Befreiungsversuch auch noch verletzte, riefen sie bei der Polizei an.

Als Bankräuber sind Studenten ganz offenbar selten geeignet. Den jüngsten Beweis für diese kriminalistische These lieferte ein 32-jähriger Architekturstudent aus Soest.

Um sein Bafög aufzubessern, überfiel er eine Bank in seiner Heimatstadt.

Als Tatwaffe nutzte er die Leuchtpistole seines Vaters, die bei den Bankangestellten den gewünschten Eindruck machte und zur Übergabe der Beute in Höhe von rund 21000 Euro führte. Als Fluchtfahrzeug nutzte er den Wagen seiner Mutter. Und machte damit den entscheidenden Fehler: Er fuhr in eine Sackgasse. Der Bankräuber von der Uni wendete und fuhr erneut an der gerade überfallenen Bank vorbei. Mühelos konnten Bankangestellte das Kennzeichen des Täterfahrzeuges aufschreiben und an die Polizei weiterleiten. Als er mit dem geliehenen Auto bei seiner Mutter zwecks Rückgabe auftauchte, wurde er von der Polizei bereits erwartet. Seine Beute lag noch im Auto seiner Mutti.

Desaster beim Vatertag: Weil er beim Striptease in Atemnot geriet, endete die Tanznummer mit einer wüsten Auseinandersetzung mit der Tänzerin. Nach Angaben der Polizei hatte sich der Mann bei einer Show in Eschweiler nach einer eindeutigen Aufforderung der Tänzerin auf der Bühne auf den Rücken gelegt. Doch als sich die Striptease-Tänzerin dann auf sein Gesicht setzte, bekam der Gast keine Luft mehr. Seinen Versuch, ihren Hintern wieder von seiner Nase wegzuschieben, interpretierte die Tänzerin als in diesen Kreisen unerlaubte Grapscherei. Vor lauter Empörung griff sie zu schmutzigen Worten und einer Wodkaflasche, um den vermeintlichen körperlichen Annäherungsversuch abzuwehren. Dabei traf sie auch seinen Kopf, der Gast erlitt Prellungen.

Seine Beschreibung der Täterin blieb ziemlich vage. Auf das Gesicht der Stripperin habe er sich nicht konzentrieren können, sagte der Mann den Polizeibeamten.

Zuerst rauschte eine 37-jährige Autofahrerin mit ihrem Wagen in einen Graben, dann setzte sie sich hinter das Steuer des gerade eingetroffenen Streifenwagens und fuhr damit in einen Kanal. – Diesen Einsatz werden die Polizeibeamten aus Langen bei Bremerhaven so schnell nicht vergessen. Ihr Einsatzfahrzeug musste aus dem Kanal geborgen werden und hatte nur noch Schrottwert.

Die Frau war frühmorgens von der Fahrbahn abgekommen und in einem Graben gelandet. Als die Polizeibeamten an der Unfallstelle eintrafen, baten sie die Fahrerin aufgrund der niedrigen Temperaturen an diesem Morgen in ihren Streifenwagen. Beide Polizisten suchten dann im Unfallfahrzeug nach den Papieren der Frau, die stark nach Alkohol roch. In diesem Moment setzte sie sich hinter das Steuer des Streifenwagens und gab Vollgas. Da sie das Polizeifahrzeug, übrigens gerade von der Dienststelle angeschafft, nicht kontrollieren konnte, raste sie direkt in einen vier Meter tiefen Kanal. Die Polizeibeamten mussten nun der Unfallfahrerin auch noch das Leben retten. Ihr Einsatzfahrzeug war allerdings nicht mehr zu retten. Es versank in dem Kanal und konnte erst Tage später von der Feuerwehr geborgen werden.

Beim Benzinklau auch noch seinem Nachbarn eins auswischen – ein 76-jähriger Rentner aus Dresden war besonders dumm und gemein zugleich. Denn bei dem Betrug an der Tanke hatte er sich aus Pappe das Kennzeichen selbst gebastelt – mit der Nummer des Autos seines Nachbarn.

Er wollte seinen «Kia» kostenlos betanken und nahm auch noch zwei Kanister mit. Vorher hatte er nicht nur das Kennzeichen fein säuberlich mit einem schwarzen Filzstift gemalt;

aus der Pappe bastelte er auch das «Toyota»-Logo – die Marke seines ahnungslosen Nachbarn. Mit dem als «Toyota» getarnten «Kia» fuhr er bei der Tankstelle vor, tankte voll und füllte auch die zwei mitgebrachten Kanister. Dumm nur, dass die Überwachungskamera ihn aufzeichnete und der Schwindel sofort aufflog.

Er wollte auf Nummer sicher gehen: Bei seinem Erstbesuch des Kölner Karnevals merkte sich ein japanischer Tourist ganz genau, wo er geparkt hatte. Den Namen der kleinen Seitenstraße im Stadtteil Braunsfeld schrieb er sich auf, nahm den Zettel mit und staunte dann über deutsche Narren, die auf den Straßen tobten. Doch als er vom Mitfeiern genug hatte und wieder zu seinem Auto wollte, geriet er zunehmend in Verzweiflung: Er fand seinen Leihwagen nicht wieder. Der Zettel mit dem Straßennamen half wenig; denn der Name der Straße tauchte immer wieder in der Kölner Innenstadt auf. Hilfesuchend wandte sich der japanische Tourist an zwei Streifenpolizisten, die des Weges kamen. Und die mussten beim Lesen des Straßennamens erst laut lachen, wussten dann aber auch gleich, dass es sehr wahrscheinlich lange dauern könnte, bis der Tourist sein Auto wiedersehen würde. Der Name der Straße: Einbahnstraße.

Nach einer Meldung der Kölner Polizei wurde das Fahrzeug erst nach einem stundenlangen Fußmarsch durch die Bezirke gefunden.

Von den Dämpfen eines 300 Kilogramm schweren Käses umnebelt, fuhr ein 63-jähriger Autofahrer in Oberbayern frontal gegen einen Baum. Er war ohnmächtig geworden und musste in ein Krankenhaus eingeliefert werden.

Laut Polizeibericht hatte der Mann rund 300 Kilo Käse in seinem Kombi geladen. Er hatte den Käse günstig erstanden und wollte auch Freunde und Familie damit beschenken. Beim schwülwarmen Sommerwetter begann die ungekühlte Fracht zu dampfen. Er verlor das Bewusstsein und dann die Kontrolle über sein Fahrzeug.

Weil er durch häufiges Abbremsen unmittelbar vor einer Radarfalle die Ordnungshüter zum wiederholten Male nervte, hat ein junger Mann in Dortmund seinen Führerschein verloren. Nach Zeitungsberichten hatte der Autofahrer zuvor tagelang sein eigenes Spiel mit Radarfalle und Polizisten getrieben. Tagelang soll er in einer Straße mit Tempolimit 30 mit überhöhter Geschwindigkeit an die Radaranlage herangefahren sein, kurz davor scharf abgebremst und feixend zu den Polizeibeamten herübergeschaut haben. Irgendwann hatte dann ein Ordnungshüter die Faxen dicke. Er stellte die Radaranlage auf der anderen Straßenseite auf. Als der junge Mann wieder herangerast kam und den Radarwagen der Polizei an der alten Stelle erwartete, blitzte es von der anderen Seite. Ergebnis: 76 Stundenkilometer anstatt der erlaubten 30 – der schnelle Spaßvogel war damit seinen Führerschein los. Vier Punkte, 200 Euro Bußgeld und einen Monat Fahrverbot – die Quittung für den Ärger, den er der Polizei gemacht hatte.

Wenn Diebe Deppen sind ... Kilometerlange Spuren im Schnee hinterließen in Oberbayern zwei Jugendliche, die einen Motorroller geklaut hatten. Die Spuren führten direkt zu ihrem Elternhaus, wo die Polizei nur noch klingeln musste, um die beiden zu verhaften.

Die 15 und 16 Jahre alten Nachwuchsgangster waren einer Polizeistreife aufgefallen, weil sie auf einem Motorroller ohne Licht fuhren. Als die Polizeibeamten versuchten, den Roller zu stoppen, flüchteten die beiden zu Fuß. Schon nach einem Kilometer waren sie sich sicher, die Verfolger abgehängt zu haben, denn die Polizisten waren nicht mehr die Jüngsten. Was die Jungs aber nicht bedacht hatten: Es hatte gerade frisch geschneit.

Nur mit einer Sonnenbrille getarnt (das Wort maskiert wäre in diesem Fall sicherlich übertrieben) hat ein 36-Jähriger aus Lahr in Baden-Württemberg die Filiale einer Bank überfallen, bei der er selbst Kunde ist. Als wenn das nicht schon dumm genug gewesen wäre, flüchtete der Bankräuber nach dem Überfall mit seinem eigenen Auto.

Selten waren die Chancen zur lückenlosen Aufklärung eines Verbrechens so groß wie in diesem Fall: Ein Mitarbeiter der Bank hatte den Mann trotz Sonnenbrille sofort erkannt. Und ein Zeuge hatte sich das Kennzeichen seines Fluchtfahrzeuges notiert.

Um Beweismaterial gegen ihn verschwinden zu lassen, aß ein 41-jähriger Lkw-Fahrer aus Neuhausen in Baden-Württemberg eine Tachoscheibe auf. Nur ein schwerverdaulicher Rest der Pappe blieb übrig.

Der Fahrer eines Sattelzuges hatte nach den Ermittlungen der Polizei auf der Bundesstraße 311 einen Lkw trotz Gegenverkehrs überholt und dabei gerammt. Als die Polizei den Sattelzug stoppte, öffnete der Fahrer den Fahrtenschreiber und steckte sich die Tachoscheibe in den Mund. Nur ein zerkauter Rest blieb übrig, den die Polizei nicht verwerten konnte. Die Zwischenmahlzeit im Führerhaus bekam dem Brummifahrer dennoch nicht: Wegen der Nichtvorlage der Tachoscheibe, wie gesetzlich vorgeschrieben, und wegen des von ihm verursachten Verkehrsunfalls bekam er eine hohe Geldstrafe aufgebrummt.

Bei der Entwendung von Kleidungsstücken aus einem Altkleider-Container blieb ein 20-Jähriger nachts in Köthen (Sachsen-Anhalt) stecken. Er war mit seinem linken Fuß in der Klappe des Metallbehälters hängengeblieben und konnte erst nach Stunden am frühen Morgen befreit werden. Spaziergänger hatten den unglücklichen Dieb im Container gesehen und die Polizei alarmiert.

Einen überdimensionalen Scheck aus Pappe mit Ausmaßen 80 mal 35 Zentimeter wollte ein Betrüger bei einer Bank in Bonn einreichen. Der symbolische Pappscheck über 5000 Euro war dem Verein für Behindertensport in Bonn kurz nach der Übergabe gestohlen worden. Um bei seinem Auftritt in der Bank glaubwürdig zu wirken, hatte der Dieb sogar einen Rollstuhlfahrer an seiner Seite und sich als Arzt des Behindertensportvereins ausgegeben. Doch der Originalscheck war längst eingelöst worden, der Pappscheck hing nur als Dekoration an der Wand des Vereinsheims.

Als der Scheck weg war, hatten die Mitarbeiter des Vereins noch gewitzelt: «Den will doch wohl keiner zu Geld machen?» Geld gab es für den Pappscheck selbstverständlich nicht, stattdessen kam die Polizei.

Ein Angriff von Bettwanzen stoppte den Nachtzug von München nach Rom. Etliche Reisende wurden mitten in der Nacht von den nachtaktiven Parasiten gebissen und klagten anschließend über unerträglichen Juckreiz. Die fünf bis acht Millimeter langen, rotbraunen Blutsauger konnten, wie die Bahn bestätigte, in zwei Liegewagen sogar komplett die Kontrolle übernehmen. Gegen ein Uhr nachts mussten am Hauptbahnhof Innsbruck in Österreich die beiden völlig wanzenverseuchten Liegewagen abgekoppelt werden. Die Reisenden mussten raus, auf den Bahnsteigen warten und konnten erst nach gut zwei Stunden in neu bereitgestellten Liegewagen ihre Fahrt fortsetzen.

An Schlaf war da vermutlich nicht mehr zu denken. Laut Bahn handelt es sich bei der Bettwanzenplage um ein «grundsätzliches Problem, das weltweit vorkommt».

Aus Versehen wurde ausgerechnet der Hamburger Zoll zum Rauschgiftdealer. In einem vor Jahren sichergestellten Auto der Marke Chevrolet, das aus dem Bestand des Zolls verkauft worden war, befanden sich zehn Kilo Kokain. Das Rauschgift war in insgesamt elf Paketen in der Heckklappe versteckt.

Die Zollfahnder hatten das Fahrzeug im Hamburger Hafen beschlagnahmt. Bei einer Kontrolle in der Container-Röntgen-Anlage des Zolls wurden seinerzeit 54 Kilo Kokain aus Südamerika in Tank und Reifen entdeckt. Die restlichen zehn Kilo waren übersehen worden und lagen sechs Jahre lang in der Heckklappe. Der neue Besitzer des Kombis fand den Stoff bei Bastelarbeiten und lieferte ihn beim Zoll ab.

In einem Fernsehbeitrag über Swingerclubs entdeckte eine 15-Jährige aus München ihre Eltern. Die Produktionsfirma, die die Reportage gedreht und geschnitten hatte, hatte nach eigenen Angaben vergessen, die Beteiligten zu verpixeln. Die Eltern klagten auf Schmerzensgeld.

Der Schock für den Teenager muss groß gewesen sein: Sie hatte per Zufall beim Surfen im Internet die Reportage eines Privatsenders entdeckt und ihre Eltern sofort wiedererkannt. Von ihrer Tochter zur Rede gestellt, gab es für die Eltern zwar nichts zu leugnen, ihr Ärger traf nun aber Sender und Produktionsfirma. Denn die Redakteure hatten bei den Dreharbeiten versprochen, alle Akteure später im Schnitt unkenntlich zu machen. Der Sender wiederum ging davon aus, dass alle Beteiligten ihr Einverständnis gegeben hatten.

Ihre Klage auf Schmerzensgeld wurde aber abgewiesen. Alle Beteiligten hätten grundsätzlich zugestimmt, dass in dem Swingerclub gefilmt wird, urteilte das Landgericht in München. Deshalb stehe ihnen trotz der nicht eingehaltenen Zusage auf Verpixelung der Aufnahmen kein Schmerzensgeld zu. Denn dies werde bei Verletzungen des Persönlichkeitsrechts nur in Ausnahmefällen gezahlt, so das Gericht weiter in seiner Urteilsbegründung. Allerdings einigten sich die Eltern der geschockten 15-Jährigen und die Produktionsfirma auf die nachträgliche Zahlung eines Honorars und die teilweise Übernahme der Anwaltskosten. Sie bekamen 3000 Euro – ob das der Schock wert war?

Fürchterliche Schreie, entsetzliche Geräusche am anderen Ende der Leitung – dieser Anruf löste in der Einsatzzentrale des Polizeipräsidiums Unterfranken sofort Alarm aus. Offenbar wurde einer Frau gerade Gewalt angetan.

Zehn Minuten dauerte der Anruf, Geräusche und Schreie wurden immer dramatischer. Außerdem war laut und deutlich

Sachbeschädigung zu vernehmen, so das Einsatzprotokoll der Polizei. Deutliche Hinweise auf Lebensgefahr – deshalb wurde über die Einsatzzentrale sofort der Inhaber des Anschlusses festgestellt. Mehrere Streifenwagen machten sich auf den Weg zum vermeintlichen Tatort in einem Stadtteil von Miltenberg. Sie landeten auf einem Bauernhof. Der Landwirt war im Schweinestall. Er hatte die Tiere gefüttert und offenbar versehentlich sein in der Hosentasche befindliches Handy eingeschaltet.

Sie landen im Fluss, stecken im Morast fest oder finden aus dem Wald nicht mehr heraus – unglaublich, wie viele Leute immer noch blind ihrem Navigationsgerät vertrauen.

Befehl ist Befehl, dachte sich offenbar ein 81-jähriger Autofahrer aus Hof in Bayern, den auch Hinweisschilder und Warnbaken nicht von seinem falschen Weg abhalten konnten. Der Stimme der Technik folgend, befuhr er eine frisch geteerte Straße, ignorierte alle Umleitungsschilder und blieb schließlich mit seinem Mercedes im Teer stecken.

Schienen befuhr ein 50 Jahre alter Taxifahrer im saarländischen Riegelsberg, weil er seinem Navigationsgerät vertraute. Nach etwa 40 Metern auf den Gleisen der Saarbahn endete seine Fahrt im Schotterbett, teilte die Polizei mit.

Und in der Havel landete ein 57-Jähriger mit Fahrzeug und Begleitung, weil sein Navigationsgerät offenbar eine Brücke gesehen hatte. Mit hohem Tempo steuerte der Mann sein Auto schnurstracks in Caputh in den Fluss. Seit Jahren verkehrt an dieser Stelle eine Fähre. Der Fährmann und ein Kollege konnten den Unglücksfahrer und seine Begleiterin retten. Das Auto wurde etwa vier Meter vom Ufer entfernt geborgen.

Tippfehler beim Eingeben der Zieldaten im Navigationssystem können sich ebenfalls bitter rächen. So landete ein schwedisches Ehepaar im Italien-Urlaub nicht wie erwartet in Capri, sondern – so wie eingegeben – in Carpi, einer hässlichen Industriestadt in Norditalien, 660 Kilometer von Capri mit seiner Blauen Grotte entfernt.

Schnell fahren – dagegen hatte der 19-Jährige aus Mainz in seinem tiefergelegten Opel nichts einzuwenden, für ihn der pure Fahrspaß. Aber so dann doch nicht: Weil sein Gaspedal eingeklemmt war, raste er völlig unfreiwillig mit Tempo 200 über die A60 bei Ingelheim. Versuche der Polizei, ihn mit mehreren Streifenwagen zu blockieren und dadurch zu stoppen, schlugen fehl.

Kurz vor Mitternacht hatte er mit seinem Handy den Notruf gewählt. In seinem Opel Vectra habe sich das Gaspedal verklemmt, er könne nicht mehr anhalten. Mit dem Warnblinklicht versuche er, die anderen Verkehrsteilnehmer zu warnen. Tipps der Polizei, herunterzuschalten und dadurch den Wagen abzubremsen, halfen in dieser brenzligen Situation auch nicht weiter.

Das habe er bereits versucht, weniger als 160 Stundenkilometer im Bereich einer Autobahnbaustelle habe er aber nicht geschafft. Ein Polizeiwagen setzte sich mit Blaulicht und Sirene vor den unfreiwilligen Raser, damit dieser im schlimmsten Fall auffahren konnte, um so zum Halten zu kommen. Doch schließlich hatte der Fahrer des tiefergelegten Opels selbst die entscheidende Idee: Er nahm den Gang raus, das Fahrzeug rollte aus. Seltsam, dass weder er noch die Polizei schon vorher auf diesen logischen Einfall gekommen waren. «Als die Polizisten zu dem stehenden Auto gingen, war der 19-jährige Fahrer aus Mainz hinter dem Steuer zusammengesunken und am Ende seiner Kräfte», steht im Polizeibericht.

Weil im Krankenhaus ihr Gebiss entsorgt worden war, klagte eine 50-jährige Patientin aus Augustdorf in Nordrhein-Westfalen auf Schadensersatz. Die Patienten hatte im Krankenhaus während des Frühstücks ihre Zahnprothese auf ein Tablett gelegt. Tablett und Zähne wurden abgeräumt. Auch nach einer Suchaktion in Küche, Kantine und Müllbehältern des Krankenhauses tauchten die künstlichen Zähne nicht wieder auf. Vor dem Landgericht Detmold klagte die zahnlose Patientin auf Schadensersatz. Das Landgericht lehnte ab. Die Mitarbeiter eines Krankenhauses seien nicht verpflichtet, auf dritte Zähne auf Tabletts zu achten.

Für die völlig misslungene Haarentkrausung musste ein Friseur aus Bremen einer Kundin 4000 Euro Schmerzensgeld zahlen. Die Frau musste nach ihrem Besuch ein halbes Jahr lang eine Perücke tragen, weil sie bei der verunglückten Glättung ihrer Haare Hautverätzungen am Kopf erlitten hatte. Diese sowohl körperlichen als auch seelischen Belastungen müssten bei der Höhe des Schmerzensgeldes berücksichtigt werden, befand das Oberlandesgericht Bremen in seinem Urteil.

Wie gemein ist das denn?! Mit Salmiakgeist präparierte ein 68-jähriger Rentner aus Chemnitz Schoko-Hasen, weil Kinder immer wieder seinen Osterstrauch im Garten geplündert hatten. Ein zehnjähriger Junge erlitt eine Vergiftung, nachdem er von dem Schoko-Häschen genascht hatte.

Das Beweisstück liegt immer noch bei der Polizei in Chemnitz: ein 30 Zentimeter großer Schoko-Hase, in Alufolie gehüllt, an den Ohren eine Schnur zum Anhängen an den Osterstrauch. Der Strauch stand im Garten des Rentners, der sich immer wieder maßlos über die kleinen Strolche ärgerte, die sich hier heimlich bedienten. Weil er von der Mäusejagd in seinem Garten noch einen Rest Salmiaklösung übrig hatte, kam er auf die gar nicht gute Idee, damit die Schoko-Hasen einzusprühen. Salmiakgeist stinkt, deshalb würden die Kinder es nicht mehr wagen, die Osterhasen aus Schokolade abzureißen, dachte sich der Rentner. Ein Irrtum, denn ein kleines Mädchen konnte nicht widerstehen und brachte die stibitzten Schoko-Häschen mit in die Schule. Ein zehnjähriger Klassenkamerad biss zu und musste wenig später zum Notarzt. Die Polizei beschlagnahmte die restlichen Schoko-Hasen am Osterstrauch.

Dieser Witz kam gar nicht gut an: Beim Check-in mit seiner Familie für einen Flug nach Ägypten wies ein 42-Jähriger im Scherz auf Sprengstoff in seiner Unterhose hin.

Bei der Sicherheitskontrolle wiederholte er den Scherz noch einmal. Prompt wurde er vorübergehend festgenommen und eingehend untersucht. In seiner Unterhose fand sich kein Sprengstoff. Dennoch schloss die Fluggesellschaft die dreiköpfige Familie von der Beförderung aus. Der Urlaub war geplatzt, die Rückerstattung der bereits bezahlten Reise wurde vom Reiseveranstalter abgelehnt. Das zuständige Ordnungsamt verhängte später gegen den Scherzbold ein Bußgeld in Höhe von 1000 Euro.

Ein ähnlicher schlechter Scherz brachte einem 40 Jahre alten Mann am Flughafen Rostock-Laage ein Jahr Hausverbot ein sowie eine Anzeige wegen Störung des öffentlichen Friedens durch Androhung von Straftaten.

Die Bottroper Feuerwehr befreite eine 51-Jährige aus den Räumen ihres Arztes, weil sie nach der Behandlung in der Praxis vergessen worden war. Die Schichtarbeiterin hatte sich nach einem Bandscheibenvorfall bei ihrem Orthopäden akupunktieren lassen. Bei dem Termin um halb sechs Uhr abends setzte ihr der Arzt 20 Nadeln am ganzen Körper. Eine Praxishilfe sollte die Nadeln nach einer halben Stunde entfernen. Doch niemand kam, auch nach mehrmaligem Rufen. Die Patientin zog sich selbst die Nadeln und verließ das Zimmer. Raus aus der Praxis kam sie allerdings nicht mehr – Arzt und Personal hatten pünktlich um sechs Uhr abends Feierabend gemacht und die Eingangstür abgeschlossen. Über ihr Handy rief die verlassene Patientin ihren Mann an. Weil beide die private Telefonnummer des Arztes nicht kannten, bat der Ehemann die Bottroper Feuerwehr um Hilfe. Um die Tür zur Praxis nicht aufzubrechen, holten die Feuerwehrmänner die verzweifelte Frau mit einer Drehleiter durch ein Fenster heraus. Den Arzt hat sie mittlerweile gewechselt.

Hilferuf bei der Feuerwehr in Braunschweig: Er sei gerade in einem fremden Bett aufgewacht, berichtete der verängstigte Anrufer. Noch schlimmer sei, dass noch weitere Personen mit ihm im Raum seien, die aber vermutlich alle tot seien. Ganz offenbar sei er Opfer eines Verbrechens geworden, so der Anrufer weiter. Die Feuerwehr will helfen, kann aber keinen Verwandten des Anrufers erreichen, die Ortung des Handys scheitert. Erst Stunden später klärte sich der Fall auf: Der Anrufer war operiert worden und befand sich nach der Narkose im Aufwachraum des Krankenhauses.

Post für einen Zweijährigen vom Amtsgericht Hannover. Der kleine Max solle sich umgehend zum Trennungswunsch seiner Ehefrau äußern, lasen die verblüfften Eltern des Kleinen. Sie hatten für ihn die Post geöffnet, denn lesen konnte er natürlich noch nicht. Und heiraten inklusive Scheidung? Innerhalb von 14 Tagen sollte er sich zum Trennungswunsch seiner angeblichen Ehefrau äußern. Die Antwort auf diesen Antrag blieb aus. Die Eltern von Max konnten das Amtsgericht Hannover überzeugen, dass ihr zweijähriger Sohn noch unverheiratet sei.

Völlig verzweifelt meldete sich eine Frau bei der Nürnberger Polizei: Auf dem Parkplatz eines Supermarktes habe man an ihrem Fahrzeug die Scheiben sowohl auf der Fahrer- als auch auf der Beifahrerseite gestohlen. Die Polizeibeamten konnten die verschwundenen Scheiben an Ort und Stelle wiederbeschaffen. Denn auf ihr Geheiß betätigte die Fahrzeugbesitzerin die

Zündung und dann die Fensterheber. Und schon war der Fall geklärt, und die eben noch verschwundenen Scheiben waren wieder da.

Ohne Führerschein fuhr ein Polizist in Magdeburg 22 Jahre lang Streife. Zwar unfallfrei, aber eben doch illegal. Erst als der Polizeibeamte seine noch von den Behörden der untergegangenen DDR ausgestellte Berechtigung zum Fahren eines Streifenwagens erneuern wollte, stellte sich heraus, dass sie gar nicht gültig war. Dabei war der Beamte während seiner Dienstzeit sogar an einem kuriosen Unfall beteiligt gewesen – zwei Streifenwagen waren auf dem Gelände der Magdeburger Polizeidienststelle zusammengestoßen. «Eine Überprüfung seiner Fahrerlaubnis hatten die Kollegen für nicht erforderlich gehalten», erklärte ein Polizeisprecher in Magdeburg. Erst bei der Überprüfung zur Neuerteilung der Berechtigung zum Führen eines Einsatzfahrzeuges der Polizei stellte sich heraus, dass die von dem Polizisten vorgelegte Fahrerlaubnis nur für Traktoren und Motorräder galt. Zu DDR-Zeiten war eine Fahrerlaubnis für Pkw keine zwingende Voraussetzung für die Einstellung bei der Volkspolizei gewesen. Streifenwagen waren im Arbeiter- und Bauernstaat ohnehin wie so vieles Mangelware, die meisten Polizeistreifen waren in der Regel zu Fuß unterwegs. Nach der Wende fiel nicht auf, dass der Polizeibeamte keinen gültigen Führerschein hatte. Er selbst sah offenbar keinen Grund, noch einmal die Fahrschule zu besuchen. Das wäre aber besser gewesen, denn nach Bekanntwerden des Falls leiteten seine Vorgesetzten ein Disziplinar- und Strafverfahren ein. Erste Konsequenzen: die Versetzung in den Innendienst. Und er darf nur noch zu Fuß gehen.

Manchmal liegt das Geld wirklich auf der Straße: Beim Transport eines Geldschranks von einer Bank in Hennigsdorf in Brandenburg zur Verschrottung im Stahlwerk regnete es Bargeld. Als der Tresor vom Lkw abgeladen wurde, öffnete sich die Stahltür, und heraus wehten an die hunderttausend Euro. Bankangestellte hatten vergessen, den Geldschrank vor dem Verschrotten zu entleeren – wer wundert sich da noch über hohe Gebühren und niedrige Zinssätze? Die Bank sprach von einer «Unachtsamkeit». Der Tresor sei nach Umbauarbeiten ausgemustert und vor der Übergabe an die Entsorgungsfirma nicht vollständig geleert worden.

Und noch einmal entsorgte Geldscheine, die für neue Sorgen sorgten: Aus Angst vor einem Einbruch versteckte ein Münchner seine gesamten Ersparnisse in Höhe von knapp 10000 Euro vor einem Kurzurlaub in einem Mülleimer. Die Geldscheine lagen in einer Kassette, gleich unter den Kartoffelschalen und den Resten einer Pizza. Seine Ehefrau wusste von dem genialen Versteck nichts. Es kam, wie es kommen musste: Sie entsorgte den Müll. Als ihr Mann das nach seiner Rückkehr bemerkte, raste er zum Müllcontainer. Doch der war inzwischen geleert worden. Und der Inhalt zur Müllverbrennungsanlage gebracht worden, wie der verzweifelte Heim-Sparer bei einem Anruf bei der Entsorgungsfirma erfuhr.

Es folgten tiefe Verzweiflung und ein lautstarker Ehekrach. Wieder einmal zeigte sich, dass in Ehen zu selten miteinander gesprochen wird und Geheimnisse im Beziehungsleben fatale Folgen haben können. Doch immerhin, hier gab es ein Happy End: Ein Mitarbeiter der Hausverwaltung hatte die Geldkassette vor der Abholung aus dem Müll gefischt und übergab wenig später den wertvollen Fund an das Ehepaar, das sich schnell wieder versöhnte.

Die Statusmeldung auf ihrer Facebook-Seite kostete eine angehende Friseurin ihre Ausbildungsstelle. Die Gute hatte sich krankschreiben lassen und danach auf Facebook die Meldung gepostet:

«Ab zum Arzt und dann Koffer packen.» Das las auch ihr Chef und sprach die fristlose Kündigung aus. Die Auszubildende war nach der Krankmeldung nach Mallorca geflogen. Auch ihr Hinweis, dass die Reise vom Arzt aus gesundheitlichen Gründen empfohlen worden war, konnte den Arbeitgeber nicht umstimmen. Die Klage der Auszubildenden wurde vom Düsseldorfer Arbeitsgericht abgewiesen. Zwar musste nach der Entscheidung des Gerichtes die fristlose in eine fristgerechte Kündigung umgewandelt werden, beim Rauswurf aber blieb es.

Verbrechen lohnt sich nicht, dieses schon gar nicht: Mit einem Messer bewaffnet überfiel ein 19-Jähriger in Flensburg einen Kiosk. Seine Beute: vier Tüten Gummibärchen im Wert von vier Euro. Der junge Gangster hielt den 68-jährigen Kioskbesitzer minutenlang in Schach, konnte sich dann aber offenbar nur für die Gummibärchen entscheiden. Und selbst die konnte er noch nicht einmal in Ruhe aufmampfen. Denn Minuten später wurde der Gummibärchen-Räuber in einem Fast-Food-Restaurant, wo er anscheinend seine Hauptspeise bestellen wollte, festgenommen. Der Räuber hatte die Gummibärchen noch bei sich.

Einen dicken Klops leistete sich der frühere Manager des Fußballvereins Bayer Leverkusen, Reiner Calmund. In der ersten Auflage seines Buches «Eine Kalorie kommt selten allein» schrieb der schwergewichtige Calmund:

«Intoniert wurde 1954 in Bern übrigens die erste Strophe des Deutschlandliedes, die ich auch heute noch bei Länderspielen voll mitsinge.»

Wie bitte? Die erste Strophe des Deutschlandliedes? Diese Strophe («Deutschland, Deutschland über alles») wird seit dem Untergang des Dritten Reiches höchst selten gesungen, schon gar nicht lautstark und hoffentlich niemals im Ausland. Calmund meinte die dritte Strophe des Deutschlandliedes («Einigkeit und Recht und Freiheit»). 6000 Exemplare der ersten Auflage seines Buches mussten eingestampft werden.

Eigentlich hatte der Polizeihund bei diesem Einsatz alles richtig gemacht. Dumm nur, dass der Hund am Ende den Falschen biss.

Die Polizei in Hannover war nachts zu einem Wohnungseinbruch gerufen worden. Die Beamten schickten einen Spürhund, in den Niederlanden ausgebildet, in die Wohnung, um die Einbrecher aufzuspüren. Der Hund gelangte durch eine geöffnete Tür auf den Balkon. Dort hörte der Vierbeiner Geräusche vom Hinterhof. Todesmutig sprang der Polizeihund über die Brüstung und griff eine verdächtige Person an. Der Hund verbiss sich in den Arm des aufgespürten Verdächtigen. Leider war der Gebissene ein Polizist, der den Hintereingang des Tatortes kontrollieren sollte. Der Beamte musste ins Krankenhaus, der Polizeihund bekam auf Dienstanweisung dieses Mal keine leckere Belohnung für Einsatz und Attacke.

Ein Waschbär legte stundenlang die ICE-Strecke zwischen Göttingen und Kassel lahm und verlor dabei auf tragische Weise sein Leben. Das Tier war in eine Weiche eingeklemmt und wurde von einem ICE überfahren. Der Kadaver blockierte die Weiche, die Signale auf der Nord-Süd-Hauptstrecke sprangen auf Rot.

Damit waren die Gleise in beiden Richtungen blockiert. Drei Züge mussten auf freier Strecke anhalten, andere konnten umgeleitet werden. Doch von dieser Aufregung bei der Bahn bekam der kleine Waschbär schon nichts mehr mit. Er hatte seine Neugier auf die technischen Errungenschaften der Menschheit bereits mit dem Leben bezahlt.

Ein 14-Jähriger fuhr neulich in Grevenbroich Auto, weil ihn seine betrunkene Mutter darum gebeten hatte. Der Junge tat seiner Mutter zwar den Gefallen, stieß aber beim Ausrangieren aus einer Parklücke prompt gegen einen anderen Pkw. Daraufhin setzte sich seine betrunkene Mutter wieder hinters Steuer und türmte mit dem Auto. Nach den aufgeregten Anrufen von Passanten stoppte die Grevenbroicher Polizei Mutter und Sohn.

Eine Vogelspinne versetzte in Mittelhessen eine Zeitungsausträgerin in Angst und Schrecken. Beim Austragen entdeckte sie in der Morgendämmerung an einer Hauswand eine rund zehn Zentimeter große Spinne. Nach ihrer groben Einschätzung, verbunden mit bruchstückhaften Erinnerungen an den Biologieunterricht ihrer Schulzeit, bestimmt eine Vogelspinne, befürchtete die Frau und rief sofort bei der Polizei an. Auch die Streifenbeamten gingen vor Ort zunächst davon aus, dass es sich um eine gefährliche Vogelspinne handelte. Erst bei der näheren Begutachtung konnten sie feststellen, dass die Spinne aus Gummi war.

Bei einer Probefahrt richtete eine 77-Jährige aus Thüringen bereits auf den ersten Metern einen Sachschaden von 103 000 Euro an. Kaum war sie vom Gelände eines Autohauses in Apolda gefahren, streifte sie schon ein geparktes Auto. Der Schrecken war groß, und deshalb verlor die Dame völlig die Kontrolle über den Neuwagen. Über eine Bordsteinkante und durch eine Hecke raste sie durch die Tür des Verkaufspavillons des Autohauses, rammte drei weitere Fahrzeuge und sauste durch die gegenüberliegende Glaswand wieder aus dem Gebäude. Ihre Probefahrt endete erst an einem weiteren geparkten Auto. Die alte Dame kam mit dem Schrecken davon und nahm Abstand vom Autokauf. Für die Schäden kam die Versicherung des Autohauses auf.

Die ganze Nacht allein in einem abgestellten Krankenwagen, keiner kommt, keiner hilft – diese Horrorvorstellung musste ein achtjähriges autistisches Mädchen in Bremen erleben. Zwei Mitarbeiter eines Rettungsdienstes in der Hansestadt hatten die Kleine nach einem Einsatz im Krankenwagen vergessen. Am Abend meldeten die Eltern das Mädchen als vermisst. Doch erst am Vormittag des nächsten Tages wurde das Mädchen angeschnallt in dem Krankenwagen entdeckt.

Wegen ihrer Krankheit hatte sie nicht auf sich aufmerksam machen können. Die Pfleger hatten vergessen, das Mädchen nach Hause zu bringen.

Zwei Patienten mit dem gleichen Nachnamen, beide 40 Jahre alt und beide auch noch auf derselben Station: Die Gefahr einer Verwechselung war bei den beiden Patienten in einem Limburger Krankenhaus von Anfang an groß. Dass es tatsächlich so kommen sollte, verblüfft dann aber doch: Beide Patienten sollten am selben Tag operiert werden, der eine am Bauch, der andere wegen eines Leistenbruchs. Anstelle des darmkranken Patienten wurde der mit dem Leistenbruch in den OP-Saal geschoben, der eigentlich erst später unters Messer sollte. Erst kurz bevor die Chirurgen das Messer ansetzten, wurde eine Ärztin aufmerksam: Laut Krankenakte hätte der Darmpatient eine Narbe von einer früheren Operation haben müssen, die aber fehlte. In letzter Sekunde blieb dem Patienten mit dem Leistenbruch eine Bauch-OP erspart.

Weil er seinen Schülern zeigen wollte, wie frische Pommes zubereitet werden, löste ein Realschullehrer aus Bad Dürkheim einen Feuerwehr-Großeinsatz aus. Der Lehrer weigerte sich, für die Kosten aufzukommen.

Arbeitslehre, neunte Klasse: Der Lehrer zeigte seinen beeindruckten Schülern, wie in einem Topf leckere Pommes entstehen können. Als die Pommes endlich fertig und verzehrt sind, klingelt es schon zur Pause. Auch der Lehrer geht und vergisst den Topf auf der immer noch eingeschalteten Herdplatte. Wenig später bemerkt der Hausmeister der Schule eine heftige Qualmentwicklung, er alarmiert die Feuerwehr. Durch den Einsatz der gleich achtzehn Feuerwehrmänner gelingt es, den qualmenden Topf ausfindig zu machen und zu löschen. Das Schulgebäude muss anschließend gelüftet werden. Kosten für den Einsatz: 1420,80 Euro. Nach Auffassung der Stadtverwaltung sollte der Lehrer zahlen, da er grob fahrlässig gehandelt habe. Der Lehrer dagegen sagte aus, er habe beim Verlassen der Schulküche durchaus kontrolliert, ob alle Herdplatten ausgeschaltet seien. Vermutlich habe er die eine noch heiße Platte vor Aufregung übersehen. Für einen solchen Dienstunfall müsse er aber ohnehin nicht haften, argumentiert der Pommes-Pädagoge. Das Verwaltungsgericht Neustadt wies seine Klage ab. Der Lehrer habe seine Sorgfaltspflicht verletzt. Beim Erhitzen von Frittierfett in einem normalen Topf bestehe stets eine erhöhte Brandgefahr, gaben die Richter dem Lehrer mit auf den Weg. Für ihn wäre es weitaus billiger gewesen, seine Schüler in eine Pommesbude einzuladen.

Mit einem Föhn fackelte ein Mann aus Winterberg in Nordrhein-Westfalen aus Versehen sein eigenes Auto ab. Nach Angaben der örtlichen Feuerwehr wollte er den nassen Innenraum seines Fahrzeugs trocknen. Dabei fingen die Sitze Feuer, der 50000 Euro teure Wagen brannte komplett aus.

Eine Spielzeugkamera aus einem Micky-Maus-Heft löste in Gießen einen Nachbarschaftsstreit aus, der vor Gericht endete. Der siebenjährige Kevin musste seine kleine «Spy-Cam» vom Fenster seines Kinderzimmers entfernen, weil sich die Nachbarn seiner Eltern belästigt und beobachtet fühlten. Die Nachbarn erreichten vor dem Amtsgericht Gießen eine Unterlassungserklärung. Kevin darf seine Spielzeugkamera nicht mehr am Fenster positionieren. Seine Eltern mussten die Gerichtskosten übernehmen und bekamen außerdem die Kündigung durch ihren Vermieter.

Eine badische Gastwirtin wies das schwedische Königspaar bei einem Ausflug in Deutschland ab. Kein Platz, lautete ihre Begründung. Königin Silvia und Carl XVI. Gustaf von Schweden mussten von dannen ziehen.

Wirtin Nadine Schellenberger vom «Güldenen Stern» in Ladenburg bei Heidelberg hatte gerade eine Hochzeitsgesellschaft bewirtet, als der König und seine deutschstämmige Frau Silvia um Einlass baten. Sie habe König und Königin nicht erkannt, erklärte nach diversen Presseberichten die Wirtin. Ihre Küche sei zu diesem Zeitpunkt ohnehin komplett ausgelastet gewesen. «Ich habe ihnen gesagt, dass ich leider kein Essen mehr servieren kann», so die Wirtin hinterher. König und Königin von Schweden zogen hungrig weiter und wurden anschließend in einer Pizzeria in der badischen Kleinstadt gesichtet.

Mal eben schnell zum Friseur – da kam die 34-Jährige aus Langenfeld (NRW) auch hin. Allerdings fiel ihr Besuch wesentlich spektakulärer aus, als sie sich das wahrscheinlich vorgestellt hatte.

Auf der Hinfahrt im Auto trug sie Flip-Flops an den Füßen. Durch die glatte Sohle rutschte sie kurz vor ihrem Ziel von der Bremse ab, rammte einen Blumenkübel, dann eine Parkbank und rutschte anschließend mit ihrem Fahrzeug durch das Schaufenster in den Friseursalon. Dabei landete sie fast haargenau an dem Platz, an dem ihr die Haare geschnitten werden sollten. Auf eine neue Frisur verzichtete sie an diesem Tag.

Darf es auch ein bisschen mehr sein? Bei einer Metzgerei in Braunschweig wartete eine Verkäuferin die Antwort ihrer Kundin auf diese Lieblingsfrage aller Metzger gar nicht erst ab. Statt 200 Gramm Press-Sülze packte sie einer 79-jährigen Stammkundin 2050 Euro in bar ein.

Die Kundin staunte nicht schlecht, als sie zu Hause ihre Einkäufe auspackte. Statt der bestellten Sülze fand sie in der

Einkaufstüte die gesamten Tageseinnahmen der Metzgerei. Der Metzgermeister hatte die Scheine wie üblich verpackt neben die Kasse gelegt und wollte das Geld nach Feierabend zur Bank bringen. Seine Verkäuferin hielt die Verpackung für die bestellte Sülze und übergab sie der Rentnerin. Gleich am nächsten Tag brachte die Dame das Geld zur Metzgerei zurück. Sie bekam endlich die gewünschte Press-Sülze und als Belohnung einen ganz großen Wurstkorb.

Nach den Vorstellungen der Kölner Gebühreneinzugszentrale (GEZ) sollte ein gewisser Friedrich Schiller endlich Fernsehen und Rundfunk anmelden und seiner Pflicht als Gebührenzahler nachkommen. Über 200 Jahre nach seinem Tod bekam der Nationaldichter mehrere Mahnbriefe der GEZ. Die Gebühreneintreiber hatten ihre Schreiben an die Friedrich-Schiller-Grundschule in Weigsdorf-Köblitz geschickt.

In den Mahnbriefen wird «Herr Friedrich Schiller» aufgefordert, Angaben zu seiner aktuellen Fernseh- und Radionutzung zu machen. Auch nach dem Hinweis der Schulleitung, dass der im Jahre 1805 verstorbene Dichter wohl nicht mehr in der Lage sei, ein Fernsehgerät anzumelden, beharrte die GEZ zunächst auf den persönlichen Angaben von Herrn Schiller. Die aktuelle Anschrift von Friedrich Schiller hatte die GEZ nach Presseberichten von einem Adressenanbieter gekauft.

Erstaunlich, wie oft Familienangehörige an Landstraßen und Autobahnen vergessen werden. Einmal kurz ausgestiegen – schon braust der Rest der Familie davon und lässt Ehemann, Ehefrau, Opa und die Kinder ratlos und verzweifelt zurück. Was ist bloß in deutschen Familien los?

Mit seinem Alter lässt sich noch der Fall eines 81-jährigen Autofahrers erklären, der auf dem Weg zum gemeinsamen Urlaub am Bodensee seine Ehefrau und seine Schwägerin zurückließ. Das Malheur begann mit einem kurzen Halt, bei dem alle ausstiegen. Der Rentner setzte sich wieder ans Steuer und wähnte Ehefrau und Schwägerin auf der Rücksitzbank. Dabei standen die noch an der dunklen Landstraße im Schwarzwald. Die beiden warteten dort eine geschlagene Stunde, getrieben von der Hoffnung, dass der 81-Jährige ihr Fehlen noch bemerken und umkehren würde. Schließlich klingelten sie an einem Haus in der Nähe, die Besitzer alarmierten die Polizei. Doch die war zunächst auch ratlos. Erst bei seiner Ankunft am Urlaubsort am Bodensee bemerkte der Fahrer, dass das Wichtigste fehlte: seine Ehefrau und deren Schwester. Die Polizei konnte im Laufe der Nacht den Kontakt zwischen den versprengten Familienangehörigen herstellen. Der Mann sagte zu, seine Lieben am nächsten Tag abzuholen.

Kurios verlief auch der Fahrerwechsel an der A1 im Großraum Osnabrück. Als der Ehemann von der Toilette kam, war seine Frau weggefahren. Die Autobahnpolizei konnte die Frau über das Handy erreichen, das sie mitgenommen hatte. Sie habe eben gerade erst gemerkt, dass sich ihr Mann nicht mehr im Auto befinde, und sich schon gewundert, dass er auf ihre Fragen nicht antwortete.

Bitter verlief die Rast an der Autobahn auch für einen Achtjährigen in der Nähe von Freiburg. Der Junge schlich sich während der Rast aus dem Fahrzeug. Die Eltern bemerkten es nicht und fuhren nur mit seiner schlafenden Schwester weiter. Ein älteres Ehepaar fand den Jungen auf dem Parkplatz und rief die Polizei. Mit Hilfe von Verwandten konnten die Polizeibeamten das Ehepaar schließlich am Telefon erreichen. Bis dahin war ihnen noch gar nicht aufgefallen, dass ihr Sohn fehlte.

Mit ihrem Versuch, auf einer Ü-30-Party mitzufeiern, handelte sich eine 25-Jährige in Kempten eine Strafanzeige ein. Die Frühreife war vom Türsteher der Kemptener Diskothek aufgefordert worden, sich auszuweisen. Sie zeigte einen Führerschein vor, der dem Türsteher jedoch merkwürdig vorkam. Denn der Führerschein zeigte nicht ihr Foto, sondern das ihrer älteren Freundin. Statt Gnade walten zu lassen, rief der Türsteher die Polizei. Die Beamten nahmen wegen des Missbrauchs von Ausweispapieren die Ermittlungen auf. Das Gesetz sieht dafür einen Strafrahmen von bis zu einem Jahr Haft vor.

Weil seine Fahrgäste zu schwer waren, musste sich ein bayerischer Busfahrer vor dem Amtsgericht Pfaffenhofen verantworten. Durch zusätzliche Ausstattung in seinem Bus wie Bordküche, Video- und Klimaanlage war sein Bus so schwer, dass seine Fahrgäste für eine deutliche Überschreitung des zulässigen Gesamtgewichtes sorgten.

Der 55-jährige Busfahrer war mit einer Reisegruppe aus Fulda in Richtung Rom unterwegs, als er plötzlich in eine Polizeikontrolle geriet. Auf einem Parkplatz an der bayerischen Autobahn wurde der Bus gewogen. Erlaubt ist für Reisebusse ein Gesamtgewicht von 18 Tonnen. Kleiner Haken: dein Bus allein wog schon 14,5 Tonnen. Blieben also nur noch 3,5 Tonnen. Bei den insgesamt 51 Plätzen im Bus bedeutete das, dass jeder Fahrgast mit Gepäck nur durchschnittlich 68,63 Kilogramm wiegen durfte. Eine Rechnung, die für den Busfahrer nicht ganz aufging. Er hatte seinen Bus um 1,8 Tonnen überladen.

Gegen das verhängte Bußgeld legte er Widerspruch ein. Das Amtsgericht Pfaffenhofen gab ihm recht: Schuld am unzulässigen Übergewicht seien nicht die Busfahrer, sondern die Konstrukteure und Hersteller der Reisebusse.

Einen auf den ersten Blick cleveren Trick zum Steuersparen heckte eine 38-jährige Hausfrau aus Möckmühl in der Nähe von Heilbronn aus. Sie meldete die Erziehung und Betreuung ihrer zwei Kinder Nadine und Marko als Gewerbe an.

Nach dem Plan der Hausfrau könnten durch die «Anmeldung eines Gewerbes zur Aufzucht und Pflege von Säugetieren» Betriebsausgaben wie die Anschaffung von neuen Fahrrädern für die Kinder von der Steuer abgesetzt werden. Ihr Antrag beim örtlichen Finanzamt brachte ihr jedoch eine Menge Ärger ein. Denn das Finanzamt schaltete das Veterinäramt des Landkreises ein: Um welche Säugetiere handelt es sich? Wie wird eine artgerechte Aufzucht garantiert? Unter welchen Umständen finden womöglich Verkäufe der genannten Säugetiere statt? Fragen, denen nun das Veterinäramt mit Nachdruck nachging. Da bei einem ersten Besuch die Hausfrau nicht angetroffen wurde, schaltete das Amt die Polizei ein, um sich notfalls Zutritt zu der Säugetieraufzucht verschaffen zu können. Beim zweiten Besuch der Veterinäre in Begleitung von Polizeibeamten war die 38-Jährige daheim und staunte nicht schlecht über das Großaufgebot der Behörden. Das Finanzamt lehnte wenig später eine Anerkennung ihres «Gewerbes zur Aufzucht und Pflege von Säugetieren» ab.

Kurios, was sich manche Zeitgenossen einfallen lassen, um weniger Steuern zu zahlen. Erfolgreicher als die Variante der hessischen Hausfrau war vor ein paar Jahren ein Steuersparmodell in Neuseeland. Bei diesem Modell spielte ein tiefgekühltes Hähnchen die entscheidende Rolle. Denn tiefgefroren bedeutet bekanntlich, dass das Tier tot ist. Durch den ständigen Transport der Tiefkühlware sollte aus der Familienkutsche ein Leichenwagen für Tiere werden. Denn dadurch würde keine Kraftfahrzeugsteuer mehr fällig.

Ein 24-jähriger Mann wollte in Hildesheim eine Abkürzung nehmen und verirrte sich dabei in ein Frauengefängnis. Als er seinen Irrtum bemerkte, war es schon zu spät. Zwar war er damit allein den einsamen Herzen der inhaftierten Frauen ausgeliefert, wohl fühlte er sich dennoch nicht.

Der Mann hatte nach Angaben der Behörden ein offen stehendes Tor gesehen, das er für eine Abkürzung zu einer nahe gelegenen Grünanlage hielt. Doch dann stand er auf dem Vorhof des Frauengefängnisses in Hildesheim. Als er seinen Irrtum bemerkte und sich umdrehte, war das Tor der Justizvollzugsanstalt bereits wieder verschlossen. Eine dumme Situation, aus der sich der Spaziergänger durch laute Hilferufe zu befreien versuchte. Doch zunächst wurde niemand im oder vor dem Knast auf ihn aufmerksam. Retter war der Bürgermeister der Stadt, der zufällig am Frauenknast vorbeischlenderte und für die sofortige Freilassung seines Bürgers sorgte.

Aus Versehen schickte ein 56-jähriger Lkw-Fahrer aus Hohenlimburg in Nordrhein-Westfalen ein Foto seines Penis als MMS an seine Chefin. Seine Chefin war schockiert und schickte ihm die fristlose Kündigung zurück.

Dem Lkw-Fahrer war es bei der Auslieferung von Stahlteilen langweilig geworden. Im Führerhaus des Lkw griff er zu seinem Handy, fotografierte seinen Penis und wollte die Aufnahme an seine Lebensgefährtin schicken. Doch beim Tippen verrutschte er auf der Tastatur.

«Das Bild war nicht delikat, es war geradezu ekelig», sagte seine Chefin später vor Gericht. Für sie kam erschwerend hinzu, dass am nächsten Tag ihre Hochzeit bevorstand und sie von einer geschmacklosen Anspielung auf ihr Sexualleben in der Ehe ausgehen musste. Gegen seine Kündigung legte der Lkw-Fahrer vor dem Arbeitsgericht Hagen Widerspruch ein. Urteil des Gerichts: Eine weitere Zusammenarbeit ist seiner Chefin nicht mehr zuzumuten. Allerdings wurde die fristlose in eine fristgerechte Kündigung umgewandelt.

«Heiße Mädchen aus Nordchina» versprach ausgerechnet die Titelseite des Magazins der seriösen Max-Planck-Gesellschaft. Die chinesischen Schriftzeichen, die das Cover des angesehenen Magazins «Max Planck Forschung» schmückten, waren groß auf einem Foto zu lesen, dass die Redaktion von einer Bildagentur erworben hatte. In der Bildbeschreibung steht laut Max-Planck-Gesellschaft: «altchinesische Schriftzeichen».

Übersetzt bedeuten sie: «Wir haben es uns einiges kosten lassen und junge Mädchen aus Nordchina aufgetrieben.» Die Mädchen würden «demnächst bei uns auftreten», hätten eine «verführerische Figur» und seien «außerordentlich heiß».

Angeblich wurde das Foto vor der Veröffentlichung sogar von einem Sinologen überprüft. Nach dessen Fazit handelte es sich um «völlig unverfängliche Zeichen». Andere Sinologen widersprachen, nachdem das Foto abgedruckt worden war. Über die wahre Bedeutung der Schriftzeichen könne es eigentlich keine Zweifel geben. Die Max-Planck-Gesellschaft tauschte das Cover aus.

Auf der Homepage der Universität Dortmund sorgte dagegen der Link eines Erziehungswissenschaftlers für Aufregung. Die Seite stellte die Verbindung zur privaten Homepage eines Dozenten her. Dort war der Akademiker in eindeutigen Sado-Maso-Posen in einem «Folterverlies» zu sehen. Studentinnen der Dortmunder Uni waren auf den Link gestoßen, als sie wissenschaftliche Erkenntnisse zum Spezialgebiet des Erziehungswissenschaftlers sammelten: Körpersprache.

Mit seinem Hinterteil ist ein 69-jähriger Erlanger zwischen zwei Bäumen hängengeblieben. Bei Temperaturen von zehn Grad musste er in dieser Stellung mehrere Stunden in der Nacht verbringen, ehe ihn am frühen Morgen Spaziergänger erlösten und ihn herauszogen.

Der angetrunkene Mann hatte beim Urinieren an einem Gebüsch das Gleichgewicht verloren und war mit heruntergelassener Hose eine Böschung herabgefallen. Dabei verklemmte sich sein Gesäß zwischen zwei Bäumen so fest, dass er sich aus eigener Kraft nicht mehr befreien konnte. Auf Hilferufe hatte er zunächst verzichtet. Die Spaziergänger entdeckten den Mann zufällig. Er war wieder nüchtern, hing aber immer noch zwischen den Bäumen fest.

Sie lernten sich im Urlaub kennen, es war Liebe auf den ersten Blick: In seinen Ferien an der Ostsee lief einem damals 39-jährigen Fahrer der Post aus Possendorf bei Dresden eine etwa fünf Jahre alte Katze zu. Er nannte die Mieze «Cecilia». Nach einigen Monaten mit der Katze entschloss sich der Postfahrer, die Katze zu heiraten. Da ihm klar war, dass ein Standesamt weder im heimatlichen Possendorf (für diese Geschichte geradezu die ideale Ortsbezeichnung) noch sonst wo ein Aufgebot mit einer Katze als Braut akzeptieren würde, organisierte der Postfahrer, der zuvor noch nie verheiratet war, die Trauung selbst. Für 300 Euro Honorar engagierte er eine Schauspielerin als Standesbeamtin, sein Zwillingsbruder war Trauzeuge. Nach einem Hochzeitsmarsch, einer Anrede wie im Standesamt und einem Küsschen gab der Mann seiner Katze das Jawort. Der Bräutigam war übrigens in Frack und Zylinder gekleidet, seine Mieze trug ein weißes Kleidchen.

Nach der Trauung sagte der glückliche Bräutigam: «Cecilia hat so ein zutrauliches Wesen. Wir schmusen ständig, sie schläft seit Anbeginn in einem Bett. Zwischen uns ist eine innige Verbindung, ein Gleichklang der Herzen – es ist einzigartig.»

Vor dem Gesetz ist diese Ehe selbstverständlich ungültig. Mann und Frau dürfen keine Tiere heiraten, denn die könnten ja keine wirksame Erklärung für die Hochzeit vor dem Standesamt abgeben. Doch neben der Posse aus Possendorf gibt es auf der Welt etliche andere Beispiele für den Versuch einer Eheschließung zwischen Mensch und Tier. So heiratete der Koreaner Lee-Jin-Gyu, damals 28 Jahre alt, im März 2010 sein Kuschelkissen. Aus dem Sudan wird die Vermählung zwischen einem Mann und einer Ziege gemeldet, in Tokio soll sich 2009 ein Priester mit einer Nintendo-Videofigur getraut haben. In Indien ist sogar ein Eineinhalbjähriger vor seinen Eltern mit einer Hündin verheiratet worden. Und zwar aus Aberglauben: Die Eltern sollen entsetzt gewesen sein, als dem Kleinkind der Zahn im Oberkiefer wuchs. In ihrem Heimatort gilt dies als böses Omen. Nach den Voraussagungen des Dorfältesten könnte nur durch die Vermählung mit einem Hund das finstere Ende des Lebens ihres Sohnes durch die Bisse eines Tigers abgewendet werden. Daran glaubten sie.

Die Hochzeit soll Presseberichten zufolge nach alten Traditionen in einem Hindu-Tempel gefeiert worden sein, die Hündin soll zur Trauung zwei Silberringe an den Pfoten und eine silberne Kette um den Hals getragen haben. Nach der Überzeugung des neuen Schwiegervaters der Hündin kann sein Sohn trotz dieser tierischen Vermählung eines Tages auch eine normale Ehe mit einer Frau führen. In ihrer Heimat würden Mehrfach-Ehen von den Behörden toleriert.

Zurück nach Deutschland. In Hamm hat ein 49-jähriger Bibliothekar seine Ehefrau nach sechs gemeinsamen Jahren verlassen, um künftig nur noch mit seiner Schäferhündin zusammenzuleben. Die Hündin ist sechs Jahre alt. Unwahrscheinlich, dass der Partnerwechsel nur mit dem Alter zusammenhängt, auch wenn seine Ex vermutlich und hoffentlich wesentlich älter als die neue Partnerin ist.

Gar nicht so selten führt die Beziehung zu einem Tier nach einer Trennung von Herr- und Frauchen zu einem Streit um das Sorgerecht, der erst vor Gericht endet.

So geschehen in Hamburg. In den Papieren von Westhighland-Terrier «Cindy» war Herrchen als Besitzer eingetragen, nach der Trennung lebte der Vierbeiner aber bei Frauchen, Herrchen durfte die Terrier-Dame nur nach Absprache und nur für jeweils einen Tag sehen. Frauchen behauptete nach einigen Wochen, dass der Hund nach den Besuchen bei ihrem Exmann regelmäßig verstört sei. «Cindy» würde danach immer auf den Teppich pinkeln, was sie sonst nie tue. Deshalb dürfe «Cindy» ab sofort nicht mehr zu ihrem Ex. Nach diesen schweren Vorwürfen weigerte sich Herrchen beim vom Frauchen geplanten Abschiedsbesuch, «Cindy» wieder herauszugeben. Frauchen ärgerte sich und stellte wegen der Entführung des Hundes Strafanzeige. Auch Herrchen schaltete einen Anwalt und das Amtsgericht Hamburg ein. Gerechtes Urteil: «Cindy» soll künftig in der Woche bei Frauchen und an den Wochenenden bei Herrchen leben. Auf diese Regelung wären ihre Besitzer nie gekommen. Und gut, dass deutsche Gerichte nie etwas zu tun und für genau solche Fälle ganz viel Zeit haben.

Für das junge Paar aus Magdeburg war es wie ein Volltreffer im Lotto: Zweimal 42 748 Euro bekamen die 21 und 22 Jahre alten Hartz-IV-Empfänger vom Jobcenter überwiesen. Es war die größte Summe, die jemals auf dem Kontoauszug eines Hartz-IV-Empfängers aufgetaucht war. Und das sollte laut Ankündigung des Jobcenters Monat für Monat so weitergehen. Mit so viel Großzügigkeit hatten die beiden nie und nimmer gerechnet und gaben einen Großteil des Geldes für eine neue Wohnungseinrichtung und ein Kinderzimmer aus. Irrtum vom Amt: Der Geldregen beruhte auf einem Eingabefehler.

Diesen Satz las das Pärchen aus Sachsen-Anhalt mindestens hundertmal: «Nach den Bestimmungen des Gesetzes über die Grundsicherung für Arbeitssuchende werden Ihnen unter Berücksichtigung Ihrer wirtschaftlichen und persönlichen Verhältnisse und der mit Ihnen in der Bedarfsgemeinschaft lebenden Personen, wie sie von Ihnen und den sonst beteiligten Personen bei der Antragstellung angegeben und nachgewiesen wurden … Leistungen zur Sicherung des Lebensunterhaltes in Höhe von monatlich 42748,00 Euro bewilligt», hieß es wörtlich in dem Bewilligungsbescheid des Jobcenters Salzlandkreis nahe Magdeburg. Zweimal bekam das Pärchen die Summe tatsächlich überwiesen, dann fiel der Eingabefehler auf. Eigentlich hatten die beiden nur einen Mietkostenzuschuss von monatlich 24,42 Euro erhalten sollen, zusätzlich zum Hartz-IV-Regelsatz. Aus unerklärlichen Gründen und von der Zahlenfolge nicht nachvollziehbar vertippte sich der zuständige Mitarbeiter des Jobcenters: Aus 24,42 Euro im Monat wurden eben die 42748 Euro, ebenfalls im Monat. «Menschliches Versagen» sei schuld gewesen, hieß es später in der Stellungnahme des Jobcenters.

Leider war das Geld zum Teil schon weg. Als der Bewilligungsbescheid im Briefkasten steckte, war die 21-Jährige aus Schönebeck hochschwanger, musste deshalb ihre Ausbildung zur Einzelhandelskauffrau abbrechen. Und als die Summe zum zweiten Mal überwiesen wurde, war sie bereits Mutter vom kleinen Max. Ein neues Kinderzimmer musste her, ihre Wohnung wurde bei der Gelegenheit komplett neu eingerichtet. Zu groß war offenbar die Versuchung gewesen, beim Jobcenter lieber nicht nachzufragen, ob monatlich 42748 Euro nicht doch etwas zu viel seien für eine kleine Familie.

Als der Irrtum den Mitarbeitern des Jobcenters endlich auffiel, soll das Paar nach Darstellung der Behörde nicht reagiert haben, weder auf Briefe noch auf Anrufe. Zu einem Anhörungstermin seien die beiden ebenfalls nicht erschienen. Dann wurde zwar das Konto gesperrt. Doch da waren 33000 Euro bereits ausgegeben. Die Restsumme von 51000 Euro buchte ihre Sparkasse zurück. Ob dies ohne Mahnung und Pfändung überhaupt erlaubt war, muss allerdings noch juristisch geklärt werden. Nur bei arglistiger Täuschung, Drohung oder Bestechung müsse das Geld zurückgezahlt werden, argumentierte der Anwalt des jungen Pärchens. Die Chancen auf Rückzahlung der in die

Wohnungseinrichtung investierten 33 000 Euro sind realistisch betrachtet ohnehin gering: Beide haben nach wie vor Anspruch auf die Grundsicherung.

Das Polizeipräsidium München teilte mit: «Eine 47-jährige Frau lernte in einem Pub in der Ludwigsvorstadt gegen 13.30 Uhr einen 43-jährigen Handwerker kennen. Die Frau nahm die neue Bekanntschaft mit in ihre Wohnung. Dort kam es zum mehrmaligen Liebesakt. Als die Frau noch mehr wollte, stieß sie auf Ablehnung. Stattdessen versuchte die Bekanntschaft die Wohnung zu verlassen, was die Frau verhinderte. Sie wollte ihn nicht eher aus der Wohnung lassen, bis er noch mehrmals mit ihr geschlafen hätte. Da der Mann für sich keine andere Möglichkeit sah, kam er dem Ansinnen der Frau noch einige Male nach, um dann endlich die Wohnung verlassen zu dürfen. Da ihm dies aber weiterhin verwehrt und noch mehr Sex gefordert wurde, flüchtete er letztlich auf den Balkon der Wohnung und verständigte von dort aus die Polizei. Auch die eingesetzten Beamten versuchte die Frau, allerdings erfolglos, zu entsprechenden Tätigkeiten zu überreden.

Nach erkennungsdienstlicher Behandlung und Blutentnahme bei der Rechtsmedizin wurde die 47-Jährige wieder entlassen. Sie muss sich nun wegen Verdachts der sexuellen Nötigung und Freiheitsberaubung verantworten.»

Die peinlichsten Momente in der Glotze

Mit einem Schimpansen kommt «Tarzan»-Darsteller Johnny Weissmüller 1972 in das «Aktuelle Sportstudio» des ZDF. Während der Sendung beißt das Tier Weissmüller in den Hals, pinkelt ihn an und reißt Ehefrau Maria die Perücke vom Kopf. Moderator Dieter Kürten reagiert souverän: «Sie sehen auch so toll aus.»

Durch nur einen Versprecher wurde die erste Moderatorin des «Aktuellen Sportstudios» auf Anhieb berühmt. Als Carmen Thomas am 1. Juli 1973 das Spiel der Königsblauen aus Gelsenkirchen ansagen will, hört sich das so an:

«FC Schalke 05 gegen – jetzt habe ich es vergessen – Standard Lüttich.»

05 statt 04 – noch während der Sendung brach ein Sturm der Entrüstung los, der monatelang anhielt. Entnervt gab die erste Frau im «Sportstudio» schließlich auf.

Hatte er sich mal wieder versprochen? Hatte er die Zeichen der Zeit übersehen? Oder was war da los? Am Ende seiner traditionellen Silvesteransprache wünschte der damalige Bundeskanzler Helmut Kohl kurz vor dem Wechsel von 1986 auf 1987 seinen Mitbürgern ein «Frohes 1986». Doch dieses Mal traf den späteren «Kanzler der Einheit» keine Schuld, beim NDR war vielmehr das Sendeband vertauscht worden. Zu hören und zu sehen war die Ansprache vom 31. Dezember 1985, eine peinliche und unfreiwillige Wiederholung der Kanzlerworte. Bis heute gilt die falsche Neujahrsansprache des Kanzlers als eine der größten Pannen in der Geschichte des Fernsehens. Zwar waren inhaltlich die Unterschiede nicht allzu groß. Zum Jahresende 1985 meinte Kohl, dass es zu den höchsten Anliegen zählen müsse, den Frieden zu sichern. Ein Jahr später sprach er (in der zunächst nicht gesendeten Ansprache) davon, den Frieden zu bewahren. Vielen Zuschauern soll die Panne überhaupt nur dadurch aufgefallen sein, weil der Kanzler in den Ausstrahlungen von ARD und ZDF offenbar ein unterschiedliches Sakko trug.

Zwar standen in der Sendezentrale des federführenden NDR die Telefone nicht mehr still, mit der Entschuldigung ließ sich der Sender trotzdem Zeit. Erst anderthalb Stunden nach der Panne gab es eine Einblendung in das laufende Fernsehprogramm: «Durch ein Versehen ist die Neujahrsansprache des Bundeskanzlers heute Abend verwechselt worden. Die ARD entschuldigt sich dafür. Die korrekte Fassung wird morgen, am Neujahrstag, um 20.05 Uhr, nach der Tagesschau ausgestrahlt!» Grund für die Verzögerung war die Befürchtung, die Einblendung während des nachfolgenden ARD-Wunschkonzertes könnte als Scherz missverstanden werden.

Bei einem Streit zwischen der damaligen Bundesfamilienministerin und späteren Bundeskanzlerin Angela Merkel und der Abtreibungsgegnerin Karin Struck fliegen die Fetzen. Struck reißt ihren Rock hoch und das Ansteckmikrophon ab und schleudert dann auch noch ein Weinglas durch das Fernsehstudio.

Auf einer Pressekonferenz will die Frauen-Combo «Tic Tac Toe» im Herbst 1997 ihre Versöhnung bekanntgeben. Doch vor laufenden Kameras bricht neuer Streit aus. «Du machst alles kaputt», werfen sich Lee, Jazzy und Ricky gegenseitig vor. Das endgültige Ende des erfolgreichen Trios.

In einer Show lässt TV-Sternchen Nadja Abd El Farrag, im Grunde nur durch ihre Verbindung mit Dieter Bohlen («Modern Talking»,

«Deutschland sucht den Superstar») bekannt, 2001 von einem Japaner ihre linke Brust wiegen. Ergebnis: ein Kilo und 350 Gramm. Das Busenwiegen gilt bis heute selbst im Trash-TV als schwerer Unfall.

Von ähnlicher Qualität ist der Auftritt von Ramona Drews, Ehefrau des Schlagersängers Jürgen Drews. Während eines Interviews spritzt sie Muttermilch aus ihrem Busen. Ehemann Jürgen Drews gesteht in derselben Sendung: «Ich bekomme jeden Tag eine Portion Milch von Ramona.» So genau wollte das vermutlich keiner der Zuschauer wissen.

Völlig betrunken taumelt Schauspieler Helmut Berger («Ludwig II.») in die ZDF-Sendung «My swinging Sixties». Moderator Thomas Gottschalk muss ihn mehrfach stützen und festhalten. Berger lallt und ist nicht zu verstehen.

Vor laufender Kamera leert morgens ein Putzmann im Hamburger «Tagesschau-Studio» den Mülleimer. Er bemerkt nicht, dass die Nachrichtensprecherin Susanne Daubner bereits die Nachrichten verliest.

Eilmeldung bei N24: «Ballack scheißt Deutschland ins Viertelfinale», lautet die Schrifteinblendung bei einem Bericht über das EM-Spiel zwischen Deutschland und Österreich.

«Nach zwei Maß Bier ist man noch fahrtüchtig», behauptete Bayerns Ministerpräsident Günther Beckstein beim Ringen um Wählerstimmen von durstigen Autofahrern. In seiner ProSieben-Sendung «TV total» will es Moderator Stefan Raab genau wissen und bittet einen Studenten aus dem Publikum zu einem Trinkexperiment auf die Bühne. Doch schon nach der ersten Maß ist das Maß für den Studenten voll. Er kotzt vor laufender Kamera ins Studio.

Das hatten sie sich so schön gemein ausgedacht. In der WDR-Sendung «Zimmer Frei!» trägt Moderator Götz Alsmann ein ABC-Pflaster auf der Stirn, zusammen mit Kollegin Christine Westermann serviert er Buchstabensuppe, es gibt Russisch Brot zu essen, und der Gast muss das Wort «Kommunalobligation» buchstabieren. So wollten sie den an Legasthenie leidenden «Morgenmagazin»-Moderator Cherno Jobatey auf die Schippe nehmen. Der Kollege findet das aber gar nicht witzig und verlässt wütend für zehn Minuten das Studio des WDR.

Die Sendung durfte erst vier Jahre später ausgestrahlt werden.

Live oder Wiederholung – da kann selbst ein gestandener Sportreporter schon mal ins Straucheln kommen. Beim Länderspiel der U21-Nationalmannschaft in England ist gerade der Ausgleich gefallen, als offenbar schon der nächste Angriff kommt. «Erneut dasselbe Muster wie beim Ausgleich», wundert sich DSF-Kommentator Uwe Morawe. Er gerät ganz aus dem Häuschen: «Das ist ja derselbe Angriff …» Plötzlich Stille. Es dauert ein paar Sekunden, bis sich der Kommentator wieder meldet: «Da haben wir uns vertan, die haben noch mal dasselbe Tor eingespielt.»

Zu einer peinlichen Verwechselung kommt es bei der Berichterstattung des Nachrichtensenders N24 über den Tod von Osama Bin Laden. Der Einsatz der US-Einsatzkräfte wird an einer Videowand geschildert, dabei geht es auch um das «Navy Seals Team Six». Zur Illustration soll ein Logo dienen. Aber es ist das falsche – nämlich das einer Fanseite von «Star Trek».

Um für seine Nachrichtensendung zu werben, nutzt der kleine Fernsehsender WPMI-TV aus Alabama eine interaktive Plakatwand in der Stadt. Neben einem Bild der drei Nachrichtensprecher werden aktuelle Nachrichten angezeigt. Bei einer Nachricht gerät das Konzept mit der ständigen Präsenz der drei Sprecher auf dem

Plakat allerdings ins Wanken. Die Headline neben den Köpfen lautet: «Drei Menschen wegen Vergewaltigung verurteilt.» Und damit erscheinen die Moderatoren plötzlich in einem ganz anderen Licht …

Flaggenkunde in den «Tagesthemen»: Beim Bericht über das Spiel der deutschen Nationalmannschaft gegen die Türkei wird eine rot-schwarz-goldene Deutschlandfahne gezeigt. Und bei einer Nachricht über die amerikanische Botschaft in Berlin wird eine falsche Flagge der USA eingeblendet. Die Flagge hat einen Streifen zu viel …

Während des Fernsehtods des «Tatort»-Ermittlers Cenk Batu hören die sieben Millionen Zuschauer plötzlich eine Geister-Stimme: «Ja, machste zwei eins dreißig. Lutz macht das immer.» Während der Ermittler sterbend auf dem OP-Tisch liegt, bittet eine Frauenstimme: «Nur so durch die kleinen Haare. Dass die kleinen Haare da weg sind.» Die Stimmen gehören dem Wahlexperten der ARD Jörg Schönenborn und seiner Maskenbildnerin. Ein Techniker des NDR hatte versehentlich den Regler für das Wahlstudio der ARD für die Berichterstattung über die Landtagswahl in Schleswig-Holstein zu früh hochgeschoben. Der Abgang des «Tatort»-Ermittlers wurde so gründlich verpatzt.

Der Pannenfunk meldet ...

Angeblich dauert es mittlerweile nur noch zwei bis drei Minuten, bis eine Verkehrsstörung im Rundfunk gemeldet wird. Warum steht man dann aber so oft im Stau, ohne dass davon im Verkehrsfunk überhaupt die Rede ist? Vermutlich einfach Pech. Denn der Erfinder des Verkehrsfunks, der Westdeutsche Rundfunk in Köln, rühmt die eigene Verlässlichkeit. Etwa 80 Prozent aller Störungen würden über Induktionsschleifen erfasst, die das Fahrzeugaufkommen auf den Autobahnen messen. Nur rund zehn Prozent der Meldungen stammen noch direkt von der Polizei. Weitere zehn Prozent kommen von den knapp 40000 als «Staufinder» registrierten Hörern. Je nach Wochentag und Uhrzeit gehen bis zu 10000 Meldungen pro Tag ein, von denen die Redakteure für die halbstündlichen Meldungen bei WDR 2 etwa 15 auswählen. Die Verkehrsseite des WDR im Internet hat allein in einem Monat sechs Millionen Zugriffe.

Am 23. April 1961 gab es übrigens die erste Verkehrsmeldung im Rundfunk. Originalton damals: «Verehrte Hörer, in der Aktion Blaulicht-Verkehrshinweise für Kraftfahrer gibt die Polizei Folgendes bekannt ...»

Damals lag die Zeitspanne zwischen Sichtung und der anschließenden Meldung einer Verkehrsbehinderung noch bei bis zu 45 Minuten. Rund 1,8 Millionen Verkehrsmeldungen werden inzwischen jährlich bundesweit verbreitet.

Die meisten Verkehrsmeldungen sind nicht wie erwartet montags, sondern donnerstags zu hören, der ruhigste Tag für den Verkehrsfunk ist Sonntag. Die mit Abstand meisten Meldungen betreffen die A5, dann folgen A3 und A7.

Häufig tauchen auch Verluste der Ladung im Verkehrsfunk auf. Wie die 6000 Euro in Scheinen auf der A99 oder die

10 000 Euro in Münzen auf der A 3 oder die zwei Aktenkoffer mit Edelsteinen im Wert von einer Million Euro auf der A 8. Mehrere Paletten Sahne und Milch, vermischt mit Katzenstreu landeten auf der A 30, auf der A 5 rollte ein Gabelstapler vom Anhänger, ein Toilettenhäuschen stand plötzlich mitten auf der A 45.

Ein ganz besonderes Rätsel, wenn auch selbstverständlich keiner Erwähnung im Verkehrsfunk wert, sind die vielen herren- und damenlosen Schuhe, die immer wieder an den Autobahnen gefunden werden. Zwar gibt es keine bundesweiten Zahlen. Doch allein in Rheinland-Pfalz werden jedes Jahr bis zu 30 Schuhe aufgefunden, so die Angaben des Landesbetriebes Mobilität (LBM), der für saubere Autobahnen und Rastplätze zuständig ist.

Die Hinterlassenschaft von grausigen Unfällen und brutalen Überfällen, bei denen die armen Opfer sogar ihr Schuhwerk verloren? Und warum sind es immer nur einzelne Schuhe?

Die Ordnungshüter an den Autobahnen vermuten dagegen, dass viele Schuhe von Lkw-Fahrern stammen. Bei den vorgeschriebenen Pausen auf den Parkplätzen würden sie häufig die Schuhe wechseln, da sie im Lkw oftmals andere tragen. Beim Wechseln werden die Schuhe oft aufs Trittbrett gestellt und dann beim Abfahren vergessen. Dies würde auch erklären, warum so häufig nur ein Schuh herumliegt. Der erste fällt schon nach den ersten Metern auf die Fahrbahn, der zweite erst ein paar Kilometer weiter. Aber tragen Lkw-Fahrer denn auch Stöckelschuhe, die ebenfalls häufig gefunden werden? In diesen Fällen geht die Erklärung dann so: Bei längeren Fahrten tragen Frauen bekanntlich gerne bequeme Schuhe. Beim Gang in die Raststätte wird das Schuhwerk gewechselt, auf dem Dach des Fahrzeuges zwischengelagert und dort prompt vergessen. Und dann ist es zu spät, für oftmals nur noch einen Schuh auf der Autobahn eine Vollbremsung hinzulegen.

Den Sprung in den Verkehrsfunk haben dagegen folgende Ereignisse geschafft:

«Tiergarten: Wegen der Vorbereitung zum Fest am dritten Oktober ist die Straße des 17. Juni bereits ab dreißigsten September zwischen Platz des 18. März und der Entlastungsstraße gesperrt. Umleitungen sind ausgeschildert.»

«Vorsicht auf der A61 Mönchengladbach Richtung Koblenz zwischen Bedburg und Bergheim Gefahr durch die Rotationsbürste einer Waschstraße auf der Fahrbahn.»

«Acht fabrikneue BMW-Limousinen sind auf der A8 vom Lkw gefallen. Bitte vorsichtig fahren.»

«Ein sein Gebiss suchender Rentner irrt auf der A24 umher.»

«Auf der A1 sind mehrere hundert Liter Tierblut aus einem leckenden Tanklaster ausgelaufen. Beide Fahrbahnen sind kurzfristig gesperrt.»

«Auf der A44 Dortmund Richtung Kassel liegt ein totes Tier, schon weitgehend zu Hackfleisch verarbeitet.»

«A13 Dresden Richtung Schönefelder Kreuz: ein Rasenmäher auf der Überholspur.»

«Auf der B61 Beckum Richtung Bielefeld steht ein Toilettenhäuschen auf der Fahrbahn.»

«A1 Köln Richtung Dortmund: drei Schneepflüge nebeneinander, die nicht überholt werden können.»

«Aufgrund von Ringkämpfen dreier brünftiger Hirsche muss die A1 ab der Ausfahrt Oldenburg-Nord für mehrere Stunden voll gesperrt werden.»

«... auf der B43 zwischen Kelsterbach und Frankreich-Süd ...»

... auch im Radio gehört:

«Die A2 Luzern–Gotthard ist zwischen Dreieck Altdorf und Göschenen in beiden Richtungen wegen Durchfalls für Lkw gesperrt.»

«In Baden-Württemberg ist ein Hubschrauber auf die Autobahn 5 bei Brühl gestürzt. Die beiden Insassen kamen ums Leben. Die Polizei sprach von einem Wunder, dass kleine Autos in das Wrack des Hubschraubers fuhren, ähh ... dass keine Autos in das Wrack des Hubschraubers fuhren.»

«Ein Blick auf die Uhr: Es ist 9 Uhr 63.»

«Vorsicht auf der A4, Köln–Olpe zwischen Overath und Untereschbach liegt ein Bett auf der Fahrba..., ähh, Verzeihung, es muss Brett heißen.»

«Zwei Kilometer Stau, dort steht ein defekter Fahrbahn auf Lkw.»

«Der Anruf kostet aus dem deutschen Festnetz 50 Euro, mit dem Handy wird es deutlich teurer.»

«Es gibt heute ganz viel zu gewinnen – zwei Gutscheine mit jeweils 150 Euro, also insgesamt 350 Euro.»

«Aus der Vielzahl der richtigen Einsendungen haben wir auch diesmal wieder zwei Gewinner ausgezogen.»

«EU-Kommission erlässt neue Schlachtregelung für Kinder. Entschuldigung: EU-Kommission erlässt neue Schlachtregelung für Rinder.»

«Wie konnte Ihnen das gelingen? Diese Frage geht an den Sprecher der Pilotenvereinigung Pottpitt, ähh, Pott, ähh, Potkick, ähh, Cockpit.»

«Auch bundesweit sieht es gut aus – 4,22 Millionen Arbeitsläuse, ähh …lose.»

Schweigen, nichts als Schweigen. Und es nimmt kein Ende. Wieder Schweigen. Oder: Schon der erste Blick macht klar, dass die Zeit vertan ist. Zu alt, zu jung, zu hässlich. Mit Mundgeruch oder Nasenbehaarung: Beim ersten Date mit einem oder einer Unbekannten ist niemand vor Überraschungen so ganz sicher. Aber viele wollen da durch, schließlich kommt schon die Hälfte aller Beziehungen durch das Internet zustande. Und erst beim ersten Date sieht man/frau, mit wem er/sie da angebandelt hat. Die meisten Erlebnisse sind weitgehend harmlos. Ganz anders als die Erlebnisse, die der englische Blogger Rhodri Marsden auf seiner Internetseite crapdate.com gesammelt hat. Oder auch die Schilderungen verstörter Zeitgenossen nach ihrem ersten Date in diversen Foren. Wie diese:

«Der Mann machte mir im fleckigen Bademantel die Tür auf. Er trug eine elektronische Fußfessel und fragte, ob ich bei ihm bleiben wolle.»

«Als ich den Verabschiedungskuss ablehnte, fragte er, ob er stattdessen mal meinen Hintern sehen könne.»

«Der Typ gab vor, Arzt zu sein. Als er ins Stottern kam, behauptete er, Geheimagent zu sein, dessen Tarnung es ist, Arzt zu sein.»

«Mein Date holte mich mit seinem Porsche ab. Er legte ein Handtuch auf den Beifahrersitz und sagte: Frauen schwitzen da unten.»

«Hatte mal ein Date, lief aber nicht gut. Jahre später sah ich sie im Fernsehen bei einer Vorher-nachher-Show. Sie sagte dort, sie hätte in ihrem Leben nur ein einziges Date gehabt.»

«Ohne dass ich es vorher wusste, nahm er mich zu einem Einbruch mit. Ich saß währenddessen im Auto und hatte keine Ahnung, was er tat.»

«Ich ging mit einem Typen ins Kino. Da ließ er für alle hörbar einen fahren und schrie: Du bist ekelhaft, dann ging er.»

«Ich traf mich mit einem Typen zum Mittagessen. Am Abend rief er dann genau 43-mal an. Er erkundigte sich bei der Auskunft nach der Rufnummer meiner Eltern und fragte meinen Vater dann am Telefon, ob er mich heiraten könne.»

«Bei einem Date erwähnte ich, wie nordisch er aussehe. Er sagte daraufhin: Und ich dachte, du siehst besser aus. Ich ging sofort.»

«Mein Date trank sehr viel und erzählte mir pausenlos von seiner Schwester. Ich ging, und dann rief er mich über 20-mal an. Bei der letzten Nachricht auf der Mailbox sang er nachts um vier Uhr einen Song von Billy Ocean.»

«Das Date verlief gut, bis er sagte, dass er nicht wirklich Steven heiße, nicht 27 Jahre alt sei und noch nicht einmal Single.»

«Mein Date dachte wohl, es wäre lustig, mich mit einem Getränk zu überschütten, als ich meinte, mir wäre heiß. Es war Rotwein, und ich hatte ein weißes T-Shirt an.»

«Beim ersten Date fragte er mich nach meinem Alter. Ich antwortete: ‹32. Warum?› Seine Antwort: ‹Ich will wirklich Kinder haben, und mit 32 sterben deine Eierstöcke›.»

«Das Mädchen kam an und sagte: Ich bin in der Bar seit 3 Uhr. Beim Wort 3 fiel sie die Treppe herunter, und beide Absätze ihrer Schuhe brachen ab.»

«Ich traf mich mit einem Typen in seiner Wohnung. Er meinte zu mir, er habe jemanden, den ich unbedingt kennenlernen müsse. Es war sein Teddybär, von dem er Hunderte Fotos an seinen Wänden hängen hatte.»

«Wir hatten uns für das erste Date in einem italienischen Restaurant verabredet. Als das Essen serviert wurde, fing sie auf einmal an, ausführlich von ihrer Pilzinfektion im Genitalbereich zu erzählen. Und auch, dass sie ihren Exfreund verdächtige, sie damit angesteckt zu haben. Dann erwähnte sie auch noch, dass mehrere andere Leute auch in Frage kämen, sie angesteckt zu haben.

Ich habe sofort gezahlt und bin gegangen.»

«Er hat mich zum Essen ausgeführt. Plötzlich klingelt sein Handy. Er fängt an zu quatschen. Fünf Minuten später klingelt sein Handy wieder, und er hebt wieder ab. Dann noch einmal, und die Unterhaltung ist sehr kurz. Jedenfalls meinte er dann, wir müssten nun gehen, denn diese Person warte schon auf ihn.

Er hat also einfach so unser Date beendet, weil irgendwer irgendwas bei ihm abliefern musste. Später habe ich erfahren, dass es sich dabei um Drogen gehandelt hat.»

«Ich war auf einer Party von einer Freundin, ging in die Küche, da stand ein toller Typ vor mir. Wir kamen ins Gespräch, auch das passte. Das einzig Komische an dieser Situation war, dass alle Viertelstunde ein Mädel aus dem Wohnzimmer kam und versuchte, ihn anzuquatschen. Der Typ schien auch schon regelrecht genervt von ihr. Auf meinen fragenden Blick sagte mir meine Freundin, dass das Mädel, die den ganzen Abend schon versucht hatte, ihn von mir wegzulotsen, mit ihm verheiratet sei und dass die beiden eine zweijährige Tochter hätten.»

«Ein Typ hat mir zwei Stunden lang in einem Café von seiner Ex erzählt und mir Fotos von ihr gezeigt. Außerdem hatte er die Geschenke dabei, die sie ihm gemacht hatte. Er hatte den ganzen Krempel also extra für unser Date mitgebracht.»

«Ich ging zu einem Date, und der Kerl verbrachte den ganzen Abend damit, mir zu erzählen, wie man am besten Leute umbringt und sie dann beseitigt.»

«Alles lief gut, bis er mir einen kleinen Brief gab. Darin war ein Teil seiner Augenbrauen. Er dachte wohl, mir würde dieses Geschenk gefallen.»

«Seine ersten Worte bei unserem Date waren: Boa, hast du geile Titten.»

«Ich ging zu einem Date, und die erste Frage, die er mir stellte, war: Würdest du lieber verbrennen, ertrinken oder lebendig begraben werden?»

«Unser erstes Date fiel recht kurz aus. Sie hatte kurzfristig noch einen anderen Termin und dadurch nur eine halbe Stunde Zeit. Sie fragte mich bei der Verabschiedung, ob ich sie übermorgen nicht besuchen möchte. Sie würde dann einen Spieleabend mit ihren Freunden machen. Eine gute Gelegenheit, alle gleich kennenzulernen. Als der Abend gekommen war und ich in ihrer Wohnung stand, war ich etwas verwundert. Es waren außer ihrem Bruder und mir noch fünf weitere Männer anwesend. Alle hatten sie wie ich durch Kontaktanzeigen kennengelernt. Das war ein Casting!»

«Ich hatte eine Verabredung mit einem Typen, das lief wirklich gut. In der Woche darauf schickte er mir eine SMS und fragte, ob ich vorbeikommen könnte und sein Gepäck nach einer Reise sortieren und aufräumen könne. Er sei darin nicht so gut und würde solche Tätigkeiten hassen.»

Pannen-Ticker Deutschland, Teil 2

Neun Stunden lang wartete ein vermutlich orientierungsloser Schwerbehinderter an einer vielbefahrenen Hauptstraße in Bremen darauf, die Straße überqueren zu können. Nach Angaben der Polizei wollte der 65-Jährige eine Haltestelle auf der anderen Straßenseite erreichen, um von dort aus mit dem Bus nach Hause in seine betreute Wohngemeinschaft zu fahren. Der gehbehinderte Mann traute sich wegen des starken Verkehrs jedoch nicht, die Fahrbahn zu überqueren. Hilfe von Passanten lehnte er ab.

Ein Apotheker, der selbst mehrmals seine Hilfe angeboten hatte, informierte am Abend des Tages die Polizei über den vor seinem Geschäft wartenden Mann. Nach neun Stunden an der Straße brachte die Polizei den Mann nach Hause.

Mit einer Schlägerei endete der Streit zwischen einer 86 Jahre alten und einer 87 Jahre alten Frau um einen freien Sitzplatz in der Nürnberger Straßenbahn. Die 86-Jährige wollte sich auf den Platz setzen, auf den die 87-Jährige bereits ihre Handtasche abgelegt hatte, um nach eigenen Worten besser aussteigen zu können. Sie weigerte sich, die Tasche wegzunehmen. Beide Großmütter gerieten nach Polizeiangaben so in Rage, dass sie schließlich mit und ohne Handtasche aufeinander einschlugen. Erst die vom Fahrer herbeigerufene Polizei konnte sie trennen.

Er suchte die Ruhe. Doch ausgerechnet beim Angeln wurde ein Einwohner von Straubing in Oberbayern von einem übelriechenden Fäkalienregen getroffen. Die nach Polizeiangaben braune Flüssigkeit übergoss den Angler vollständig. Er musste sich mehrmals übergeben und klagte über Hautbrennen. Nach ersten Ermittlungen hatte kurz zuvor ein Passagierflugzeug vom Typ Airbus 320 das Gebiet beim Landen in niedriger Höhe überflogen. Dabei war vermutlich die Toilette des Flugzeuges entleert worden.

Mit seiner angeblichen Ermordung wollte ein 29-jähriger Frankfurter seine Exfreundin erschrecken. Er stach sich mit einer Nadel in die Hand und verteilte die Blutspuren in seinem Auto. Außerdem riss er sich Haare aus und klebte sie mit Blut an einen Stein, den er in dem Fahrzeug ablegte. Das Auto ließ er im Frankfurter Stadtwald stehen und flog in den Urlaub nach Mallorca.

Seine Ex schaltete die Polizei ein. Nach seiner Rückkehr verurteilte ihn das Amtsgericht Frankfurt wegen Vortäuschung einer Straftat zu einer Geldstrafe von 500 Euro. Seine Exfreundin sah er nie wieder.

Die Darbietung einer von ihm beauftragten Striptease-Tänzerin kostete einen evangelischen Pfarrer in Brandenburg sein Amt. Wie die Evangelische Kirche Berlin-Brandenburg bestätigte, hatte sich der 42-jährige Seelsorger für das Amt des Bürgermeisters in der benachbarten sächsischen Gemeinde Arzberg beworben und für eine Wahlparty die Stripperin engagiert. Ein Konkurrent um den Bürgermeisterposten zeigte den Pfarrer wegen Verstoßes gegen das Jugendschutzgesetz an. Der Generalsuperintendent bewertete die vom Pfarrer organisierte Strip-Einlage als «beschämend und peinlich». Der Pfarrer wurde entlassen und fiel auch als Bürgermeisterkandidat durch.

Außer Spesen nix gewesen: Der Anruf bei einer Sex-Hotline ist einen 25-jährigen marokkanischen Hotelgast in Köln teuer zu stehen gekommen. Nach Angaben der Polizei der Domstadt war er mitten im vermutlich nicht sehr erregenden Gespräch eingeschlafen.

Als er wieder aufwachte und auschecken wollte, forderte das Hotel die Begleichung der Telefonrechnung: rund 1400 Euro. Da der Mann nicht zahlen konnte, rief der Hotelier die Polizei. Dabei kam auch noch heraus, dass er seit Jahren ohne gültige Aufenthaltserlaubnis in der Bundesrepublik lebte.

Weil sie sich ein kleines Brüderchen wünschten, haben zwei kleine Mädchen in Frankfurt an der Oder einen Fünfjährigen aus dem Kindergarten entführt. Die beiden zehn und elf Jahre alten Mädchen hatten den kleinen Kevin auf dem Spielplatz seines Kindergartens gesehen und ihn kurz entschlossen mitgenommen. Dabei wurden sie von Zeugen beobachtet. Bereits wenige Stunden später konnte der kleine Kevin seinen Eltern übergeben werden.

Hatte er seinen Verstand verloren? Oder doch am Vorabend zu viel getrunken? Ein winkender Elefant am Rand einer Straße in Altötting in Bayern hat einen Autofahrer an den Rand des Wahnsinns getrieben. Der Autofahrer fand immerhin noch die Kraft, über den Notruf die Polizei zu alarmieren: An der Bundesstraße 12 stehe ein Elefant und hebe immer wieder den Rüssel, als ob er um eine Mitfahrgelegenheit bitten würde. Die Polizei konnte vor Ort den Sachverhalt schnell klären: Ein Zirkus hatte neben der Bundesstraße sein Winterlager aufgeschlagen. Unter Aufsicht ihrer Wärter konnten die Elefanten neben der Straße Gassi gehen und frische Luft schnappen.

Einen Scherbenhaufen im wahrsten Sinne des Wortes richtete ein 56-jähriger Hobbypolizist in Hannover an. Er hielt einen Glaser für einen Dieb, bei dem Versuch der Festnahme ging eine große Schaufensterscheibe zu Bruch.

Der 22-jährige Glaser wollte in den frühen Morgenstunden eine Schaufensterscheibe ersetzen, die in der Nacht beschädigt worden war. Der Amateur-Detektiv hielt ihn jedoch für einen Einbrecher und griff ihn genau in dem Augenblick an, als der Glaser mit der neuen Scheibe vor dem Schaufenster stand. Vor Schreck ließ der junge Glaser die mehrere tausend Euro teure Scheibe fallen.

Damit sie «keine anderen mehr anlächelt», nahm ein 34-jähriger Münchener seiner 36-jährigen Freundin ihr Gebiss weg. Das Paar war in der Weihnachtszeit in einem Lokal in einen heftigen Streit geraten, weil sie nach seiner Meinung den anderen männlichen Gästen schöne Augen gemacht habe.

Gemeinsam zu Hause angekommen, nahm er ihre Zahnprothese an sich und weigerte sich, das Gebiss wieder herauszurücken.

Weil er seine Freundin außerdem geschlagen hatte, verurteilte ihn das Landgericht München zu 14 Monaten Gefängnis ohne Bewährung.

Bombenalarm durch ein hungriges Tamagotchi-Küken: Weil sie ein verdächtiges Piepsen aus dem Briefkasten eines Stuttgarter Lebensmittelmarktes hörten, alarmierten Anwohner die Polizei. Die Beamten nahmen die Sache ernst, sperrten die Durchgangsstraße vor dem Supermarkt und ließen den Kampfmittelbeseitigungsdienst anrücken. Bei der Überprüfung des Briefkastens wurde das elektronische Spielzeug entdeckt. Mit seinem Piepsen erinnert das Tamagotchi-Küken seinen Besitzer daran, sich mit ihm zu beschäftigen.

Warum es im Briefkasten des Supermarktes lag, konnte die Stuttgarter Polizei nicht klären. Vermutlich wollte der Besitzer des nervenden Tamagotchi-Kükens endlich seine Ruhe haben.

Eine im Wasser treibende Person löste in München ein Wettrennen verschiedener Polizeidienststellen aus. Dabei waren zivile und uniformierte Beamte, Hubschrauber, eine Polizeihundestaffel, Feuerwehr und Rettungsdienste im Einsatz.

In der Würm treibe ein Kind – diese Meldung eines aufgeregten Spaziergängers auf der Polizeiwache in München-Passing löste den Großeinsatz aus. Da der Einsatzort nur hundert Meter von der Wache entfernt war, wollten sich offenbar viele Beamte an der Rettung beteiligen. Obwohl das Objekt von den Beamten rasch als Sex-Gummipuppe erkannt wurde, konnten sie nicht mehr verhindern, dass auch noch ein Löschzug der Feuerwehr anrückte.

Durch das erzwungene Urinieren im Sitzen auf der Toilette seines Hotelzimmers seien seine Urlaubsfreuden getrübt worden. Mit dieser Begründung forderte ein 50-Jähriger vor dem Amtsgericht Hannover eine Entschädigung von rund 300 Euro von seinem Reiseveranstalter. Dies sei ein Viertel des Reisepreises und damit als Entschädigung durchaus angemessen, trug der Kläger vor.

Im Bad seines Hotelzimmers auf Mallorca sei der Klodeckel defekt gewesen und immer wieder heruntergefallen. Er habe deshalb nicht wie gewohnt im Stehen urinieren können. Das Gericht lehnte die Klage ab.

Nach sechs Monaten Wartezeit ging ein kurioses Fundstück in den Besitz seiner ehrlichen Finderin über. Die Frau hatte auf einer Straße in Münster ein Gebiss entdeckt und im Fundbüro der Stadt abgegeben. Nachdem sich der Besitzer der dritten Zähne nicht gemeldet hatte, machte die Finderin ihre Rechte geltend. Nach Angaben des Ordnungsamtes der Stadt wollte sich die Finderin das Gebiss als Dekoration in ihr Wohnzimmerregal stellen.

Mit ihren neuen Nachbarn machten die Mitarbeiter der Drogenberatungsstelle der Kölner Polizei rasch Bekanntschaft. Die neuen Mieter im Nachbarhaus stellten einen Blumenkasten auf die Fensterbank. Die Pflanzen kamen der Polizei bekannt und verdächtig vor: Cannabis. Noch am selben Tag lernten die neuen Mieter ihre Nachbarn kennen – und die Pflanzen wurden einkassiert.

Der Ansturm auf preiswerte Computer löste in einem Supermarkt in Konstanz einen Polizeieinsatz aus. Zwei Kunden hatten sich um den letzten Artikel gestritten. Dabei zog einer von ihnen eine Pistole und zwang seinen Konkurrenten, ihm das vermeintliche Schnäppchen zu überlassen.

Erst hinterher stellte sich heraus, dass es sich um eine Schreckschusspistole gehandelt hatte. Da die Kassiererin die Auseinandersetzung beobachtet hatte und davon ausging, dass die Waffe echt war, überwältigte die Polizei den Schnäppchenjäger im Supermarkt.

Dieser Einbruch ging gründlich daneben: Weil seine Beute aus einer Wohnung in Lübeck zu schwer war, stoppte ein 54-jähriger Dieb mitten in der Nacht ein Taxi. Was der nach Polizeiangaben angetrunkene Einbrecher nicht wissen konnte: Der Fahrer des Taxis war der Mieter der ausgeraubten Wohnung. Der 34-Jährige erkannte seine Besitztümer auf Anhieb wieder und kutschierte seinen Fahrgast umgehend zum nächsten Polizeirevier.

Gleich zweimal war ein 35-Jähriger aus dem Sauerland in der Lokalzeitung zu sehen. Zum einen fahndete die örtliche Polizei mit seinem Konterfei aus einer Überwachungskamera nach einem Betrüger, der nach dem Fund einer EC-Karte samt PIN-Nummer eine vierstellige Summe von einem fremden Konto abgehoben hatte. Eine Seite weiter war der Mann noch einmal zu sehen – als neuer Schützenkönig.

Tatmotiv: Körperpflege. Viermal brach ein immer noch unbekannter Täter in die Wohnung eines 64 Jahre alten Rentners in Waldshut in Baden-Württemberg ein. Doch nie fehlte etwas. Die Polizei konnte lediglich ermitteln, dass der Einbrecher stets die Dusche benutzt hatte. Bei seinem letzten Einbruch ließ der Täter erstmals eine Spur zurück: einen gebrauchten Waschlappen.

Gleich zweimal überfuhr eine 61-Jährige in Duisburg einen Radfahrer mit dem Auto. Beim Verlassen eines Grundstücks war die Frau in eine Gruppe von Radfahrern gerollt und hatte dabei einen 51-Jährigen erfasst. Als die Autofahrerin den verletzten Radfahrer unter ihrem Auto liegen sah, wollte sie vorsichtig vorwärts fahren, um den Mann aus seiner Lage zu befreien.

Dabei verwechselte sie jedoch den Vorwärts- mit dem Rückwärtsgang und überrollte ihn erneut. Er musste mit schweren Verletzungen ins Krankenhaus gebracht werden.

Weil sie gemeinsam einem Kollegen in den Helm pinkelten, sind Ende der neunziger Jahre acht Hamburger Polizisten strafversetzt worden. Der 23-jährige Bereitschaftspolizist fand seinen mit Urin gefüllten Helm in seinem Schrank. Das kommt also dabei heraus, wenn Bullen strullen …

Wem gehört der Mond? Einem 59-jährigen Rentner aus Westfalen oder einem Mondverkäufer aus Kalifornien? Jahrelang tobte um diese Frage ein kurioser und zugleich erbitterter Streit zwischen Martin Jürgens aus Westerkappeln und dem Kalifornier Dennis Hope.

Hope hatte vor zwei Jahrzehnten bei einer Bezirksbehörde in Kalifornien seinen Anspruch auf den Mond registrieren lassen. Für jeweils rund 16 Dollar verkaufte er seitdem kleine Grundstücke auf der Sonnenseite des Mondes.

Der westfälische Rentner behauptete dagegen, dass der Mond

bereits seit 1756 zum Besitz seiner Familie zähle, dies könne er durch alte Urkunden auch belegen. Friedrich der Große habe den Mond damals Westerkappelns Vorfahren geschenkt. Den Streit konnte erst das Institut für Luft- und Weltraumrecht der Universität Köln schlichten. Laut internationalem Weltraumvertrag von 1967 gehört der Mond niemandem und darf deshalb auch nicht verkauft werden.

Aus Angst vor einem Einbruch nahm eine 84-jährige Rentnerin aus München ihre gesamten Ersparnisse in Höhe von rund 40 000 Euro mit in die Kirche. Das Geld befand sich in ihrer Handtasche.

Auf ihrem Heimweg wurde sie nach Angaben der Münchener Polizei von zwei jungen Männern verfolgt, die ihr vor der Haustür die Handtasche entrissen und flüchten konnten. Vor der Polizei sagte die Dame, sie habe aus Angst vor einem Einbruch ihre Ersparnisse lieber mit ins Gotteshaus genommen.

Das Geld blieb verschwunden.

Ziemlich gemein, aber rechtens: Wer mit besonderen Anstrengungen bei der Arbeit Preise gewinnt, hat nicht in jedem Fall Anspruch auf das Preisgeld. Mit dieser Entscheidung beendete das Bundesarbeitsgericht in Kassel den Streit zwischen einem Schaufenstergestalter und seinem Abteilungsleiter in einem Sportgeschäft.

Der Schaufenstergestalter hatte den Laden dekoriert. Angewiesen hatte ihn der Abteilungsleiter. Was er seinem Mitarbeiter aber nicht sagte:

Es ging um einen Gestaltungswettbewerb. Erster Preis: eine Kalifornienreise im Wert von etwa 4000 Euro. Erst Monate später erfuhr der Dekorateur, dass seine Arbeit gewonnen hatte. Die schöne Reise hatte der Abteilungsleiter mit seiner Frau angetreten. Nun unterlag der Gelackmeierte auch noch vor Gericht.

Weil seine Mutter ihm kein Eis kaufte, hat sich ein sieben Jahre alter Junge in Speyer bei der Polizei beschwert. Er rief auf der Wache an und sagte, dass ihm seine Mutter «nichts zu essen» gebe.

Daraufhin rückte eine Polizeistreife aus, um den Vorfall zu überprüfen. Zu seinem Ärger schlossen sich die Polizisten der Meinung seiner Mutter an, dass zu viel Eis nicht gesund ist.

Ein zu hundert Prozent sehbehinderter Mann ist in Mainz betrunken Auto gefahren. Wegen seiner Behinderung hatte der 33-Jährige auch keinen Führerschein.

Anwohner meldeten um Mitternacht beim Mainzer Polizeipräsidium, dass im Stadtteil Lerchenberg ein Blinder in einem Auto unterwegs sei. Streifenbeamte fanden den Blinden, der in einem auf ihn zugelassenen Opel Kadett saß. Der Mann gab zu, den Wagen vom Parkplatz einer Schule auf eine Straße gesteuert zu haben. Dabei fuhr er nach eigenen Worten immer nur einen halben Meter und stieg dann aus. Durch Ertasten prüfte der Blinde, ob Hindernisse im Weg standen. So schaffte er es, aus der Parklücke herauszukommen und etwa zehn Meter zurückzulegen. Zurück in die Parklücke konnte er dann allerdings nicht mehr, da er das Ziel ja nicht sehen konnte.

Er gab zu, keinen Führerschein zu haben. Er habe einmal im Leben ein Auto selbst lenken wollen. Da er eine Fahne hatte, musste er pusten. Ergebnis: Der blinde Autofahrer hatte 1,52 Promille.

Zwei große und nach Polizeiangaben furchteinflößende Hunde besetzten einen Streifenwagen in Mönchengladbach. Die Dogge und der Schäferhund hielten sich mehrere Stunden in dem Streifenwagen auf, während sich die zweiköpfige und zweibeinige Besatzung davor nicht mehr traute einzusteigen.

Die Polizisten waren von einer Anwohnerin um Hilfe gebeten worden, weil die Dogge und der Schäferhund ihre Haustür belagerten. Das Kommando «Sitz!» missverstanden beide Tiere offenbar gründlich. Denn sie setzten sich in den Streifenwagen. Durch die offenstehende Beifahrertür gelangte zunächst der Schäferhund in das Fahrzeug und machte es sich unverzüglich auf dem Beifahrersitz bequem. Dann sprang die Dogge hinein und legte sich auf die Rücksitzbank. Obwohl beide Hunde nicht knurrten, war dem Fahrer des Streifenwagens diese tierische Geschichte nicht geheuer, er stieg deshalb lieber aus. Zwei Hunde im Auto, zwei Polizisten davor – die herbeigerufenen Feuerwehrmänner konnten sich ein breites Grinsen nicht verkneifen. Und halfen der Streifenwagenbesatzung aus der Patsche. Hundekuchen sorgten dafür, dass die Ordnung wiederhergestellt wurde: Die Polizisten im Polizeiauto, und die Hunde mussten leider draußen bleiben.

Mit einem gestohlenen Rasenmäher flohen zwei Betrunkene in Lemgo vor der Polizei. Nach einer kurzen Verfolgungsjagd konnte das rasende Duo gestoppt werden.

Die Männer hatten den Aufsitz-Rasenmäher von einem Tankstellengelände gestohlen. Eine von aufmerksamen Passanten alarmierte Polizeistreife nahm die Verfolgung auf. Mit einer Geschwindigkeit von zehn Stundenkilometern hatten sich die beiden Täter noch nicht allzu weit vom Tatort entfernen können. Beide mussten absitzen und erhielten Strafanzeigen wegen Diebstahls – und Trunkenheit im Straßenverkehr.

Ein bislang unbekannter Exhibitionist schlich sich in ein Nonnenkloster in Mainz ein. Eine genaue Täterbeschreibung war den Nonnen jedoch nicht möglich, da sie «nicht näher hingesehen» hätten.

Der Vorfall hat im «Kloster der Göttlichen Vorsehung» zu Mainz für viel Aufregung gesorgt. Der um die 1,60 Meter kleine, nackte Mann war offenbar über die Mauer des Klosters geklettert. Einige Nonnen mussten mit ansehen, wie sich der

Exhibitionist auf die Toilette neben dem Speiseraum begab und die Tür offen ließ. Dort soll er sich selbst befriedigt haben und dann geflüchtet sein. Wegen der ungenauen Täterbeschreibung brachte die Fahndung der Polizei keine Ergebnisse.

Weil er sein Flugzeug verpasst hatte, zwang ein Geschäftsmann aus München mit einer anonymen Drohung die Maschine zur Umkehr. Er rief von einem Hausapparat des Flughafens bei der Feuerwehr an und erklärte, die startbereite Maschine müsse sofort gestoppt werden, «weil sonst was passiert».

Nach einem Polizeibericht war der 44-jährige Geschäftsmann zu spät am Schalter der «Olympic Airways» erschienen. Der von ihm nach Athen gebuchte Flug war bereits abgefertigt.

Nach seiner Drohung rollte die Boeing zum Terminal zurück. Flugzeug als auch Passagiere und Gepäck wurden stundenlang durchsucht. Als sich der Geschäftsmann sein Ticket auszahlen lassen wollte, wurde er verhaftet. Mit einer Verspätung von drei Stunden flog die Maschine ab – wieder ohne ihn.

Einen merkwürdigen Schwertransport stoppte die Polizei in Leverkusen. Ein 43-Jähriger hatte ein komplettes Gartenhaus im Schlepptau. Er habe keine andere Möglichkeit gesehen, das Gartenhaus vom Baumarkt nach Hause zu bringen, erklärte der Mann den verblüfften Beamten. Er hatte das Holzhaus mit vier Rädern ausgestattet und mit seinem Auto gezogen. Die eigenwillige Konstruktion hielt allerdings nur ein paar Meter, dann fielen die Räder ab. Doch der Mann fuhr nach Polizeiangaben einfach weiter.

Ein lustiger Einfall hätte einen 20-jährigen Rosenheimer beinahe für Jahre ins Gefängnis gebracht. Er trat bei einer Faschingsparty als Millionär auf, der mit Geld nur so um sich warf. Die Scheine hatte er vorher mit einem Farbkopierer vervielfältigt. Das Falschgeld verteilte der vermeintliche Millionär unter den 1200 Gästen. Der Wirt freute sich über den Geldsegen überhaupt nicht, denn einige Gäste nutzten die falschen Scheine zum Begleichen ihrer Zeche. Die Polizei zählte nach der Party neun Fälle, in denen mit dem Falschgeld bezahlt worden war, und nahm die Ermittlungen auf. Wer falsche Geldscheine in Umlauf bringt, kann mit einer Freiheitsstrafe von bis zu fünf Jahren Gefängnis bestraft werden.

Wer regelmäßig den Garten als Klo benutzt, muss die fristlose Kündigung durch seinen Vermieter hinnehmen. Denn dies störe nachhaltig den Hausfrieden, urteilte das Amtsgericht Köln. Seit Jahren soll der Mieter in den Garten gekotet und uriniert haben. Dabei verfügte die Erdgeschosswohnung in einem Kölner Hochhauskomplex über ein Badezimmer mit Toilette – und eben auch über einen Garten. Immer wieder mussten die Nachbarn dem Mieter zusehen, wie er dort seine Geschäfte verrichtete. Und dazu mussten sie auch noch über Jahre hinweg den Fäkalgestank ertragen. Eine Abmahnung durch den Hausverwalter konnte den Mieter nicht von seinen üblen Geschäften abhalten, gegen die anschließende fristlose Kündigung durch seinen Vermieter legte der Kölner Widerspruch ein. In der Gerichtsverhandlung traten Nachbarn als Zeugen auf, die schilderten, wie und wann sie den Mieter bei seiner Notdurft gesehen hatten.

Für unnützes Hin-und-her-Fahren wurde eine 20-Jährige im bayerischen Deggendorf mit einem Bußgeld von 20 Euro bestraft. Was viele nicht wissen: Nach der Straßenverkehrsordnung muss jede Fahrt mit einem Fahrzeug auf öffentlichen Straßen tatsächlich mit einem konkreten Ziel verbunden sein. Eine kleine sinnlose Spritztour oder das Cruisen im geöffneten Cabrio im Sommer sind streng genommen illegal und können tatsächlich als Ordnungswidrigkeit bestraft werden.

Die junge Frau war um Mitternacht von der bayerischen Polizei gestoppt worden. Sie waren den Polizisten aufgefallen, weil sie mehrmals zu einer Filiale einer Fast-Food-Kette und wieder zurückgefahren war. Bei dem Knöllchen beriefen sich die oberstrengen Ordnungshüter auf Paragraph 30 Absatz 1 der Straßenverkehrsordnung. Danach sind «bei der Benutzung von Fahrzeugen unnötiger Lärm und vermeidbare Abgasbelästigungen verboten. Unnützes Hin-und-her-Fahren ist innerhalb geschlossener Ortschaften verboten, wenn andere dadurch belästigt werden.»

Und das Einschreiten der Polizei ist zwar selten, weil vermutlich auch die meisten Polizeibeamten den Paragraphen 30 nicht kennen und keine Spaßbremsen sein wollen. Aber ein Einzelfall ist es nicht: So wurde von der Polizei ein 19-Jähriger im Ruhrgebiet gestoppt, weil er für das «Guinness Buch der Rekorde» eine neue Weltbestleistung im Kreiselfahren aufstellen wollte. Er war 46 Minuten in einem Kreisverkehr unterwegs und hatte bereits 230 Runden gedreht, bevor ihn die Polizei anhielt. Sein Ziel: 500 Runden.

Unnütz im Sinne des Paragraphen sind auch Autokorsos nach Fußballspielen oder nach Hochzeiten, die auch noch durch lautes Hupen begleitet werden. Weil es sich in diesen Fällen um «kulturelle Gepflogenheiten» handelt, drückt die Polizei in der Regel beide Augen zu. Doch schon beim nächsten wiederholten Vorbeifahren an einer Eisdiele können Autofahrer durchaus zur Kasse gebeten werden.

Der Fußballverein mit der längsten Pechsträhne ist der 1. FC Köln. Seit über zwanzig Jahren reiht sich in der Vereinsgeschichte ein Missgeschick an das andere. So liegt es sicherlich nicht nur am bekannten rheinischen Frohsinn, dass der Dauerabsteiger aus der Fußball-Bundesliga gern als Karnevalsklub bezeichnet wird.

Die Serie der Pannen begann mit dem Halbfinale im DFB-

Pokal 1991 gegen den MSV Duisburg. FC-Trainer Erich Rutemöller forderte mit dem Spruch «Mach et, Otze» seinen bereits mit Gelb verwarnten Spieler Frank Ordenewitz auf, sich noch eine gelbe Karte abzuholen, um dann nach der im nächsten Bundesligaspiel abgesessenen Sperre im DFB-Pokalfinale wieder mitspielen zu können. Doch der Trainer verplapperte sich im Fernsehen, der Deutsche Fußballbund sperrte «Otze» für das Finale.

Bei einer Verhandlung vor dem DFB-Sportgericht in Frankfurt wollte sich der FC mit einem Videomitschnitt von Sat.1 entlasten. Auf dem Band, das FC-Geschäftsführer Wolfgang Schänzler mitgebracht hatte, war jedoch nicht das Foul zu sehen, sondern Musikauftritte aus dem Kölner Karneval mit den «Black Fööss».

Beim Spiel gegen Schalke 04 in der Bundesligasaison 1997/98 vergaß Einwechselspieler Marcell Fensch sein Trikot in der Kabine. Während er ging, um es zu holen, musste seine Mannschaft in Unterzahl spielen und kassierte das 0:1. Das Spiel verlor Köln mit 0:2.

Groß war vor der Saison 2005/06 die Freude, einen neuen Hauptsponsor präsentieren zu können. Erwartete Mehreinnahmen: 4,3 Millionen Euro. Auf den Trikots der Kölner Spieler sollte die «Satena-Holding» für Zypern als Reiseziel werben. Doch der zypriotischen Tourismusbehörde war der neue Sponsor nicht bekannt. Der Vorstand des 1. FC Köln war auf Hochstapler hereingefallen.

Die Verpflichtung des Stürmers Eric-Maxim Choupo-Moting vom Hamburger SV scheiterte 2011 an einem kaputten Faxgerät in der Geschäftsstelle des 1. FC Köln. «Das Faxgerät hat ab der dritten Seite nur noch schwarze Querstriche gezeigt», berichtete der damalige FC-Sportdirektor Volker Finke. Die beiden Vereine und der Spieler hatten sich kurz vor Ablauf der Transferphase in der Bundesliga auf ein Ausleihgeschäft geeinigt. Doch das Fax mit dem unterschriebenen Vertrag kam durch die Panne (vermutlich ein Papierstau) nicht mehr rechtzeitig an. Erst nach Ablauf der Frist konnten die Kölner das Dokument an die Deutsche Fußball-Liga weiterleiten. Der Wechsel platzte, ein Jahr später stieg der Klub zum fünften Mal ab.

Putzfrau schrubbt Kunst kaputt

Endlich wieder sauber. Zufrieden wie sonst nur Künstler nach Vollendung ihres Werkes betrachtete die Putzfrau im Dortmunder Museum Ostwall das Ergebnis ihrer Arbeit. Der hässliche Gummitrog unter dem über zwei Meter hohen Holzturm war endlich den seltsamen weißlichen Belag los. Was hatte sie geschrubbt und gescheuert, bis der Behälter wieder rein war!

Auch der Hausmeister in der Kunstakademie Düsseldorf hatte ganze Arbeit geleistet. Getrieben vom Reinlichkeitssinn, machte sich der Hausmeister an die Beseitigung von fünf Kilogramm Butter, die seit Monaten die Raumecke verunzierten. Weg damit, wie auch die Mullbinden und Heftpflaster aus der ollen Badewanne ein paar Jahre zuvor. Und wer kann schon ahnen, dass 22 Jahre alte vertrocknete Pommes Kunst sind und deren Beseitigung einen Gerichtsprozess um Schadenersatz auslösen würde?

Die Geschichte der Kunst ist nicht nur reich an Irrungen und Wirrungen, es gibt auch etliche unglaubliche Pannen zu beklagen. Was ist Kunst? Die Missgeschicke im Umgang mit teuren Kunstwerken belegen endgültig, dass die Definition ziemlich relativ ist und die Vorurteile von Kunstbanausen leider in diesen Fällen voll bestätigt werden.

Was für die einen Kunst ist, ist für andere ein Fall für den Mülleimer. Eine bittere Wahrheit. Genauso bitter wie die Tatsache, dass es am Ende immer auch ums Geld geht. Der Unterhaltungswert immerhin ist bei diesen Pannen nicht zu verachten. Wer weder die Kunst hergestellt noch sie beseitigt hat, kann sich prächtig amüsieren. Eine ganz eigene Mischung aus Schadenfreude, der Bestätigung aller im Leben gesammelten Vorurteile und der ewigen Frage, wie die finanzielle Bewertung von Kunstwerken eigentlich zustande kommt.

Der Klassiker unter den Pannen in der Kunst: zweifellos die Badewanne von Joseph Beuys. Ein Skandal in den frühen siebziger Jahren, den der Künstler gar nicht witzig fand. Joseph Beuys: Bordschütze und Funker einer Stuka im Zweiten Weltkrieg, ausgezeichnet mit dem Eisernen Kreuz erster Klasse und im Luftkampf abgeschossen und schwer verwundet, Jahrzehnte später einer der wichtigsten deutschen Künstler, Inhaber des Lehrstuhls für Bildhauerei der Staatlichen Kunstakademie Düsseldorf, der Mann mit dem Filzhut und dem ausgemergelten Körper, immer zu schnell sprechend, politisch schwer aktiv und einer der Mitbegründer der Grünen.

Jeder Mensch sei ein Künstler, lautete das Credo von Beuys. Die meisten werden wohl kaum auch wirtschaftlich so erfolgreich sein wie er. Für seine Installation «The pack», ein alter VW-Bus mit 24 Schlittenobjekten, wurden 1969 110000 Mark gezahlt.

In jener Badewanne, mit Heftpflaster und Mullbinden versehen, hatte Joseph Beuys laut Schrifttafel angeblich als Säugling selbst gebadet. «Offenbar zu heiß», schrieben Unbekannte auf die Tafel – nur die erste kleine Panne, die die Säuglingsbadewanne auslöste. Besitzer der Wanne war der Kunstsammler Lothar Schirmer, der sie freundlicherweise einem Museum in Wuppertal als Dauerleihgabe zur Verfügung stellte. Für eine Wanderausstellung wurde das Kunstobjekt vorübergehend in einem Museum in Leverkusen eingelagert. Dort nahm das Unheil seinen Lauf. Bei einer Feier des SPD-Ortsvereins Leverkusen-Alkenrath am 3. November 1973 suchten zwei weibliche SPD-Mitglieder eine Schüssel zum Gläserspülen und stießen auf die offenbar verschmutzte Badewanne. «So, wie die aussah, konnten wir sie nicht gebrauchen. Deshalb haben wir die Wanne geschrubbt», erinnerten sich später Genossinnen Hilde Müller und Marianne Klein voller Reue. Ohne Pflaster und Binden eignete sich die Wanne zwar zum Spülen der Gläser, war allerdings kein Kunstwerk mehr.

Beuys soll damals mächtig sauer gewesen sein, der Besitzer seiner Wannen-Installation war es erst recht. Drei Jahre später wurde die Stadt Wuppertal als Leihnehmer der Badewanne erst vom Wuppertaler Landgericht und dann auch noch in zweiter Instanz vom Oberlandesgericht Düsseldorf zu einer Zahlung von 40000 Mark verurteilt, das Geld bekam der Kunstsammler als Eigentümer der Wanne. Das durch die gründliche Reinigung geschädigte Kunstobjekt bekam Joseph Beuys vom Gericht zugesprochen. Ausgerüstet mit neuen Mullbinden und Pflastern, machte sich der Künstler erneut an die Arbeit. Doch die Wanne war für ihn nicht mehr dieselbe.

Wie sehr zu dieser Zeit der skurrile Vorfall die Gemüter auch außerhalb der Kunstszene bewegte, zeigt die Weiterverwendung in der kommerziellen Werbung. In einem Werbespot für die Scheuermilch «ATA» wurden zwei Putzfrauen gezeigt, die in einem Museum mit abstrakten Bildern an den Wänden eine Badewanne schrubben. «Na, Meister, glänzt's?», fragen die beiden Putzfrauen mit leuchtenden Augen den Künstler, der gerade zur Tür hereinkommt. Vollkommen entsetzt hebt der angesprochene Künstler die Arme in die Luft. Der durchaus passende Werbeslogan: «Von Haus aus gründlich. So oder so.»

Dreizehn Jahre später: Erneut wird ein Kunstwerk von Joseph Beuys Opfer von Sauber- und Reinlichkeit. Fünf Kilogramm Butter hatte Beuys in einer Ecke seines Ateliers in der Düsseldorfer Kunstakademie als «Fettecke» angebracht. Anlass war der Empfang eines Vertrauten des Dalai-Lama in der Akademie gewesen. Für den Verbrauch von fünf Kilo Butter für ein Kunstobjekt lieferte Beuys folgende Begründung: «Eine Fettecke ist ja nicht deswegen gemacht, um einen Tisch mit Fett zu beschmieren, sondern eine Fettecke ist deswegen gemacht, um als Fettecke im Gegensatz zu anderen Prozessen, die ein solches plastisches, anfälliges Material macht, in Raum und Zeit, also gerade die Sachen mit Fett erheben einen großen Anspruch auf Theorie. Und diese Theorie ist natürlich vielleicht nicht immer da, wenn Menschen im Museum so eine experimentale Anordnung sehen.»

Wie recht der Künstler mit seiner Aussage hatte, zeigte sich neun Monate nach seinem Tod mit nur 65 Jahren.

Der Hausmeister der Akademie entfernte das Fett. Aus Versehen oder aus Berechnung – das konnte nie so ganz geklärt werden. Jedenfalls war die Entrüstung unter den Bewunderern von Joseph Beuys groß, und das Ende der Fettecke machte diese zu einem der bekanntesten Werke von Beuys. Und wieder ging es am Ende auch um Geld. Ein Kunstsammler beanspruchte nach deren Zerstörung nämlich das Eigentum an dem nun nicht mehr vorhandenen Werk. Nach dessen Erinnerung, vorgetragen vor Gericht, hatte Beuys das Anbringen der fünf Kilo Butter nämlich mit den an ihn gerichteten Worten begonnen: «Jetzt mache ich dir endlich deine Fettecke.» Das Land Nordrhein-Westfalen folgte dieser Logik und zahlte ihm nach einem Vergleich 40 000 Mark Schadensersatz.

Weitaus teurer noch kamen die Reinigungsarbeiten der Putzfrau im Museum Ostwall in Dortmund. Mit einem Wisch waren 800 000 Euro weg. Die arme Putzfrau wusste nicht, was sie tat. Denn der dreckige Trog aus Hartgummi, den sie von einem weißen Kalkbelag reinigte, war Teil der Installation «Wenn's anfängt durch die Decke zu tropfen» des 1997 verstorbenen deutschen Künstlers Martin Kippenberger. Der Trog stand unter einem aus Holzlatten gezimmerten Gerüst. Eines von den Kunstwerken, bei deren Anblick man sich unwillkürlich fragt, ob es wirklich so leicht ist, Künstler mit Weltgeltung zu werden, und warum man nicht selbst so sein Geld verdient und für alle Zeiten aus dem Gröbsten raus ist.

Holzgerüst und Gummitrog hatten einen Versicherungswert von 800 000 Euro. Nach dem Einsatz der Putzfrau, der besonders gründlich gewesen war, ist der Ursprungszustand des Werkes nicht mehr herzustellen, so die Einschätzung der Museumsrestauratorin. «Sie hat die Ränder und Seitenwände des Gummitrogs sorgfältig gereinigt. Es ist entsetzlich», stöhnte der Museumsdirektor. Das Kunstwerk sei unwiderruflich zerstört. Dabei gelten in Museen für Reinigungskräfte strenge Regeln. Die Mitarbeiter der Putzfirmen sollen einen Abstand von mindestens zwanzig Zentimetern zu den Kunstobjekten halten, die Kunstwerke dürfen weder berührt noch geputzt werden. Für den enormen finanziellen Schaden sollte deshalb die Versicherung des Reinigungsunternehmens aufkommen. Allerdings: Das Kunstwerk blieb stehen, der Vorfall sorgte für einen deutlichen Anstieg der Besucherzahlen. Viele erfuhren überhaupt erst durch den Einsatz der Putzfrau von der Existenz des Kunstwerkes «Wenn's anfängt durch die Decke zu tropfen».

In der grundsätzlichen Auseinandersetzung zwischen ordnungsliebenden Reinigungskräften und zeitgenössischen Künstlern schrieb 2007 auch die Stadtverwaltung Kassel, bekannt und nur bekannt durch die «documenta», ein kleines Kapitel. Die Verwaltung ließ aus Versehen die Striche vom Asphalt entfernen, die einen Tag zuvor während der «documenta 12» von der chilenischen Künstlerin Lotty Rosenfeld auf der Straße vor dem Ausstellungsgelände angebracht worden waren. Mit ihrer «Meile aus Kreuzen auf dem Asphalt» wollte sie an ihre frühere Protestaktion gegen den Diktator Pinochet in Chile erinnern. Durch die Schnellreinigung war ihr Kunstwerk ruiniert.

Ordnung contra Kunst: Pförtner der Londoner Niederlassung des Auktionshauses Sotheby's schmissen beim Aufräumen zur Jahrtausendwende eine offenbar leere Kiste in eine Müllzerkleinerungsmaschine. Hätten sie doch besser nachgesehen! Denn in der Kiste befand sich ein Bild des britischen Malers Lucian Freund. Wert: 157 000 Dollar, wie das Auktionshaus selbst ermittelt hatte.

Voller Stolz präsentierte der Kunstsammler und Multimillionär Steve Wynn 2006 auf einer Pressekonferenz das Gemälde «Le Rêve» von Pablo Picasso aus dem Jahr 1932. Für 139 Millionen Dollar wolle er nun das Picasso-Werk verkaufen, verkündete Wynn. Heftig gestikulierend schilderte der Kunstsammler die Bedeutung des Bildes und schlug dabei versehentlich mit dem Ellbogen gegen und in dasselbe. Mit einem Schlag im wahrsten Sinne des Wortes war der Wert des Kunstwerkes dahin. Noch am selben Tag nach Kollision zwischen Kunst und Kunstsammler sprang der potenzielle Käufer des Bildes ab. Die Reparatur kostete umgerechnet 90 000 Euro. Trotzdem konnte der ursprünglich ausgehandelte Preis nie wieder erreicht werden. Der Wert wurde stattdessen auf 85 Millionen Dollar geschätzt. Wynn sagte, dass sein Missgeschick ein Zeichen gewesen sei, das Bild doch nicht zu verkaufen. Seine Versicherung weigerte sich, für den Schaden aufzukommen. Wyn verklagte daraufhin die Versicherung. Jahre später soll es zu einer außergerichtlichen Einigung gekommen sein.

Unerwarteten und unerbetenen Zuwachs bekam dagegen die Kunstinstallation des koreanischen Medienkünstlers Nam June Paik in Münster. Zu den 32 silbern lackierten Oldtimern, die der Künstler vor dem Schloss in Münster installierte, stellten Unbekannte ein silbern lackiertes Fahrrad – das Wahrzeichen der Westfalenmetropole.

Mit den Oldtimern wollte der Künstler die Geschichte der Industrialisierung zwischen Technikbegeisterung und Autowahn dokumentieren. Wer jemals in Münster war, weiß genau, dass ein Verkehrsmittel in der Darstellung des Verkehrs regelmäßig zu kurz kommt: das Fahrrad. Denn Autofahrer werden dort in Münster als natürliche Feinde der Radfahrer angesehen. Ständige Zurückhaltung und ein besonders hohes Maß an Um- und Rücksicht sind jedem angeraten, der auf vier Rädern diese Stadt durchquert und keine Beulen in seinem Fahrzeug haben möchte. So verwundert die geheime Ergänzung der Ausstellung um ein silberfarbenes Rad also überhaupt nicht. Dennoch wurde der Drahtesel umgehend entfernt. Da noch rund 70 andere Künstler ihre Exponate im Stadtgebiet verteilt hatten, überwog die Angst vor Nachahmern.

Gründlich daneben lag ein Auktionator aus Augsburg. Er hatte das Erbstück einer 73 Jahre alten Witwe, einen Perserteppich aus dem 17. Jahrhundert, auf einen Wert von 900 Euro taxiert. Umso angenehmer war die Überraschung, als der Teppich bei seiner Auktion wesentlich mehr erzielte – 19700 Euro. Doch vom tatsächlichen Wert war auch diese Summe noch weit entfernt. Bei einer Versteigerung Wochen später beim Londoner Auktionshaus Sotheby's zahlte ein reicher Araber genau für diesen Teppich 7,2 Millionen Euro. Davon hatte die ursprüngliche Besitzerin selbstverständlich nichts mehr. Sie verklagte den Auktionator auf Schadensersatz.

Können Pommes Kunst sein? Und wenn ja, wie viel sind die Kartoffelstäbchen dann wert? Schon wieder führt eine Panne im Kunstbetrieb zu der Frage, wer dafür bezahlt. Zwei 22 (!) Jahre alte vertrocknete Pommes haben ernsthaft vor dem Oberlandesgericht München für eine heftige Auseinandersetzung gesorgt.

Nach Meinung des Künstlers Stefan Bohnenberger hätte

seine ehemalige Galerie die alten Pommes aufheben müssen. Nach zwei Jahrzehnten habe er nämlich einen Käufer für die Fritten gefunden. Entweder seine alten Pommes zurück oder 2000 Euro Schadensersatz plus Zinsen, lautete die Forderung des Künstlers. Und die war durchaus ernst gemeint. Das Oberlandesgericht München gab ihm recht.

Der Münchener Künstler hatte vor 22 Jahren bei McDonald's eine Portion Pommes gekauft und war auf die bahnbrechende Idee gekommen, zwei der gebräunten Kartoffelstäbchen über Kreuz zu legen. Davon fertige Bohnenberger einen Goldabguss an und stellte beides in einer Münchener Galerie aus: die goldglänzend gegossenen und goldbraun frittierten Fritten. Name seines Kunstwerkes: «Pommes d'Or». Alles eine Frage der Definition: «Eine Metamorphose eines profanen Alltagsgegenstandes», so der Erschaffer der Feingold-Pommes.

Als sich der Künstler 2005 von der Galerie trennte, wollte eine befreundete Kunstsammlerin die Original-Pommes, die aus Kartoffeln, kaufen und bot nach der Darstellung des Künstlers 2500 Euro. Leider waren sie weg. Längst zurückgegeben an den Künstler, beteuerte die Galerie. Vermutlich ohne Nachfragen entsorgt wie einst bei Joseph Beuys, so dagegen der Verdacht des Künstlers und seines Anwaltes.

Auch der Hinweis der Galerie, dass sich die Pommes ohnehin nicht 22 Jahre gehalten hätten, sondern dem Verfall ausgesetzt gewesen seien, konnte den Künstler nicht besänftigen. Entsorgt, vernichtet, vielleicht ja sogar verputzt – der Fall landete beim Oberlandesgericht. Entscheidung: Der Künstler habe Anspruch auf Rückgabe der Pommes, egal wie sie nach 22 Jahren aussehen.

Nur noch mal zur Sicherheit: Es ging in diesem Fall um die Herausgabe des Originals, also der zwei vertrockneten Kartoffelstäbchen.

Ist es wirklich so einfach? Ein paar Striche, einige Farbkleckse in einem ansprechenden Bilderrahmen – schon ist das zeitgenössische Kunstwerk fertig? Sind Legende und Präsentation weitaus entscheidender als die Qualität, die ja doch nur die wenigsten beurteilen können und deren Einordnung nie frei ist von der Subjektivität des Betrachters? Weniger schwülstig gefragt: Stimmen die allerschlimmsten Vorurteile von Kunstbanausen?

«stern TV» hat vor Jahren eine Schimpansin einige Bilder malen lassen und diese dann heimlich in der angesehenen Kunstausstellung «art cologne» aufgehängt.

Dem sechs Jahre alten Schimpansenmädchen «Maja» aus dem Freizeitpark Kaisersbach wurden Pinsel und Malkästen in die Pranken gedrückt. «Maja», deren größte Leidenschaft bis dato das Dreiradfahren während der Tiershow des Freizeitparks war, konnte sich gründlich austoben. Bei der Malsession entstanden drei kunterbunte Bilder, die völlig willkürlich mit den Namen versehen wurden: «Regenwald», «Grau bis Rot» und «Wellen im Sturm». In einem günstigen Augenblick konnten die Werke des Schimpansenmädchens während der laufenden Kunstausstellung aufgehängt werden. Aus «Maja», 6 Jahre alt, wurde «Maja Stern», eine junge talentierte Newcomerin, die selbst leider nicht zugegen sein konnte. Der Einzelpreis pro Bild lag jeweils bei 6000 Euro. Rund hundert Besucher der «art cologne» wurden gezielt auf diese Bilder angesprochen. Keiner bemerkte den Affen-Schwindel. Zwar fand sich an Ort und Stelle kein Käufer, der die Affen-Werke bar bezahlen und mitnehmen wollte. Mehrmals gab es aber offenbar ernst gemeinte Signale, eines der Bilder erwerben zu wollen. Die Preisforderung von 6000 Euro empfand keiner der Befragten auf Anhieb als zu hoch. Die Kombination der Farben und die Linienführung fanden zwei Drittel der Befragten überzeugend. Ebenso viele konnten eine Beziehung zwischen Bild und Titel herstellen. Alle Vorurteile vorerst bestätigt, leider.

Klappe zu, Panne ab

Ausgezeichnet mit 13 Oscars, ein Einspielergebnis von 1,8 Milliarden Dollar und die erfolgreiche filmische Wiedergeburt als 3-D-Version – «Titanic» von James Cameron ist einer der erfolgreichsten Filme aller Zeiten, nach «Avatar» vom selben Regisseur. Erstaunlich, dass sich bei so einer aufwendigen und teuren Produktion dumme Fehler einschleichen, die prompt von Cineasten entdeckt werden. Beim Untergang der «Titanic» rutschen die Passagiere auf dem Rücken über das Deck. Dabei fliegt aus Versehen das Kleid einer Frau für einen Moment hoch. Jetzt ist deutlich zu erkennen, dass sie auf einem Brett mit Rollen liegt.

Erstaunlich auch, dass «Rose» in dem Film Thesen des Psychoanalytikers Sigmund Freud zitiert, die dieser erst acht Jahre später zu Papier gebracht hat.

Reine Schusseligkeit? Oder ist gerade bei diesen Mammut-Vorhaben der Filmgeschichte mit Tausenden von Komparsen gar nicht zu vermeiden, dass Fehler entstehen und damit im Film für alle Zeiten zu sehen sind? Vielleicht sind ja auch gerade diese kleinen Mängel mit voller Absicht entstanden, um auch dadurch das cineastische Werk für die Nachwelt interessant zu machen.

Das Epos «Gladiator» taucht heutzutage allein deshalb immer wieder im Internet auf, weil einige Helden Armbanduhren trugen, die erst dann erfunden wurden, als mörderische Pferderennen schon lange aus der Mode gekommen waren. Schön auch dieser Fehler in dem Spielfilm: Beim Umkippen eines Streitwagens ist eine Gasflasche zu sehen. Und beim Füttern der abgekämpften Pferde tauchen plötzlich für Sekunden die Beine eines Crew-Mitglieds auf – und die stecken in Jeans.

Unsterblich wurde James Bond auch durch ein noch nie da gewesenes Kunststück, das er in «Diamantenfieber» (1971) vollbrachte. Vor einer engen Gasse kippt der Agent den Wagen absichtlich auf die zwei rechten Räder. Als er am anderen Ende wieder herausflitzt, fährt er aber auf den linken Rädern. Was viele nicht wussten: Neben der Lizenz zum Töten besitzt der britische Meisteragent auch die Lizenz zum Täuschen.

Filmemacher von Rang und ohne können sich jedenfalls sicher sein, mit ihren Pannen die Aufmerksamkeit von Cineasten aus der ganzen Welt zu finden. In diversen Foren und auf jeder Menge Websites werden alle Fehler akribisch aufgelistet, diskutiert und bewertet. Beim Anblick dieser unglaublichen Fleißarbeit kann man nur staunen. Es geht um Anschlussfehler, um fehlende historische Bezüge, um Sprachpannen und um technische Missgeschicke. Eine kleine Auswahl aus der Filmgeschichte:

Ben Hur: In der Filmversion von 1925 trägt ein Trompeter eine Armbanduhr am Handgelenk.
Der Schatz im Silbersee: In dem 1962 von «Rialto Film» produzierten Streifen fährt in einer Szene ein weißer Transporter vorbei. Winnetou soll sich mächtig erschrocken haben.
Mission Impossible: kam 1996 in die Kinos und sorgte bei einem Budget von 80 Millionen Dollar für ein Einspielergebnis von 456 Millionen Dollar. Doch eigentlich hätte der Agenteneinsatz gar nicht zustande kommen können. In einer entscheidenden Mail enthält die Adresse ein Leerzeichen und wäre somit überhaupt nicht gültig. Mission Impossible 2: In der Anfangsszene der im Jahr 2000 gedrehten Fortsetzung spiegelt sich in der Sonnenbrille von Tom Cruise ausgerechnet die Filmcrew.
Mr. and Mrs. Smith: Die Handlung spielt eigentlich in New York. In einer Kameraeinstellung ist aber das Ortsschild von Los Angeles zu erkennen.

Die Rückkehr von Superman: Der junge Clark Kent, der sich bekanntlich ruck, zuck in Superman verwandeln kann, stürzt durch das Dach seines Elternhauses. Wenig später ist das Dach plötzlich wieder ganz.

Troja: Bei einem Kampf schlagen sich die Darsteller in dem von Wolfgang Petersen im Jahre 2004 gedrehten Film ein paar Zähne aus. In der nächsten Szene sind sie alle wieder im Mund.

James Bond 007 – Ein Quantum Trost: Mit einem Budget von rund 200 Millionen Dollar spielte der Film 576 Millionen Dollar ein. An den Geographie-Kenntnissen der Filmcrew wird sich dieser Erfolg nicht festmachen lassen. Denn in dem Film wird die Hauptstadt von Bolivien, La Paz, als eine ungemein heiße, tropisch-feuchte Metropole gezeigt. Seltsam, denn La Paz liegt rund 3600 Meter über dem Meeresspiegel, wodurch die Temperaturen übers Jahr gesehen selten über zehn Grad Celsius liegen.

Tropic Thunder: Unstimmigkeiten bei der Kleidung, das kommt häufig vor. Als Jeff Portnoy an einen Baum gefesselt ist, trägt er zuerst eine normale Hose, in der nächsten Einstellung dann eine Feinrippunterhose.

The Dark Knight: Nach dem Banküberfall versteckt sich der Joker in einem gelben Schulbus. Um nicht aufzufallen, reiht er sich in eine Schlange anderer Schulbusse ein, aus denen lautes Kinderlachen zu hören ist. Doch die Busse sind leer.

Wanted: Fox, gespielt von Angelina Jolie, erzählt Wesley (James McAvoy) von ihrer Kindheit und zeigt ihm eine Narbe an ihrem Hals. Im Rest des Filmes ist die Narbe verschwunden.

Love Vegas: Ashton Kutcher spielt Jack, der in Las Vegas den Drei-Millionen-Dollar-Jackpot knackt. Im Film brauchte er dafür lediglich eine Viertel-Dollar-Münze. Aber wie hat er es damit bloß geschafft, so reich zu werden? Denn in dem Film sind auch die Beschreibungen auf den Spielautomaten zu sehen. Und danach sind zwei Geldstücke notwendig, um überhaupt mitspielen zu können.

Burn After Reading: Im Konferenzraum der russischen Botschaft hängt ein Porträt des ehemaligen Präsidenten Boris Jelzin. Später hängt da plötzlich Wladimir Putin.

Der unglaubliche Hulk: Als die Polizisten in New York den mutierten Emil suchen, stoßen sie in einer Gasse auf einen Streifenwagen. Aufschrift: Polizei von Toronto.

American Gangster: Eine Szene spielt in den siebziger Jahren. Auf der rechten Schulter trägt ein Drogenhändler ein Wu-Tang-Clan-Tattoo. Die Hiphop-Formation Wu-Tang-Clan gibt es allerdings erst seit 1992.

Das Vermächtnis des geheimen Buches: Während einer Verfolgungsjagd in der englischen Hauptstadt fährt Mitch Wilkinson, gespielt von Ed Harris, mit seinem Jeep in einen mit Bier beladenen Lkw. Dabei wird der rechte Frontscheinwerfer beschädigt. Als die Verfolgungsjagd auf einer Brücke fortgesetzt wird, ist der Scheinwerfer plötzlich schon wieder repariert.

Top Gun: Charlie trägt in der Schule hochhackige Schuhe. Bei ihrem Abgang aus der Klasse mit Filmpartner Tom Cruise sind es aber flache Latschen – offenbar, damit sie den kleinen Tom Cruise nicht überragt.

Der unsichtbare Dritte: ein Klassiker unter den Filmpannen. In dem 1959 von Alfred Hitchcock gedrehten Krimi schießt Eve Kendall (gespielt von Eva Marie Saint) in einer Cafeteria auf Roger Thornhill (Cary Grant). Ein kleiner Junge im Hintergrund hält sich jedoch schon die Ohren zu, bevor es knallt.

Ocean's Eleven: Linus (Matt Damon) und Rusty (Brad Pitt) stehen am botanischen Garten vor dem Bellagio-Casino. In seiner Hand hält Rusty ein Cocktailglas mit Shrimps. Als sich der Kamerawinkel ändert, isst er die Shrimps plötzlich von einem Teller. Dann wird aus dem Teller wieder ein Cocktailglas.

Drei Engel für Charlie: Beim Kampf gegen den «Thin Man» spricht Drew Barrymore ihre Filmpartnerin Lucy Liu mit ihrem richtigen Namen Lucy an, obwohl deren Filmname Alex lautet.

Fluch der Karibik: In dem ersten Teil der Reihe, der allein ein Rekordergebnis von 652 Millionen Dollar einfuhr, steht Jack an der Reling und ruft: «An Deck, ihr lahmen Hunde!» Ein Pirat bewegt sich daraufhin zur Seite. Hinter ihm wird ein Mann sichtbar, der einen modernen Sonnenhut und eine schicke Sonnenbrille trägt – eindeutig ein Mitglied der Filmcrew.

Der Schakal: Die Nummer auf dem Hubschrauber, der zum Schutz der Präsidentengattin eingesetzt wird, ändert sich von 28 in 29.

Die Thomas Crown Affäre: Der Schriftzug der Putzfirma in dem 1999 abgedrehten Film lautet mal «Aladin» und mal «Alladin». Die Unterschiede bei der Schreibweise sind am deutlichsten zu erkennen, als ein Overall und ein Fahrzeug der Firma gleichzeitig im Bild zu sehen und unterschiedlich beschriftet sind.

Forrest Gump: Auf Jennys Grabstein steht: 22. März 1982. Und Forrest Gump sagt in einer Szene: «Du bist an einem Samstag gestorben.» Obergenaue Cineasten haben sich einen Kalender von 1982 angesehen und dabei feststellen müssen: Der 22. März 1982 war kein Samstag, sondern ein Montag.

James Bond 007 – Casino Royal: Als James Bond in sein Auto steigt und ein großes Kuvert öffnet, bleibt die Autotür offen. Dann holt er seine Pistole aus dem Handschuhfach und lädt sie durch. Dabei ist aber die Autotür geschlossen. Als 007 wieder aus seinem Dienstfahrzeug aussteigt, muss er die Tür wie durch ein Wunder nicht mehr öffnen.

Pearl Harbor: Der Kriegsfilm nimmt von vielen Zuschauern unbemerkt eine wichtige Erfindung in der Geschichte der Menschheit bereits vorweg. Bei einem Date am Strand trägt Evelyn einen Bikini. Der zweiteilige Badeanzug wurde allerdings nachweislich erst ein Jahr nach Kriegsende erfunden.

Der zerrissene Vorhang: In dem Klassiker von Alfred Hitchcock ist bei einer Kameraeinstellung die Studiodecke mit den Scheinwerfern zu sehen.

Der Spion, der aus der Kälte kam: Die Tonangel wird nicht gut genug versteckt. In einer Szene schlägt das Mikrophon sogar Hauptdarsteller Richard Burton auf den Kopf.

Titanic, noch einmal: In der berühmten Malszene sieht man zwar Jack (Leonardo Di Caprio), wie er das Papier hält, seine Hände sehen aber deutlich zu alt aus. Cineasten wissen sofort Bescheid: Es sind die Hände des 20 Jahre älteren Regisseurs James Cameron.

Spider-Man 2: Als der Filmheld zwei Kinder vor einem herannahenden Bus rettet und sie nach diesem lobenswerten Einsatz wieder sicher auf die Erde absetzt, ist deutlich das Halteseil im Nacken zu erkennen.

Der rote Korsar: Bei dem Angriff der Piraten in dem Film aus dem Jahre 1952 ist im Hintergrund ein Ozeandampfer zu sehen.

Der Herr der Ringe – Die zwei Türme: Die Narbe des Hobbits Merry wechselt im dunklen Wald die Seite. Zuerst ist sie auf der rechten, dann auf der linken Seite zu sehen.

Harry Potter und der Stein der Weisen: Harry, Ron und Hermine laufen zu Hagrids Hütte. Dabei trägt Hermine ihre Tasche zunächst in der rechten, dann aber in der linken Hand. Als Harry wortwörtlich sagt: «Ich meine, wie viele Leute laufen denn schon mit einem Drachenei in der Tasche herum?», ist zu sehen, wie Hermine seine Worte mitspricht.

Full Metal Jacket: Private Paula sitzt auf dem vierten Klo von links, als er sich erschießt. Als die Kamera zurückschwenkt, sitzt der Selbstmörder auf einmal auf dem dritten Klo von links.

Cast Away: Beim Versuch, Feuer auf der einsamen Insel zu machen, verwundet Jack (gespielt von Tom Hanks) seine Hände. Zum Schutz vor weiteren Verletzungen bindet er ein Stück Stoff um seine Hand. Als das Feuer endlich brennt, tanzt er vor Freude am Strand. Plötzlich sind die Hände wieder unverletzt und unverbunden.

Der Soldat James Ryan: Gleich am Anfang des Films stirbt der

Soldat, der Tom Hanks durch das Wasser zieht. Trotzdem ist genau dieser Soldat noch mehrere Male in der weiteren Handlung zu sehen. Tom Hanks fragt ihn unter anderem, wo der Treffpunkt ist.

Indiana Jones und das Königreich des Kristallschädels: Als Indiana Jones mit Mutt in einem Restaurant sitzt, werden die Flaschen mit Senf und Ketchup auf dem Tisch umgestoßen. In der nächsten Einstellung stehen die Flaschen wieder. Doch in der übernächsten Einstellung stellt Indiana Jones die umgekippten Flaschen wieder ordentlich auf den Tisch. Sie können eben immer wieder zaubern, diese Filmemacher.

Pannen können wehtun. Doch in den allermeisten Fällen heilt die Zeit die Wunden, das Leben geht weiter, und am Ende kann selbst der lachen, dem die Panne passiert ist. Bei Politikern ist das anders. Eine Panne kann rasch die ganze Karriere in Frage stellen oder sogar beenden. Zu groß ist der Absturz von der Machtausübung mit allen Annehmlichkeiten zur Bedeutungslosigkeit, zu heftig ist die Vollbremsung für den persönlichen Ehrgeiz und das Ego. Es gibt Politiker, die sind nach einer Panne nie wieder auf die Beine gekommen. Wie zum Beispiel Rainer Barzel, in den frühen siebziger Jahren Kanzlerkandidat und Vorsitzender der CDU. Er wollte am 27. April 1972 mit einem Misstrauensvotum – dem ersten in der Geschichte der Bundesrepublik – den amtierenden Bundeskanzler Willy Brandt stürzen und sich selbst vom Bundestag zum Kanzler wählen lassen. Nachdem zahlreiche Abgeordnete von SPD und FDP die Regierungskoalition wegen der umstrittenen Ostpolitik verlassen hatten, konnte sich Barzel eigentlich sicher sein, über 249 Stimmen und damit über die Mehrheit zu verfügen. Doch in der geheimen Abstimmung erhielt Barzel nur 247 Stimmen – zwei zu wenig.

Später stellte sich heraus, dass das Ministerium für Staatssicherheit der DDR unter dem Decknamen «Unternehmen Brandschutz» einen oder mehrere Abgeordnete bestochen hatte, damit sie für Brandt stimmten.

Das erste konstruktive Misstrauensvotum im Bundestag war gescheitert, Rainer Barzel kam danach nie mehr so recht auf die Beine. Den Ruf eines Verlierers wurde er nicht mehr los, in seiner Partei geriet er in die Isolation. Aber auch seinem Konkurrenten Willy Brandt stand das politische Glück nicht mehr lange zur Seite. Zwar wurde er nach seiner Vertrauensfrage im

Bundestag bei den Neuwahlen («Willy wählen») im November 1972 als Kanzler bestätigt, musste dann aber unter anderem wegen der Guillaume-Affäre zurücktreten.

Mit einer beispiellosen Blamage endete die politische Karriere der Ministerpräsidentin von Schläfrig-Holstein, Heide Simonis. Viermal trat sie am 17. März 2005 im Kieler Landtag an, um als Chefin der rot-grünen Minderheitsregierung wiedergewählt zu werden. Erster Wahlgang: 34 Stimmen für Heide Simonis, 33 Stimmen für ihren Herausforderer, Peter Harry Carstensen von der CDU, und zwei Enthaltungen. Mindestens ein Abgeordneter aus den Reihen von SPD, Grünen oder dem Südschleswigschen Wählerverband (SSW) hatte ihr die Gefolgschaft verweigert. Zweiter Wahlgang: jeweils 34 Stimmen, eine Enthaltung. Dritter Wahlgang: das gleiche Ergebnis.

Doch Heide Simonis kann sich immer noch nicht von ihrem Amt trennen. Dann der vierte Wahlgang: wieder 34 gegen 34, wieder eine Enthaltung. Die Politikerin, die so an ihrem Amt klebte, war bis auf die Knochen blamiert. Nach zwölf Jahren als Ministerpräsidentin klagte sie anschließend über die große Umstellung und den Verlust des Dienstwagens. Bis heute ist unklar, wer der geheimnisvolle «Heide-Mörder» war. Auf das öffentliche Parkett mochte die gescheiterte Politikerin dennoch nicht verzichten und versuchte sich in der RTL-Show «Let's dance». Als Tänzerin machte sie zwar keine bessere Figur als im Kieler Landtag. Doch immerhin war ihr bei diesen Auftritten das Mitleid ihrer Zuschauer sicher.

Gründlich verrechnet hatte sich auch die Spitzenkandidatin der hessischen SPD Andrea Ypsilanti. Als sie sich 2008 entgegen ihrem eindeutigen Versprechen im Wahlkampf doch mit den Stimmen der Linkspartei im Landtag zur Ministerpräsidentin wählen lassen wollte, verweigerten ihr einen Tag vor der Abstimmung vier Abgeordnete aus der eigenen Fraktion die Unterstützung. Ypsilanti verschwand in der Versenkung.

Eine Panne geschieht nie absichtlich, sonst ist sie nach der Definition dieses Buches keine. So gesehen ist Karl Theodor Maria Nikolaus Johann Jacob Philipp Franz Joseph Sylvester Freiherr von und zu Guttenberg kein Missgeschick passiert.

Denn in die Affäre um die Plagiatsvorwürfe in seiner Doktorarbeit ist der CSU-Politiker ja nicht zufällig hineingestolpert. Er wusste, was er tat. Dumm nur – und da nähern wir uns dem Tatbestand der Panne doch ein wenig an –, dass es im Internet-Zeitalter nur eine Frage der Zeit war, bis die Sache aufflog. Damit hatte der damals amtierende Verteidigungsminister nicht gerechnet, wahrscheinlicher sogar: Er hatte aus Zeitgründen darüber überhaupt nicht nachgedacht. Zunächst wies Guttenberg die Vorwürfe als «abstrus» zurück, wenig später kündigte er den freiwilligen Verzicht auf seinen Doktortitel an. Alles umsonst, aus dem Sympathie- und Hoffnungsträger wurde innerhalb von ein paar Wochen der Buhmann der Nation. Eine von der Universität Bayreuth eingesetzte Untersuchungskommission kam nach der Prüfung seiner Doktorarbeit zu dem Ergebnis, dass er die Standards guter wissenschaftlicher Praxis evident grob verletzt und hierbei vorsätzlich getäuscht habe. Bei 23 Textpassagen stellte die Staatsanwaltschaft Hof strafrechtlich relevante Urheberrechtsverletzungen fest. Das Verfahren wurde gegen Zahlung einer Spende an die Krebshilfe in Höhe von 20 000 Euro eingestellt. Skurril mutet es da schon an, dass Guttenberg, der offenbar auf den Glanz der politischen Macht dauerhaft nicht verzichten kann, elf Monate nach seinem Rücktritt von allen politischen Ämtern bereits den ersten Comeback-Versuch unternahm – ausgerechnet als Internet-Berater der EU-Kommission in Brüssel.

Keine Panne, aber peinlich – so lässt sich auch das Karriere-Ende von Silvana Koch-Mehrin beschreiben. Sie war die Hoffnungsträgerin der FDP, die heimliche Parteivorsitzende von morgen. Doch im Juni 2011 verging ihr das ständige Strahlen. Weil auch sie abgeschrieben hatte, wurde der bis dato immer fröhlichen Politikerin der Doktortitel aberkannt. Nach diesem schmerzlichen Verlust wollte sie nicht auch noch auf ihr gut dotiertes Mandat (7665,31 Euro brutto als Grundbezug, eine pauschale Spesenvergütung von 4202 Euro sowie eine Sekretariatszulage von maximal 17 540 Euro) im Europäischen Parlament verzichten. Übrigens wurde sie nur Tage später zum Mitglied des Forschungsausschusses des Brüsseler Parlaments berufen. Nach heftigen Protesten von Wissenschaftlern verzichtete Koch-Mehrin zwar auf diesen Sitz im Forschungsausschuss, nicht aber auf Mandat und Diäten. Menschlich verständlich, finanziell nachvollziehbar, aber für manche Wähler sicherlich ein Grund mehr, gar nicht mehr zur Wahl zu gehen, schon gar nicht zur Europa-Wahl.

Wie schnell aus einer Panne eine Affäre werden kann, erfuhr FDP-Politiker Jürgen Möllemann bereits 1992. Er nahm für die Empfehlung eines Chips für Einkaufswagen, die die Firma seines angeheirateten Vetters vertrieb, den falschen Briefbogen. Möllemann, damals Bundeswirtschaftsminister, pries den Chip unter dem Briefkopf seines Ministeriums an. Er musste zurücktreten.

«Ich bedauere, dass wir keinen unbefangenen Bundespräsidenten im Amt haben.» Das sagte wer? Es war ausgerechnet Christian Wulff, der nach einer Kette von kleinen und größeren Affären und nach nur 598 Tagen im Amt im Februar 2012 als Bundespräsident zurücktrat. Damals, im Januar 2000, hatte Wulff allerdings seinen Vorvorgänger im Amt Johannes Rau (SPD) gemeint. Wulff hatte eigentlich nur das getan, was vielen anderen

Politikern auch passiert: Sie vergessen ihre eigenen mahnenden Worte. «Vertrauen ist unersetzlich. Es ist schwer zu erreichen, aber leicht zu zerstören», hatte der jüngste Bundespräsident aller Zeiten noch im August 2011 vor Wirtschafts-Nobelpreisträgern ausgeführt. Ja, ja, reden können sie alle. Und die passende Buchempfehlung lautet: «Besser die Wahrheit», von und mit Christian Wulff.

Und wenn man nicht direkt die Wahrheit sagt, aber eben auch nicht direkt lügt – das nennt man seitdem «wulffen». Dieses neue Verb ist zweifellos das Vermächtnis des früheren Bundespräsidenten.

Höchste Zeit für Politiker, die uns Spaß machen. Das muss ja nicht unbedingt durch eine große politische Leistung geschehen. Wer darauf hofft, wird ohnehin schnell enttäuscht. Aber eine gepflegte Panne im klassischen Sinne kann durchaus Frohsinn unter den Wählern verbreiten. Schön ins Fettnäpfchen getreten – wenn das einem Politiker passiert, ist die Freude oft gleich doppelt so groß. Auf den folgenden Seiten soll es deshalb ausschließlich um lustige Missgeschicke im Leben unserer Politiker gehen. Und an dieser Stelle sollten wir Wähler uns endlich mal bedanken: danke für die vielen Pannen!

Die Mofa-Lüge

Immer staatstragend und ziemlich bieder – auf Dauer ist das auch ziemlich langweilig und uninteressant. So war er ja auch gar nicht immer, bekannte im Spätherbst des Jahres 2000 der damalige Vorsitzende der CDU/CSU-Bundestagsfraktion und Widersacher von Angela Merkel, Friedrich Merz aus dem Sauerland.

In einem Zeitungsinterview versuchte der CDU-Politiker, sich mit einigen Details aus seiner Jugend einen Hauch von Abenteuer zuzulegen. Er sei überhaupt kein braver Jugendlicher gewesen, sondern mit langen Haaren auf seinem frisierten Mofa durch das Sauerland geheizt. Mit 14 habe er geraucht, Bier und Schnaps getrunken und in der örtlichen Pommesbude rumgehangen. Merz war entgegen dem späteren Image also ein wilder Feger, wenn man mal die Location (Pommesbude!) außer Acht lässt. Wer hätte das gedacht: Merz als Mofa-Rocker.

Dumm nur, dass sich nach seinem Outing als sauerländischer Mofa-Fahrer ein früherer Schulkamerad von Merz ganz anders an die gemeinsame Jugend erinnerte und dies auch noch in der *Zeit* schilderte:

«Schulterlange Haare? Merz? Nie im Leben», erklärte der Schulfreund von früher aus dem Sauerland. «Unser Kumpel hatte schon immer die Frisur, die er heutzutage trägt. Dafür hätte schon der alte Merz gesorgt, dass die Haare nicht zu lang wurden.» Die wilden Rasereien mit dem Mofa habe es ebenfalls nicht gegeben. Denn Freund Friedrich hatte in jenen Tagen überhaupt keins. Und noch nicht einmal die Pommesbude stand dort, wo Merz sie in seinen Erinnerungen hingestellt hatte. «In Brilon hat es nie eine Pommesbude auf dem Marktplatz gegeben. Nur zur Kirmes, drei Tage im Jahr», erinnerte sich der Kumpel von einst, der zusammen mit Friedrich Merz das Briloner Gymnasium besucht hatte.

Peinlich: Merz hatte nicht ein Mofa frisiert, sondern offenbar die Wahrheit.

Rudi, der Pechvogel

Einer der größten Pechvögel der jüngsten deutschen Zeitgeschichte ist Rudolf Scharping. Seit seinem Sprung vom Amt des Ministerpräsidenten von Rheinland-Pfalz auf die Berliner Politikbühne unterliefen dem Bart- und Brillenträger eine Reihe von erstaunlichen Missgeschicken. Erstaunlich deshalb, weil Scharping nach dem Willen seiner Partei ja eigentlich Kanzler werden sollte. Dann hätte man sicherlich noch mehr zu lachen gehabt.

Dicke Brillengläser, der altmodische Vollbart, die schleppende Sprache mit der ständigen Gefahr von Ermüdungserscheinungen bei seinen Zuhörern – leicht hatte es Rudolf Scharping nie. Ausgerechnet er sollte 1994 Helmut Kohl als Bundeskanzler ablösen. Das Unheil deutete sich bereits bei der Europawahl ein paar Monate zuvor an. Seine Partei hatte Stimmen verloren, Scharping kommentierte das Ergebnis auf der Bundespressekonferenz so: «Das ist in der ersten Runde eine Niederlage. Es kommen aber weitere.» Sein Versuch, finanzpolitische Kompetenz unter Beweis zu stellen, endete Wochen später mit einem Desaster: Der Kanzlerkandidat der SPD schlug vor, den umstrittenen Solidaritätszuschlag durch eine «Ergänzungsabgabe für Besserverdienende» ersetzen zu wollen. Dabei schlug er eine Einkommensgrenze vor, die auch gut bezahlte Facharbeiter zu «Besserverdienenden» gemacht hätte. Besonders peinlich: Bei der Pressekonferenz verwechselte er auch noch brutto und netto und konnte am Ende selbst nicht sagen, ob die von ihm genannten Einkommensgrenzen vor oder nach Abzug der Steuern gelten sollten. Scharping verlor die Bundestagswahl und ein Jahr später auch den Parteivorsitz an Oskar Lafontaine.

Am liebsten wäre der Pfälzer SPD-Fraktionsvorsitzender geblieben, das aber durfte er dann auch nicht mehr. Nach massivem Druck wechselte Scharping 1998 in das Amt des Verteidigungsministers in der Regierung von Parteifeind Gerhard Schröder. In diesem Amt rechtfertigte Scharping den Angriff der Nato auf Serbien mit dem sogenannten «Hufeisenplan» der Regierung in Belgrad. Später kam heraus, dass der angebliche Plan eine Erfindung des bulgarischen Geheimdienstes war. Während des Militäreinsatzes der Bundeswehr in Mazedonien ließ er sich planschend mit seiner neuen Lebensgefährtin Gräfin Pilati im Swimmingpool auf Mallorca von der Illustrierten «Bunte» ablichten. Zweimal war Scharping mit der Flugbereitschaft der Bundeswehr nach Mallorca geflogen, um jeweils für eine Nacht den Urlaub mit seiner Lebensgefährtin fortsetzen zu können. Kosten: rund 400000 D-Mark.

Später kam heraus, dass Bundeskanzler Schröder seinen einstigen Konkurrenten gedrängt hatte, «gefälligst» die Bundeswehrsoldaten in Mazedonien zu begrüßen.

Vor Ort hatte der Verteidigungsminister allerdings auch kein Glück. Gegenüber Journalisten verplapperte er sich und legte versehentlich wesentliche Bestandteile der Einsatzstrategie der Bundeswehr in Mazedonien offen. Daraufhin musste die Marschroute der vom Kosovo nach Mazedonien einrückenden Bundeswehrsoldaten geändert werden.

Ein anderes Mal vergaß die Flugbereitschaft der Bundeswehr den Verteidigungsminister am Boden und musste umdrehen, um den Minister an Bord zu holen. Nicht viel besser wurde die Sache für Scharping, als er beim Radfahren ohne Helm stürzte und sich am Hinterkopf verletzte. Seinen vorerst letzten Lacherfolg konnte Scharping verbuchen, als bei seinem USA-Besuch die Sicherheitsschranke des Pentagons unter dem Dienstwagen des deutschen Verteidigungsministers hochschnellte und das Fahrzeug anhob. Scharping steckte mal wieder in der Klemme.

Sein Amt wurde er erst los, als bekannt wurde, dass die PR-Agentur Hunzinger ihm 140 000 D-Mark gezahlt hatte. Scharping war der erste Minister in der Geschichte der Bundesrepublik, der nicht freiwillig zurücktrat, sondern vom Kanzler entlassen wurde.

Statt Bundeskanzler wurde Scharping im März 2005 Präsident des Bundes Deutscher Radfahrer. In einer Kampfabstimmung konnte der ehemalige Verteidigungsminister dieses Amt immerhin 2009 noch einmal verteidigen.

Wenn der Funke blüht

Was bleibt nach all den Jahren im politischen Geschäft? Wie lautet das Vermächtnis eines wichtigen Entscheidungsträgers? Was gibt er uns Wählern und Bürgern mit auf den Weg? Der ehemalige Bundeslandwirtschaftsminister Karl-Heinz Funke ist die Antwort nicht schuldig geblieben. Seine Lebensweisheiten bleiben der Nachwelt unter der Überschrift «Wehe, wem der Funke blüht» für immer erhalten. Und so bekommen wir einen erschreckenden Einblick in die Gedankenwelt eines früheren Spitzenpolitikers.

Karl-Heinz Funke, Landwirt aus Varel bei Oldenburg und inzwischen aus der SPD ausgeschlossen, war zunächst niedersächsischer, dann Bundes-Landwirtschaftsminister. Nach drei Jahren im Berliner Amt musste er 2001 im Zuge der BSE-Krise zurücktreten. Sein wesentliches Werk war schon zu seiner Regierungszeit in Niedersachsen von seinem Pressesprecher zusammengestellt und mit einer Auflage von 800 Stück verteilt worden.

Titel: «Wehe, wem der Funke blüht». Vielen verging schon bei der Erstauflage das Lachen, andere stellten die Funke-Sprüche vor lauter Begeisterung ins Internet. Die Zweitauflage betrug immerhin 3000 Exemplare. Erstaunlich bleibt bis heute, auf welchem geistigen Niveau sich ein Minister der Bundesregierung bewegen kann. «Spargel behandelt man wie eine Frau, vorsichtig am Kopf anfassen und feinfühlig nach unten streicheln», so die Empfehlung des Ministers bei einem Spargel-Wettbewerb. Und bei einem Marketingtreffen gelang ihm folgender Vergleich: «Aus deutschen Landen frisch auf den Tisch glaubt doch kein Mensch mehr, aber ‹Oldenburger Butter hilft dir rauf auf die Mutter›, das sitzt.»

Verbal wollte der Minister zur Ankurbelung des Bierverbrauchs beitragen: «Bist du im Walde auf der Pirsch und siehst 'ne Maid und keinen Hirsch, wenn dir also Gutes widerfährt, ist das schon ein Jever Pilsener wert.»

Frauen verglich der Landwirtschaftsminister mit Kartoffeln: «Beide Spezies sind ziemlich teuer im Unterhalt, verfügen über frühreife Exemplare und eine ansprechende Formgebung.»

Löcher in den Socken

Ein Vorbild in Sachen Sparsamkeit? So hoffentlich nicht! Bei einem Besuch der berühmten Selimiye-Moschee in Edirne in der Türkei zeigte Weltbankchef Paul Wolfowitz, wie ernst er die Sparziele seiner Institution nimmt. Seine Socken trägt der Banker offenbar lange auf, sehr lange. Als der damals 63-Jährige bei dem Moscheebesuch im Januar 2007 seine Schuhe auszog, wiesen seine Socken große Löcher auf. Sowohl links als auch rechts war der große Zeh durch den Stoff gestoßen. Schnell versuchte der ehemalige US-Vizeverteidigungsminister in die bereitgestellten Pantoffeln zu schlüpfen. Doch nicht schnell genug, mehrere Fotografen dokumentierten die Löcher in seinen Socken in Großaufnahmen. Dabei war auch noch zu entdecken, dass seine Hose Flecken hatte. Schadenfroher Kommentar der türkischen Zeitung «Hürriyet»: «Der Chef des Geldes hat Löcher in den Socken.»

Streng geheim

Ein guter Geheimagent im Dienste Ihrer Majestät wäre er wohl nie geworden: Nach einer streng vertraulichen Sitzung hielt der britische Minister Andrew Mitchell geheimes Regierungsmaterial so offen vor die Fernsehkameras, dass der Inhalt der Papiere lesbar war.

In den Regierungsunterlagen ging es um Afghanistan. Darin wurde ein Rücktritt des afghanischen Präsidenten Hamid Karsai im Jahr 2014 empfohlen. Dies würde die Politik des Landes zu einem «besseren Platz» machen, hieß es wörtlich in den Unterlagen. Der britische Entwicklungshilfeminister hatte an einer Sitzung des Sicherheitskabinetts in der Downing Street teilgenommen. Beim Verlassen trug Mitchell die Papiere mit dem Vermerk «Vertraulich» in den Händen und weckte damit die Neugier von Journalisten.

Minister vergisst nachts eigene Ehefrau

Nachts auf der A6 in Luxemburg. Langsam rollt der Dienstwagen der Landesregierung von Baden-Württemberg auf den dunklen Parkplatz. Zwei der drei Personen steigen aus: Willi Stächele, damals Staatsminister für Europapolitik in Stuttgart, und seine Ehefrau Sabine, die ihren Mann beim Neujahrsempfang in Brüssel begleitet hatte. Der Chauffeur der beiden bleibt am Steuer sitzen, nach der Pause soll es zurück nach Stuttgart gehen.

Der Minister muss mal, seine Gattin auch. Stächele ist schneller fertig. Der Minister setzt sich wieder in seinen Dienstwagen. «Auf geht's», sagt er zum Fahrer und führt per Handy ein Dienstgespräch. Beflissen gibt der Fahrer des Politikers Gas. Die Gattin des Ministers bleibt allein auf dem Parkplatz in Luxemburg zurück.

Doch weder der Chauffeur noch der CDU-Politiker bemerken ihr Fehlen, obwohl er selbst hinten sitzt. Erst in Mannheim fällt Stächele der leere Platz auf. Da sind sie allerdings schon seit 231 Kilometern, zwei Stunden und 39 Minuten unterwegs. Sie drehen um. Dass die peinliche Geschichte aus dem Jahre 2006 bekannt wird, verdankt der Minister dem damaligen Ministerpräsidenten Günther Oettinger. Denn der plauderte die Panne genüsslich aus.

Rent a demonstrant

Eine eindrucksvolle Demonstration. In weißen Kitteln protestierten Hunderte von Ärzten am Brandenburger Tor gegen die anstehende Gesundheitsreform. Aufgerufen hatte die Kassenärztliche Bundesvereinigung, die dringend vor der drohenden Pleitewelle für Ärzte warnte. Neben Transparenten war auf der Demo auch die angeblich längste Arztkittel-Garderobe der Welt zu sehen. Sie wurde am Ende vor dem Berliner Reichstag aufgespannt.

Doch es waren großenteils weder Ärzte noch Medizinstudenten, die für die Kassenärztliche Bundesvereinigung im Dezember 2006 auf die Straße gingen. Die Lobbyorganisation hatte vielmehr über den Online-Marktplatz «Erento» Mietdemonstranten aus Berlin verpflichtet. Und zwar gleich 170 Personen, denn die Bilder von der Ärzte-Demo sollten Eindruck machen. Stundenlohn: 30 Euro pro Mietdemonstrant. Für die Ärzte-Vereinigung lohnte sich diese Ausgabe allerdings nicht. Denn es gab so viele Mitwisser, dass die Sache bekannt wurde. Plötzlich war die Demo keine Demo mehr. Es habe sich vielmehr um eine PR-Kampagne gehandelt. Die Demo sei ja auch eine PR-Kampagne gewesen, bei der Beschäftigung und Bezahlung von Darstellern eine gängige Praxis sei, so die Ausrede der Pressestelle der Kassenärztlichen Bundesvereinigung. Bei jährlich rund 2000 Demonstrationen in Berlin hat sich übrigens längst im Internet ein Vermittlungsmarkt etabliert, falls die eigenen Anhänger mal wieder schlaff auf dem Sofa abhängen sollten. In der Kategorie «Demonstrant» konnten sich Lobbyisten nach Herzenslust Protestpersonal mieten. Zeitweise waren in Berlin über dreihundert Demonstranten registriert, die gegen Bezahlung auf die Straße gehen – wofür oder wogegen auch immer. Die meisten sind Studenten, die sich auf die Schnelle etwas dazuverdienen wollen. Und Protest wird mitunter gut bezahlt – bis zu 150 Euro pro Demo sind durchaus drin.

Wenn Schlafmützen ins Parlament wollen

Bei der Wahl des neuen Oberbürgermeisters von Wiesbaden wollte die örtliche SPD, zu dem Zeitpunkt in der Opposition, von Anfang an alles richtig machen. Die Genossen waren Anfang 2007 die Ersten, die ihre Wahlplakate aufhängten. Und schon Monate davor hatten die Sozialdemokraten ihren Spitzenkandidaten bestimmt: Ernst-Ewald Roth, bisher katholischer Stadtdekan in Wiesbaden.

Für den Wechsel in die Politik gab der damals 53-Jährige sogar seine Kirchenämter auf. Und seine Chancen standen gut: Ein Katholik als Herausforderer der CDU, das hätte Stimmen bringen können. Doch Wochen vor der Wahl im Sommer 2007 stand der Kandidat der SPD Wiesbaden plötzlich mit leeren Händen da. Denn die Genossen hatten es verpennt, ihren Kandidaten zur Wahl überhaupt anzumelden. Der Kandidat konnte nicht mehr kandidieren.

Alle anderen waren am Start – nur die SPD durfte nicht mehr. Frist verpennt, Wahl gelaufen, bevor überhaupt Stimmen abgegeben wurden.

War da denn gar nichts mehr zu machen? Der Wahlleiter fühlte sich jedenfalls an das Gesetz gebunden. Und Hinweise auf die fehlende Anmeldung habe er bis zum Stichtag auch nicht geben dürfen, so Wahlleiter Peter Grella. Wiesbaden wählte, die SPD fehlte. Der Vorstand der örtlichen SPD trat nach dem beispiellosen Wahldebakel zurück, das machte die Sache allerdings auch nicht besser. Marco Pighetti führte das folgenschwere Versäumnis auf Stellenstreichungen innerhalb seiner Partei zurück. Niemand habe sich um die Wahlanmeldung gekümmert.

Aus dem Sturm aufs Rathaus wurde so natürlich nichts. Stattdessen machte wieder der Kandidat der CDU das Rennen, so groß war die Konkurrenz schließlich auch nicht mehr. Dr. Helmut Müller wurde für sechs schöne Jahre zum Wiesbadener OB gewählt. Unklar blieb, ob die örtliche SPD weiter am falschen Ende sparen will oder ob die Parteikasse nicht doch den Kauf eines Weckers zulässt. Denn die nächste Wahl kommt bestimmt.

Es gibt es noch weitere Schlafmützen, die ihre Kandidatur glatt verpennt haben. So wollte bei der Europawahl in Berlin eigentlich wieder die grüne Abgeordnete Birgit Daiber antreten. Doch in ihrem Büro vergaß sie es schlichtweg, ihre von der Partei bestätigte Kandidatur an den Wahlausschuss abzuschicken. Dafür hatte sie fünf Monate Zeit gehabt. Erst am letzten Tag vor Ablauf der Frist fiel es ihr ein. Zu spät, ihre Anmeldung kam nicht mehr fristgerecht an. Weg der Sitz im Europaparlament, fort auch die Diäten und Spesen.

Wer ist der Beste im ganzen Land?

Was meint Erich Honecker? Wer küsst ihn auf die Wange? Und wen drückt er inbrünstig an sich? Sämtliche Regungen des Titans der Arbeiterklasse bestimmten die Nachrichten in der DDR.

Die Mauer fiel, die DDR ist weg und Erich Honecker schon lange tot. Wenig bekannt ist bis heute seine historische Höchstleistung bei dem Abdrucken von Fotos – das war wirklich Weltniveau. An einem einzigen Tag, in einer einzigen Ausgabe schaffte es das «Neue Deutschland», die damalige Parteizeitung der SED, 41 Aufnahmen des Staatsratsvorsitzenden zu veröffentlichen. Dieser Rekord wurde anlässlich der Eröffnung der Leipziger Messe im März 1987 aufgestellt: Erich Honecker eröffnet die Messe, Erich Honecker trifft den Volksbildungsminister aus Angola, Erich Honecker empfängt eine ZK-Delegation aus Bulgarien und, und, und.

Typisch Ossi, typisch Kommunist? Wohl eher die Folge ungehemmter Macht einschließlich der Kontrolle über die Presseorgane. Das ist auch im Westen möglich.

Denn sechs Jahre nach dem endgültigen Abgang des Despoten aus Wandlitz bekam der rote Rekordhalter erstmals einen Konkurrenten. Im Organ der Deutschen Steuergewerkschaft schmückte der damalige Vorsitzende der Steuergewerkschaft nicht nur das Titelbild. Vorsitzender Dieter Ondracek war auf 14 Seiten im «DSTG Magazin» gleich dreizehnmal abgebildet.

Dieter Ondracek mit Finanzexperten, Dieter Ondracek mit einer Jugenddelegation, Dieter Ondracek immer am Ball, Dieter Ondracek empfängt eine ZK-Delegation aus Bulgarien – ach nee, Letzteres war ja Erich Honecker. Verantwortlich im Sinne des Presserechtes, und damit auch für Wort und Bild, war zu der Zeit, wir ahnen es schon: Dieter Ondracek.

Protest – aber nur mit Spesen

Noch eine Demo, die es in sich hatte: Mit aller Entschiedenheit protestierten 50 000 Teilnehmer auf einer gemeinsamen Demonstration des Deutschen Gewerkschaftsbundes (DGB) und des Deutschen Beamtenbundes (DBB) in Berlin gegen die grausame Sparpolitik der Bundesregierung. Sparen – auch intern hielt der Beamtenbund davon wenig. Denn hinterher kam heraus: Die Demo hat sich wirklich gelohnt – für die Teilnehmer, die der Beamtenbund stellte. Es war ein Protest auf Spesen. Jedes Mitglied, das protestierte, bekam ein Tagesgeld von 50 Mark bar ausbezahlt. Und damit nicht genug: Bei einem Anfahrtsweg von mehr als 400 Kilometern übernahm der Beamtenbund die Kosten für eine Übernachtung im Hotel. Für die Reise zur Protestkundgebung wurde ein Airbus A320 gechartert. Interne Begründung: Eine Anreise per Bus oder Bahn sei «einfach zu zeitaufwendig». Damit nach der Demo noch Zeit zum Shopping in Berlin blieb, startete der Rückflug der Beamten erst gegen 20 Uhr. Der Deutsche Gewerkschaftsbund, der neben dem DBB zur Demo aufgerufen hatte, zahlte dagegen keinen «Protestlohn».

Ungeklärt blieb, wie viele der beteiligten Beamten sich wegen dieser Belastung am nächsten Tag für dienstunfähig erklären ließen. Eindeutig beantwortet wurde dagegen die Frage, wie viel die Beamten-Demo den Beamtenbund kostete: rund zwei Millionen Mark, räumte der damalige Vorsitzende des DBB, Erhard Geyer, ein.

Und versicherte: Die Millionen stammten ausschließlich aus Mitgliedsbeiträgen und nicht etwa aus Steuergeldern. Das hätte gerade noch gefehlt.

Baggerführer Herrmann

Seit der Veröffentlichung des erstes Fotos in der «Illustrierten Zeitung» im Jahre 1883 – was ja nun schon ziemlich lange her ist – greifen Politiker gern zum Spaten, um ihre angebliche Tatkraft zur Schau zu stellen. Baubeginn einer neuen Schule, ein neuer Autobahnabschnitt, die lang ersehnte Umgehungsstraße – den Spaten lassen sich Politiker an diesem Tag nicht aus der Hand nehmen. Dabei ist die symbolische Handlung nur noch peinlich. Würde man tatsächlich noch mit dem Spaten arbeiten, würde der Bau einer neuen Autobahn Jahrhunderte dauern. Und außerdem weiß längst jedes Kind, dass der angereiste Politiker nach Beendigung der entsprechenden Film- und Fotoaufnahmen das Arbeitsgerät unverzüglich zur Seite legen und auf dieser Baustelle nie wieder irgendwas anfassen wird. Und selbstverständlich hat es sich längst herumgesprochen, dass es sich bei den meisten Spatenstichen um Wahlkampfgetöse handelt und der Auftritt des Politikers überhaupt nicht bedeuten muss, dass die Arbeiten tatsächlich zügig beginnen.

Kurz vor der Stadtratswahl in Dresden wurde beispielsweise am 29. November 2000 der Spatenstich zum Bau der Waldschlösschenbrücke in der Elbstadt gefilmt und fotografiert. Der wirkliche Baubeginn erfolgte sieben Jahre später.

Bayerns Innenminister Joachim Herrmann wollte zwar auch nicht auf den Auftritt als Bauherr verzichten, aber gleichzeitig als moderner Macher erscheinen. Deshalb kletterte er beim Baubeginn für eine neue Umgehungsstraße in Kempten im Allgäu in das Führerhaus eines 40 Tonnen schweren Baggers. Durch den feuchten Boden bekam der Bagger Schlagseite und kippte mit dem Minister um. Seine Leibwächter mussten die Frontscheibe des Baggers einschlagen, um ihn aus seiner misslichen Lage zu befreien. Bayerns Innenminister erlitt Schürfwunden, hatte eine schlechte Presse und kündigte an, nie wieder in einen Bagger zu klettern.

Peinlich, dass auch noch Monate später ungeklärt war, wer für den demolierten Bagger aufkommt und warum der verletzte Minister gegen alle Empfehlungen der Berufsgenossenschaft verstoßen hat, die völlig zu Recht nur dem geschulten Fachpersonal das Führen eines Baggers zutraut.

Herrmann will künftig doch lieber zum Spaten greifen. Das ist zwar auch, siehe oben, peinlich, aber nicht so gefährlich.

Eier essen, nicht werfen!

Vor einem besorgniserregenden Umgang mit dem deutschen Frühstücksei warnte der Bundesverband Deutsches Ei e.V. Immer häufiger würden Eier nicht gegessen, sondern geworfen. Das Aufschlagen des Eies geschehe damit an der falschen Stelle. Die Nutzung von Eiern als Wurfgeschosse auf Politiker, Banker, Industrielle und andere fiese Zeitgenossen sei ethisch nicht vertretbar, Lebensmittel sollten generell nicht weggeworfen werden, so der eindringliche Appell.

Die Liste der durch Eigelb oder Dotter bekleckerten Opfer ist mittlerweile lang. Viel zu lang, findet die Lobby des Eies. Getroffen durch ein Ei wurden unter anderem:

- Der ehemalige Bundespräsident Christian Wulff bei seinem Antrittsbesuch in Hessen. Auch Ministerpräsident Volker Bouffier bekam etwas ab.
- Bundeskanzlerin Angela Merkel. Am Ende ihres Wahlkampfauftritts in Oldenburg (Niedersachsen) verloren mehrere Eier aus der Bodenhaltung die Bodenhaftung und landeten auf der Bühne.
- Der ehemalige Ministerpräsident von Bayern und Kanzlerkandidat der Union Edmund Stoiber. Bei seinem Wahlkampfauftakt im Juli 2001 in Berlin auf dem Alexanderplatz konnte Stoiber nur durch das Aufspannen von Regenschirmen durch gezielte Eierwürfe geschützt werden. Schön sah das nicht aus.
- Der frühere Bundeskanzler Helmut Kohl. Sein Name ist fest verbunden mit dem traurigen Höhepunkt der Eierschlacht um Deutschland. Es geschah am 10. Mai 1991 in Halle an der Saale. Nach einer heimtückischen Attacke suchte der Kanzler persönlich und sichtbar erregt die versteckten Eierwerfer

hinter der Absperrung. Und fand einen Juso, der angeblich das Ei auf ihn geworfen hatte.

Wer die ethische Mahnung über den Umgang mit Lebensmitteln ernst nimmt, und das tun hoffentlich viele, auf der anderen Seite aber auf die bewährten Wurfgeschosse nicht ganz verzichten will, sollte folgenden Ratschlag befolgen, auch wenn er so auf keinen Fall von der Ei-Lobby formuliert wurde: erst das Verfallsdatum abwarten, dann werfen.

17. Bundesland: Mallorca. Und andere Sommermärchen

Wann wird's mal wieder richtig Sommer? Den alten Gassenhauer von Rudi Carrell stimmen kurz vor der Sitzungspause des Bundestages heimlich diejenigen Abgeordneten an, die sonst gemeinerweise in ihren Fraktionen und in den Medien keine große Rolle spielen. Denn Sommer, das ist endlich ihre Saison: keine Sitzungen, keine Beschlüsse, das Kabinett in Urlaub, keine Krisen, kaum politische Ereignisse also. Mit anderen Worten: politisch tote Hose, absolut nichts los. Und damit schlägt die Stunde für alle Hinterbänkler. Denn die Medien brauchen nach wie vor rund um die Uhr neues Futter. Selbst der größte Blödsinn garantiert nun eine Meldung oder vielleicht sogar eine Schlagzeile. Davon kann ein Hinterbänkler in Frühling, Herbst und Winter nur träumen. Im Sommerloch aber gibt es für sie kein Halten mehr. Je abstruser die Forderung, desto größer die Möglichkeit, endlich mal zitiert zu werden. Nach diesem Motto wandten sich bereits folgende Politiker an das Wahlvolk:

Jürgen Koppelin, FDP: Ausweispflicht für Haustiere. Ob die Tiere, wenn sie nicht ihre gültigen Papiere vorlegen können, an Ort und Stelle eingeschläfert werden müssen, ließ der langjährige Bundestagsabgeordnete offen.

Norbert Geis, CSU: Ausgehverbot für Jugendliche. Jedenfalls in den Städten, in denen die Jugend nicht zeitig ins Bett geht. Der Rechtspolitiker folgte damit einem Vorbild aus den USA.

Geis ist der lebende Beweis, dass sich die Verbreitung von Unsinn in den ereignislosen Sommermonaten für einen Politiker tatsächlich lohnen kann. Seit 1987 sitzt er bereits im Bundestag, bei der Bundestagswahl 2009 erreichte er fast 50 Prozent der Erststimmen.

Der Abgeordnete aus Aschaffenburg ist der unumstrittene Spitzenreiter im Sommerloch. Er forderte bereits (jeweils erfolglos):

Auftrittsverbot für Madonna in Deutschland, wegen ihrer freizügigen Posen und überhaupt.

Einsatz bewaffneter Zugbegleiter, zur Abwehr von Terroranschlägen im Bahnverkehr. Wahlweise könnten vielleicht auch alle Schaffner mit Schusswaffen ausgerüstet werden, vorsichtshalber auch in den Regionalbahnen.

Sicherheitsverwahrung von Gefährdern, auch ohne Prozess. Wozu auch dieses lästige juristische Brimborium?

Sein vorerst letzter Streich: Bundespräsident Joachim Gauck soll seine Lebensverhältnisse ordnen. Und, so der gute Rat von Geis, seine langjährige Freundin Daniela Schadt endlich heiraten. Für die Einmischung in die Privatangelegenheiten des Bundespräsidenten bekam der CSU-Politiker auch von Parteifreunden schwer was auf die Mütze.

Hans-Otto Wilhelm, CDU: Rentnerkontrolle für Hundehalter. Falls der Vierbeiner kotet und der Rentner erwischt ihn auf frischer Tat, ist ein Bußgeld fällig. Unklar blieb bei seinem Vorschlag, ob eine genügend große Zahl von Rentnern den Lebensabend zwischen Hundekot verbringen möchte.

Hannelore Saibold, Grüne: eine Prämie für die Urlauber, die im Land bleiben. Denn wer seine Ferien auf Balkonien verbringt, schont die Umwelt. Wer sollte das kontrollieren? Auch die Rentner? Frau Saibold verpasste ganz knapp den Wiedereinzug in den Bundestag. Fortan war von ihr im Sommer nichts mehr zu hören oder zu lesen.

Barbara Imhof, SPD: Muttertag ersatzlos streichen. Späte Rache, weil sie schon mal vergessen wurde? Man weiß es nicht und will es auch nicht wissen.

Georg Brunnhuber, CDU: Umwandlung des früheren Bundestages in Bonn in eine Diskothek. Echt krass. Wie wäre es im unwahrscheinlichen Fall einer Umsetzung seiner Idee mit DJ Brunnhuber? Der Hinterbänkler machte später in der Wirtschaft Karriere, wechselte von der Politik in den Aufsichtsrat der Bahn AG. Seitdem soll es in den Partyzügen der Bahn richtig rundgehen.

Dionys Jobst, CSU: Mallorca soll zum 17. Bundesland werden. Denn die bisher sechzehn Bundesländer mit sechzehn Landtagen, sechzehn Regierungen mit Ministern und Staatssekretären und sechzehn Landtagspräsidenten reichen auf Dauer nicht.

Der Klassiker im Sommerloch. Der Vorschlag (aus dem Jahre 1993) war so kurios, dass er schon wieder gut war. «Der Politiker muss ja auch Aufmerksamkeit erregen. Warum kaufen die Leute alle Hühnereier und keine Enteneier? Weil die Hühner gackern und die Enten schweigen», so der Hinterbänkler über seine Strategie im Sommerloch. Er freute sich damals wie Bolle im Sommerurlaub «über den erheblichen Wirbel, den diese Geschichte entfacht hat». In der Tat: Die spanische Regierung soll den Hinterbänkler tatsächlich ernst genommen und beim deutschen Botschafter in Madrid gegen derartige Gedankenspiele protestiert haben. Zu viel der Ehre!

Hans-Jürgen Doss, CDU: Rosenmontag als offizieller Feiertag. Als Bundestagsabgeordneter, Sprecher der Mittelstandsvereinigung der Union und selbständiger Architekt war Doss doch eigentlich ausgelastet. Seltsam: Angeblich wird in Deutschland zu wenig gearbeitet, weil es zu viele Feiertage gibt. Und jetzt noch einen?

«Der Rosenmontag ist der Feiertag der Narren», begründete Doss seinen Vorschlag. Der Politiker erlag häufiger dem Zwang zum Scherz. So forderte er auch schon mal eine Aktie über Anteile am Autobahnnetz. Weil der (geplatzte) Börsengang der Bahn AG so erfolgreich war?

Ulrike Mehl, SPD: Autobahnverbot für Singles. Nach der Veröffentlichung dementierte die Abgeordnete aus Schläfrig-Holstein umgehend, diesen Vorschlag gemacht zu haben. So war sie zweimal in den Nachrichten. Mehl gab dem Journalisten, der mit ihr gesprochen hatte, die Schuld am Entstehen dieser Nachricht. Sie sei grundlos dem «Sturm der Entrüstung» ausgesetzt gewesen.

Iris Follak, SPD: Weihnachtsgeld für Rentner. Ja, haben wir denn schon wieder Wahlen? Wer soll das bezahlen? Jedenfalls zeichnet sich ab, dass die Gleichberechtigung beim Verzapfen von Blödsinn im Sommerloch nicht mehr aufzuhalten ist. Leider verlor Frau Follak nach zwei Legislaturperioden ihr Mandat.

Norbert Otto, CDU: Warnhinweis auf Wonderbra. Der Bundestagsabgeordnete aus Erfurt sorgte sich um gequetschte Brüste durch den BH. Wie bei Zigaretten solle es deshalb einen Warnhinweis geben: «Der Bundesgesundheitsminister warnt vor dem Tragen dieses BH.» Trotz dieses richtungsweisenden Vorstoßes in der Gesundheitspolitik verlor der verdiente Parlamentarier sein Mandat im Bundestag.

Fortsetzung folgt im nächsten Sommerloch. Wie wäre es mit: Bußgeld für Blödsinn, am besten bemessen nach der Höhe der Diäten?

Erfolglosester Politiker aller Zeiten

Drei Jahrzehnte mühte sich der CDU-Politiker Sigmund Heller aus Remagen bei Bonn ab, als Volksvertreter vom Volk gewählt zu werden. Im Laufe seines politischen Lebens kandidierte er jeweils vergeblich für Kreis-, Land- und Bundestag. Es klappte nie, weil er stets auf den hinteren Plätzen der Wahllisten stand. Damit ging Heller als der erfolgloseste Politiker aller Zeiten in die Geschichte ein. Der Rekord wurde in das «Guinness Buch der Rekorde» eingetragen.

Seit 1965 hatte Heller immer wieder versucht, in ein Parlament gewählt zu werden. Das klappte nicht ein einziges Mal, obwohl sich der ewige Nachwuchspolitiker im Landkreis Ahrweiler (Rheinland-Pfalz) vor jeder Wahl abrackerte. Dabei versuchte selbst der ehemalige Bundeskanzler Helmut Kohl seinem Parteifreund aus der Patsche zu helfen. Vergeblich. Denn die örtlichen Christdemokraten trauten Heller offenbar nie zu, ganz vorne im Wahlkampf und im Parlament mitzumischen. Stets durfte er nur die hinteren Listenplätze belegen, auch bei der Wahl zum Kreistag. Und irgendwann war vermutlich sein politischer Ruf ruiniert. Wer wählt schon einen ewigen Verlierer?

Zwei besondere Ehrungen trösteten Sigmund Heller über den anhaltenden Misserfolg als Politiker hinweg: Der Landkreis Ahrweiler verlieh ihm die Ehrenplakette. Und auf den Eintrag in das «Guinness Buch der Rekorde» war der damals 65-Jährige mächtig stolz. Er stellte das Buch sogar selbst in der örtlichen Buchhandlung in Remagen vor. Ohne Mandat verstarb Sigmund Heller am 29. April 1996 in Remagen. Er nahm die Auszeichnung als erfolglosester Politiker aller Zeiten mit ins Grab.

Die Figaro-Affäre der FDP

Über die sogenannte Figaro-Affäre stolperte Carola von Braun, die Berliner FDP- und Fraktionsvorsitzende im Abgeordnetenhaus. Sie hatte versucht, insgesamt acht Friseurrechnungen in einem Gesamtwert von damals 1238,00 D-Mark über die Fraktionskasse abzurechnen. Offenbar war die Berliner Spitzenpolitikerin davon ausgegangen, dass auch die Wähler (und Steuerzahler) etwas davon haben, wenn sie hübsch aussieht. Die Rechnungen ihres Friseurs waren bei einer fraktionsinternen Rechnungsprüfung aufgefallen.

Ein «unverzeihlicher Fehler», bekannte sie nach dem Bekanntwerden der «Figaro-Affäre» und meinte damit hoffentlich ihr eigenes Handeln. Dennoch sei die «öffentliche Hinrichtung» nach ihren Besuchen beim Friseur «nicht angemessen». Ein strafrechtliches Ermittlungsverfahren der Staatsanwaltschaft beim Landgericht Berlin wurde zwar eingestellt. Dennoch legte Carola von Braun in den neunziger Jahren Fraktions- und Landesvorsitz der Berliner FDP nieder und verzichtete auf die weitere Ausübung ihres Abgeordnetenmandats. Neulich wurde sie wieder bei ihrem Friseur gesehen.

Frauenprämie im Osten

Jede Frau, die sich in Freital in Sachsen niederlässt, bekommt dort im Rathaus eine Prämie von 2000 Euro. Mit diesem eigensinnigen Vorschlag wollte im Oktober 2007 der Oberbürgermeister von Freital, Klaus Mättig (CDU), ein schwerwiegendes Ungleichgewicht in seiner Heimatstadt beenden. Denn die Einwohnerzahlen waren alarmierend: Auf 100 Männer kamen in der sächsischen Kreisstadt wegen der Abwanderung in den Westen nur noch 80 Frauen.

Denn Frauen sind weitaus mobiler und eher bereit, für einen Arbeitsplatz ihren Heimatort zu verlassen, hatten Wissenschaftler herausgefunden. Zurück blieben Männer, die zunehmend keine Lebenspartnerin fanden, die sie heiraten konnten und die ihre Wäsche machte. Nach den Vorstellungen des Oberbürgermeisters sollte den Frauen, die entgegen dem Trend nach Freital zögen, nach dem Eintragen in das Melderegister ein Mietkostenzuschuss in Höhe von 2000 Euro gezahlt werden. Nach Protesten aus dem Westen zog der Bürgermeister aus dem Osten seinen Vorschlag wieder zurück.

TV-Verbot für Trachten

Die bisher heile Welt der deutschen Volksmusik ist schwer erschüttert. Erst gab es den furchtbaren Verdacht, dass der Trompetenspieler Stefan Mross gar nicht Trompete spielen kann. Und dann legte der Vorsitzende des Trachten-Gauverbandes 1 in Bayern, Peter Eicher, gegen die Kleidung der Musiker bei Fernsehauftritten sein Veto ein. Seine erschütternde Erkenntnis: In vielen Fällen sind die Trachten gar nicht echt. So habe er zu seinem Entsetzen folgende Regelverstöße gegen die von seinem Verband festgelegte Kleiderordnung beobachten müssen: rosa Hemd zur Lederhose – völlig daneben. Bunter Schlips – das überlieferte Brauchtum wird damit völlig missachtet. Unfassbar auch: lange Haare, wilder Bart.

Dieses ungepflegte Aussehen bei Fernsehauftritten von Volksmusikern konnte und wollte Peter Eicher nicht länger ertragen. Deshalb verbot er im November 2003 allen Mitgliedern seines Verbandes, überhaupt im Fernsehen aufzutreten. Damit sie dort in ihrer Eigenschaft als Trachtenträger nicht unter die Räder kommen. Das Auftrittsverbot galt mit sofortiger Wirkung. Wer sich nicht daran hielt, sollte aus dem Trachtenverband ausgeschlossen werden. Der Trachtenverein Isargau München kündigte daraufhin an, dass Trachtenverbot bei Fernsehauftritten wie im «Musikantenstadl» zu übernehmen, falls sie mal eingeladen werden sollten. «Es geht auch um Politik, den Glauben und die Werte der Heimat», bekräftigte der amtierende Gau-Vorsitzende. Da versteht der Gau-Vorsitzende keine Gaudi mehr.

Porno im Wahlkampf

Bei einer Wahlkampfveranstaltung für den Bürgermeister von Furth im Wald (Bayern) ist versehentlich ein Pornofilm gezeigt worden. Ein Wahlhelfer sollte für Bürgermeister Johannes Müller von der «Christlichen Freien Wählervereinigung» ein Video über Zukunft und Vergangenheit des Ortes einspielen. Dabei verklickte sich der Wahlhelfer aber auf dem Notebook. Auf der Leinwand lief ein Porno. Ganz und gar unchristlich soll sich darin eine vollbusige Blondine geräkelt und befummelt haben. Die Vorführung wurde kurz vor dem Höhepunkt abgebrochen. Der Bürgermeister versicherte nach dem Eklat, er habe den Laptop von einem Bekannten geliehen.

Ex-Justizminister beim Spritklauen erwischt

Der Vorfall ist schon peinlich genug, die Ausrede erst recht. Er habe das Zahlen nach dem Tanken leider vergessen, erklärte der sächsische CDU-Bundestagsabgeordnete Manfred Kolbe nach den Ermittlungen der Staatsanwaltschaft gegen ihn wegen des Verdachtes auf Tankbetrug. Merkwürdig nur, dass ihm das bereits zum zweiten Mal passierte. Seltsam auch, dass sich ausgerechnet ein ehemaliger Justizminister (in Sachsen) mit dem Hinweis auf die eigene Vergesslichkeit vor Strafe schützen will.

Der Pächter einer Tankstelle in Großpösna in der Nähe von Leipzig hatte den CDU-Politiker angezeigt. Kolbe soll im Jahr 2010 an seiner Tankstelle erst für rund 50 Euro getankt und dann, ohne zu bezahlen, davongefahren sein. Der 57-jährige Politiker räumte den Vorfall ein. Er habe aber nicht vorsätzlich gehandelt. «Ich habe vergessen zu bezahlen. Später habe ich das dann sofort beglichen und mich entschuldigt», beteuerte der CDU-Bundestagsabgeordnete.

Schon zwei Jahre zuvor hatte Kolbe an einer Tankstelle «im Stress das Bezahlen vergessen». Das damalige Strafverfahren gegen den Abgeordneten wurde eingestellt, weil ihm keine Betrugsabsicht und kein Vorsatz nachgewiesen werden konnten. Kolbe war von 2000 bis 2002 Staatsminister der Justiz in der sächsischen Landesregierung von Ministerpräsident Kurt Biedenkopf. Zuvor hatte er zehn Jahre lang dem Deutschen Bundestag angehört. Seit 2002 war er erneut Bundestagsabgeordneter. Wegen des Vorwurfes des Tankbetruges wurde immerhin beim zweiten Mal seine Immunität zur Durchführung des Strafverfahrens aufgehoben. Gegen Zahlung einer Geldstrafe von

1000 Euro stellte das Amtsgericht Borna dann den Prozess ein. Der Spar-Politiker kündigte inzwischen an, nicht wieder für den Bundestag kandidieren zu wollen. Eventuell wird er auch die Tankstelle wechseln.

Minister Bleifuß

Nordrhein-Westfalens Verkehrsminister Oliver Wittke wusste genau, wie sich Verkehrsteilnehmer zu verhalten haben. «Fahren Sie vorsichtiger und rücksichtsvoller. Änderungen Ihres Verhaltens können viel zur Sicherheit des Straßenverkehrs beitragen», schrieb der Minister in seinem Vorwort für eine Broschüre zum Thema Verkehrssicherheit. In seiner Amtszeit bezeichnete der Verkehrsminister die Anhebung von Bußgeldern als «reine Abzocke» und setzte sich für ein generelles Lkw-Überholverbot ein, um auf Autobahnen die berüchtigten «Elefantenrennen» zu verhindern. Die Zahl von Unfällen müsse endlich verringert werden, so der Minister aus Gelsenkirchen und forderte: mehr Sicherheit auf den Straßen.

Und in seiner Amtszeit war er als Autofahrer einer von denen, die er als Minister bekämpfen wollte: ein Tempo-Rowdy ersten Grades. Mit einer Geschwindigkeit von 110 Stundenkilometern raste der Verkehrsminister in einem Leihwagen höchstpersönlich durch Olpe im Sauerland. Den als Mülltonne getarnten Blitzkasten übersah er bei seiner rasanten Fahrt. Seine Ausrede klang nicht gerade originell: «Die geschlossene Ortschaft war schwer zu erkennen.»

Er werde in Zukunft noch vorsichtiger fahren. Das «noch» in seinem Satz erstaunte. Wollte sich der Verkehrsminister künftig mit Tempo 90 in geschlossenen Ortschaften begnügen? Ausgerechnet der Verkehrsminister musste 2009 für acht Wochen seinen Führerschein abgeben. Da reichte es seinen Parteifreunden: Sie zogen den Verkehrsminister aus dem Verkehr. Nach vier Jahren im Amt musste Wittke seinen Rücktritt erklären.

Der Verkehrsminister als Temposünder – es war nicht die einzige Panne in seiner politischen Laufbahn. Zu Beginn seiner

Amtszeit drückte er seine Verbundenheit mit den Wählern so aus: «Ich kann auch mit Doofen.» Und während im Düsseldorfer Landtag über die Hartz-IV-Gesetze debattiert wurde, fiel Wittke im Mai 2006 dadurch auf, dass er mit einem anderen Abgeordneten Panini-Fußballbildchen tauschte und sie fein säuberlich in ein Sammelheft einklebte. Mit Hinweis auf die Fußball-Weltmeisterschaft verweigerte die Landesregierung von CDU und FDP die Beantwortung einer kleinen Anfrage zu diesem Vorfall.

Der Verkehrsverstoß des Verkehrsministers wird übrigens noch durch einen anderen Politiker getoppt. Peter Rauen, für die CDU im Bundestag, war zwischen 2001 und 2006 insgesamt achtmal wegen Überschreitungen der zulässigen Höchstgeschwindigkeit aufgefallen. Mit seinem Mercedes CLK war er unter anderem mit Tempo 111 statt der erlaubten 80 Stundenkilometer auf der A565 zwischen Lengsdorf und Oppelsdorf gefahren. Der Politiker hatte später behauptet, sein Sohn sei gefahren. Doch die Radaraufnahme zeigte ihn selber, sein Sohn verweigerte vor Gericht die Aussage. Daraufhin wurde die Immunität des Bundestagsabgeordneten aufgehoben. Das Verfahren gegen ihn wurde gegen Zahlung einer Geldbuße von 2000 Euro eingestellt.

Warum ist der Politiker aus Trier, der auch mal Spitzenkandidat seiner Partei bei der Landtagswahl in Rheinland-Pfalz werden wollte, überhaupt noch in Besitz seines Führerscheins? Müsste er den nicht wie alle anderen auch beim Erreichen von 18 Punkten im Zentralen Verkehrsregister in Flensburg abgeben?

Über die genaue Zahl seiner Punkte in Flensburg machte Rauen keine Angaben. Nach Recherchen der Kölner Zeitung «Express» soll der CDU-Politiker insgesamt 23 Punkte angesammelt haben. Der Führerschein sei ihm nur deshalb nicht entzogen worden, weil er nach einem «Aufbauseminar» und einer «freiwilligen verkehrspsychologischen Beratung» sechs Punkte erlassen bekommen haben soll. In den Gerichtsverfahren bezweifelte Rauen mehrmals die Genauigkeit der Messungen und setzte durch, dass zunächst Gutachten angefertigt werden mussten. Durch eine Beschwerde gegen das vorerst letzte gegen ihn verhängte Urteil konnte der Politiker erreichen, dass drei Verkehrspunkte wegfielen, bevor das neue Urteil rechtskräftig wurde. Deshalb kann er weiterhin durch die Gegend brausen. Nur wenn irgendwann mal wieder ein neuer Verkehrsminister gesucht werden sollte, sind seine Chancen nicht mehr die besten.

Ulla und ihr Dienstwagen

Ein leuchtendes Vorbild in diesen dunklen Zeiten. Selbst in ihrem Sommerurlaub wollte die frühere Bundesgesundheitsministerin Ulla Schmidt nicht aufhören zu arbeiten. Deshalb nahm sie ihren Dienstwagen (Mercedes S 420 CDI, Wert: rund 93 000 Euro) samt Chauffeur mit nach Spanien. Das teure Dienstfahrzeug wurde gestohlen. Noch schlimmer für die Ministerin, was dann herauskam: So wichtig waren die Termine in ihrem Urlaub gar nicht. Die Kosten für Hin- und Rückfahrt von Berlin nach Alicante standen dazu in keinem Verhältnis.

Die Diebe hatten die Schlüssel für das Dienstfahrzeug der Bundesregierung aus dem Apartment ihres Chauffeurs gestohlen. Das sorgte zu Hause für böse Schlagzeilen. Denn die Ministerin war zu ihrem Privaturlaub nach Spanien geflogen, ihr Chauffeur fuhr die Nobelkarosse leer an die Costa Blanca (rund 2400 Kilometer) und hätte das Fahrzeug nach dem Urlaub auch leer zurückgefahren, wenn der Diebstahl nicht dazwischengekommen wäre.

Mit dem gepanzerten Mercedes wollte die Ministerin zu einem Vortrag über die Gesundheitsversorgung von Auswanderern im Kulturhaus des Örtchens Els Poblets gefahren werden. Entfernung von ihrem spanischen Feriendomizil: zehn Kilometer. Und der andere dienstliche Termin: ein Empfang des Bürgermeisters in ihrem Ferienort. Deshalb der ganze Aufwand? Nach ein paar Tagen tauchte immerhin der geklaute Dienstwagen wieder auf.

Gleich zweimal war dem früheren Bundeswirtschaftsminister und EU-Kommissar Martin Bangemann der Dienstwagen gestohlen worden. Die Tatorte waren ebenfalls aus streng dienstlichen Gründen angesteuert worden: Danzig, dort wurde gerade seine Yacht überholt, und Poitiers in Frankreich, dort unterhielt der Politiker sein Landgut.

C wie Zukunft

Ein Versehen, oder? Ganz bestimmt, oder? Sollten die Wahlkampfstrategen der CDU es wirklich ernst gemeint haben? Selten jedenfalls hat ein Wahlslogan so viel Schadenfreude ausgelöst. «C wie Zukunft», stand auf den großflächigen Wahlkampfplakaten der CDU für die Landtagswahl in Mecklenburg-Vorpommern. C wie Zukunft sollte für die CDU und deren Spitzenkandidaten Lorenz Caffier mobilisieren. C wie CDU, C für Caffier – was immer man sich in der christdemokratischen Wahlkampfzentrale dabei gedacht hatte, es ging gründlich daneben. C wie dumm gelaufen – der Slogan löste innerhalb von Stunden im Internet Häme und Spott aus. C wie Bockwurst, C wie Helmut Cohl, C wie Wahlkampfdebakel, C wie zurückgeblieben: Das C wurde die Partei nicht mehr los – über Facebook machten Hunderte von Parodien die Runde. C wie Wahlergebnis: Die CDU erzielte 23 Prozent – C wie ziemlich wenig.

Beim Daddeln erwischt

Erwischt! Ausgerechnet bei der Debatte über das zweite Hilfspaket für Griechenland in der Euro-Krise mit einem Volumen von 130 Milliarden Euro zeigten Kameras, wie Bundesfinanzminister Wolfgang Schäuble Sudoku auf seinem iPad spielt. Der Minister tippte bei halb heruntergelassenem Deckel auf den Zahlen herum, während es im Plenarsaal um ganz andere Zahlen ging. Auch der Minister habe sich nach durchgearbeiteten Tagen und Nächten mal eine Pause verdient, erklärte ein Sprecher des Ministeriums. Schäuble war nicht der einzige Spitzenpolitiker, der während einer laufenden Debatte Ablenkung suchte. So spielte der frühere saarländische Ministerpräsident Peter Müller während einer Debatte über Tierschutz eine Partie Schach.

Harmlos im Vergleich zu diesem indonesischen Parlamentsabgeordneten: Arifinto sah sich während einer Debatte auf seinem Laptop Sexvideos an. Derselbe Abgeordnete hatte mit seiner streng muslimischen Gerechtigkeits- und Wohlfahrtspartei drei Jahre zuvor ein Anti-Pornographie-Gesetz durchgesetzt, das den Besitz von pornographischem Material verbietet und bei Verstößen Haftstrafen von bis zu fünfzehn Jahren vorsieht. Auf einer eilig anberaumten Pressekonferenz gab der Abgeordnete seinen Rücktritt bekannt.

Das Mutter-Vater-Verbot

Anfängerkurs – das klingt doch irgendwie total sexistisch. Fußgängerzone – geht gar nicht. Und Lehrerzimmer – da bleibt die Lehrerin auf der Strecke. Mannschaft – ebenfalls völlig überholt. Nur einige Beispiele für Wörter aus unserer Alltagssprache, die der Europarat für historisch überholt hält. Mit einer neuen Sprachregelung will der Europarat die «geschlechtsspezifische Diskriminierung» in der Sprache ausmerzen. In einem Leitfaden empfiehlt der Rat seinen 47 Mitgliedsstaaten, eine «nichtsexistische Sprache» zu entwickeln.

Am weitesten ist dabei die Schweiz gekommen. In der Alpenrepublik wurde die Beschlussvorlage 12267 des Ausschusses für Chancengleichheit von Frauen und Männern des Europarates bereits teilweise umgesetzt. In den Briefen von Behörden soll künftig auch nicht mehr von Mutter und Vater die Rede sein. Stattdessen wird die neutrale Wortschöpfung «Elter» verwendet. Mütter sind Elter 1, Väter Elter 2.

Dies soll auch homosexuellen Paaren mit adoptierten oder künstlich gezeugten Kindern zugute kommen. Die Bundeskanzlei der Schweiz hat bereits 2009 in dem Leitfaden «Geschlechtergerechte Sprache» weitere neutrale Begriffe empfohlen:

- Aus dem Anfängerkurs wird der Einstiegskurs.
- Die Fußgängerzone wird zur Flanierzone.
- Die Mannschaft läuft nur noch als Team oder Gruppe auf.
- Das Lehrerzimmer darf nur noch Pausenraum genannt werden.
- Patientenzimmer gibt es nicht mehr, stattdessen Behandlungszimmer.
- Das Mitarbeitergespräch ist nun ein Beurteilungsgespräch.

Erste Erfolge dieser Kampagne sind inzwischen auch in Deutschland zu verzeichnen. In einem Antrag auf Zahlung von Elterngeld in Niedersachsen ist zu lesen:

«Im Antragsvordruck werden die neutralen Bezeichnungen ‹Elternteil 1› und ‹Elternteil 2› verwendet. Damit wird eine Vorfestlegung auf Mutter und Vater vermieden. Die Zuordnung bleibt allein den Antragstellern überlassen.»

B wie Büroirrtum

Als Bundestagsabgeordneter der FDP aus Bayern hat es Sebastian Körber nicht leicht. Die Konkurrenz von der CSU ist erdrückend, kaum jemand nimmt Notiz von einem Liberalen aus 91301 Forchheim. Einmal in seinem politischen Leben wollte Körber schneller sein als die Kollegen von der CSU und verkündete seinen Wählern in Oberfranken eine überraschend gute Nachricht. Doch eine gute Nachricht ist nur dann eine gute Nachricht, wenn sie auch wahr ist. Leider übersah der bayerische Liberale ein kleines, aber entscheidendes «b» und enttäuschte seine Wähler bitterlich.

Im fränkischen Wahlkreis von Körber liegt die Gemeinde Untersteinach. Der Ort hat ein echtes Problem. Tag für Tag donnern 20000 Fahrzeuge auf der B289 durch den kleinen Ort. Darunter sind viele Lkw-Fahrer, die keine Autobahnmaut zahlen wollen. Seit nunmehr vierzig Jahren fordern Anwohner wie Alfred Viesmann eine Ortsumgebung, um endlich wieder in Ruhe schlafen zu können. «Der Lkw-Verkehr ist brutal, am Tag und auch in der Nacht», sagt der Rentner, Versprechen und viele mitfühlende Worte von Politikern hatten er und die anderen Anwohner in Untersteinach oft genug gehört, nie waren Taten gefolgt. Doch plötzlich die gute Nachricht: Mit dem Bau könne sofort begonnen werden, verkündete der Bundestagsabgeordnete von der FDP. Sebastian Körber hatte als Mitglied des Verkehrsausschusses des Bundestags ein Fax des Bundesverkehrsministeriums erhalten, in dem die Bauvorhaben aus dem Investitionsrahmenplan genannt wurden, die auch tatsächlich realisiert werden. Körber verfasste, so schnell er konnte, eine Presseerklärung: «Die Gemeinde Untersteinach kann … mit einem raschen Baubeginn für dringend benötigte Ortsumgehung rechnen. Die Begehrlichkeiten waren naturgemäß groß, meine Anstrengungen für Bayern und die Region jedoch nicht vergebens», so ganz stolz der Bundestagsabgeordnete.

«Wir waren freudig überrascht», erinnert sich der Bürgermeister von Untersteinach, Heinz Burges. Endlich Schluss mit dem Lärm. Da freuen sich alle in Untersteinach. Anwohner Alfred Viesmann hoffte, nach Jahrzehnten endlich wieder in Ruhe schlafen zu können. «Damit hatten wir hier im Ort nicht mehr gerechnet.»

Und keiner hatte damit gerechnet, dass der Abgeordnete mit der guten Nachricht nicht richtig lesen konnte. Er hatte vor lauter Eile nicht so ganz genau hingeguckt. Das Geld geht nicht nach Untersteinach, sondern nach Untersteinbach, ebenfalls in Franken, aber mit einem b in der Mitte. Und eben nicht nach Untersteinach ohne b. Nun musste der Abgeordnete eine neue Pressemitteilung schreiben. Mit einem b – wie Büroversehen.

Zitat: «Durch ein Büroversehen kam es zu einem folgenschweren Irrtum. Aus dem mittelfränkischen Untersteinbach wurde das oberfränkische Untersteinach.»

Ziemlich peinlich für einen Verkehrspolitiker. «Normalerweise dürfte man die beiden Verkehrsprojekte nicht verwechseln», ärgert sich nun Anwohner Alfred Viesmann. Schließlich handelt es sich um zwei verschiedene Bundesstraßen – die B2 in Untersteinbach und die B289 in Untersteinach. Außerdem seien die Summen für die Bauvorhaben unterschiedlich hoch, dies hätte dem Verkehrspolitiker in Berlin doch auffallen müssen. 80 Millionen Euro für Untersteinach, die es jetzt doch nicht gibt. Dafür bleibt der lebensgefährliche Ortsverkehr erhalten.

Der Bundestagsabgeordnete der FDP hat sich inzwischen für sein Versehen entschuldigt. Auf seine nächste Erfolgsmeldung kann man gespannt sein.

Genosse Arschloch und andere Sprücheklopfer

Erstaunlich, dass dieser Mann Präsident der USA werden konnte und sogar noch wiedergewählt wurde. George W. Bush, von 2001 bis 2009 der 43. Präsident der Vereinigten Staaten, war alles andere als ein begnadeter Redner. Im Grunde stolperte Bush von einer verbalen Panne in die nächste. Mal verwechselte er «erection» mit «election», mal verhedderte er sich heillos im Pathos, er selbst fühlte sich ständig «missunterschätzt». Er sagte auch bei offiziellen Anlässen häufig etwas anderes, als er eigentlich meinte. So wie in dieser Rede aus dem Jahr 2004: «Unsere Feinde sind erfindungsreich und gut ausgerüstet – so wie wir. Sie denken ständig darüber nach, wie sie unserem Land schaden können – so wie wir.»

Bei einem Empfang im Weißen Haus sorgte Bush, der nach eigenem Eingeständnis vor seiner politischen Karriere Alkoholiker war, für Kopfschütteln mit dieser Bemerkung: «Ich bin stolz, die Hand eines tapferen irakischen Bürgers zu schütteln, dem Saddam Hussein die Hand abgehackt hat.»

Völlig durcheinander beim Satzbau kam Bush bei seiner Rede zur Lage der Nation in Connecticut: «In meiner Lage, meiner Lage der Nation, oder Lage – in meiner Rede an die Nation, egal, wie das heißt, die Rede an die Nation, habe ich die Amerikaner gebeten, 4000 Jahre zu geben, 4000 Stunden für den Rest ihres Lebens, als Dienst an Amerika.» Alles klar?

Bush konnte sich übrigens in seinen wenigen starken Momenten durchaus selbstkritisch einschätzen: «Ich bin nicht sehr analytisch. Wissen Sie, ich verwende nicht viel Zeit darauf, über mich nachzudenken und darüber, warum ich etwas mache.»

In diesem Sinne – hier nur eine kleine Auswahl seiner schaurig-schönsten Versprecher:

«Die Familie ist da, wo unsere Nation Hoffnung findet, wo den Flügeln Träume wachsen.»

«Ich glaube an die friedliche Koexistenz von Mensch und Fisch.»

«Es ist nicht die Verschmutzung, welche die Erde ruiniert, sondern es ist die Unreinheit von Luft und Wasser.»

«Ich freue mich, dass mein Freund, Senator Bill First, heute Abend hier ist. Er hat ein Mädchen aus Texas geheiratet, Karyn. Sie ist auch hier. Ein westtexanisches Mädchen, genau wie ich.»

«Zu viele Gynäkologen sind nicht in der Lage, ihre Liebe zu Frauen zu praktizieren.»

«Danke, Eure Heiligkeit. Super Rede!»

«Es ist wichtig für uns, dass wir unserem Land erklären, dass das Leben wichtig ist. Es ist nicht nur das Leben von Babys, sondern das Leben von Kindern, die, wissen Sie, in den dunklen Höhlen des Internets hausen.»

«Ich glaube, es gibt eine gewisse Methodik in meinen Reisen.»

«Ich verstehe etwas vom Wachstum kleiner Betriebe. Ich war selbst einer.»

«Behaltet gute Beziehungen mit den Griechianern.»

«Es ist nur traurig, dass ich nicht öfter joggen kann. Das gehört zu den traurigsten Dingen des Präsidentendaseins.»

«Ich glaube, wenn man weiß, woran man glaubt, dann ist es viel einfacher, Fragen zu beantworten. Ich kann Ihre Frage nicht beantworten.»

«Es ist nicht die wichtigste Aufgabe, Gouverneur zu sein, oder First Lady in meinem Fall.»

«Wenn es so weitermacht, dann werde ich der Nation sagen, was ich von ihm als menschliches Wesen und als Person halte.»

«Alles, was ich über die Slowakei weiß, ist das, was ich aus erster Hand von ihrem Außenminister erfahren habe, als der nach Texas kam.»

«Das ist ein Kapitel, das letzte Kapitel des 20. ... des 20. ... des 21. Jahrhunderts, das die meisten von uns lieber vergessen würden. Das letzte Kapitel des 20. Jahrhunderts. Das ist das erste Kapitel des 21. Jahrhunderts.»

«Wir sind für jedes unvorhergesehene Ereignis, das eintritt oder auch nicht!»

«Wir sind der Nato fest verpflichtet. Wir sind ein Teil der Nato. Wir sind Europa fest verpflichtet. Wir sind ein Teil Europas.»

«Als ich aufwuchs, war die Welt gefährlich. Man wusste genau, wer sie waren: Es war wir gegen sie, und es war klar, wer sie waren. Heute wissen wir nicht so genau, wer sie sind, aber wir wissen, dass sie da sind.»

«Das ist eindeutig ein Haushaltsplan – da sind eine ganze Menge Zahlen drin.»

«Mein Standpunkt für das Leben ist, dass ich glaube, es gibt Leben.»

«Die große Mehrzahl unserer Importe kommt von außerhalb des Landes.»

«Gesunde Kinder brauchen keine Krankenversicherung.»

«Ein niedrigeres Wahlergebnis ist ein Zeichen, dass weniger Leute zur Wahl gehen.»

«Auf jeden tödlichen Schuss kommen ungefähr drei nichttödliche. Und, Leute, dies ist in Amerika inakzeptabel. Es ist einfach inakzeptabel. Und wir werden uns darum kümmern.»

«Ich hatte keine Gelegenheit, den Fragenden die Fragen zu stellen, die sie fragten.»

«Ein Land, das angegriffen wird, kann antworten, indem es seinen Nachbarn liebt, wie es selbst geliebt werden möchte.»

«Laura und ich merken oft gar nicht, wie schlau unsere Kinder sind, bis wir eine objektive Analyse erhalten.»

«Nun, ich glaube, wenn du sagst, du machst etwas und du machst es nicht, das ist glaubwürdig.»

Und zum Abschluss:

«Reden führt zu undeutlichen, unklaren Dingen.»

Als politische Dumpfbacke ersten Ranges galt in Deutschland über viele Jahre Heinrich Lübke (CDU), Bundespräsident von 1959 bis 1969. Vor allem in seiner zweiten Amtszeit soll es zu einer Reihe von legendären Versprechern gekommen sein.

«Sehr geehrte Damen und Herren, liebe Neger», so soll die Begrüßungsformel bei einer Afrika-Reise des deutschen Staatsoberhauptes gelautet haben. Und kurz vor dem Beginn einer Oper soll Lübke der englischen Königin bei ihrem Deutschland-Besuch zugeflüstert haben: «Equal goes it loose» – gleich geht es los.

Für diese Zitate gibt es allerdings keine Belege – weder im Bundespräsidialamt noch in den Archiven von Rundfunk und Fernsehen. Das wohl berühmteste Zitat von Lübke fehlt auch auf der legendären Schallplatte der Zeitschrift «Pardon» mit dem schönen Titel «Heinrich Lübke redet für Deutschland». Einige Sätze, die Jahrzehnte nach seinem Tod immer noch dem gebürtigen Sauerländer angehängt werden, waren vermutlich frei erfunden. Spätestens seit Mitte der sechziger Jahre war der spießige CDU-Politiker Zielscheibe von Hohn und Spott linksliberaler Redakteure geworden, die dem Bundespräsidenten wohl auch die eine oder andere Panne untergeschoben haben.

Erst nach seinem Tod im April 1972 im Alter von 77 Jahren in Bonn wurde bekannt, dass Heinrich Lübke an einer fortgeschrittenen Zerebralsklerose litt, die zu Sprechstörungen und Gedächtnisverlust führte. Vielleicht lag es an diesen Störungen, dass Heinrich Lübke bei einem Aufenthalt in Helmstedt nicht mehr wusste, wo er war. Als der Bundespräsident die Bewohner von Helmstedt anreden wollte, konnte er sich nicht an den Ortsnamen erinnern, das Publikum half ihm mit Zurufen aus.

Dennoch darf über Heinrich Lübke durchaus geschmunzelt

werden, denn nie wieder sind einem Bundespräsidenten solche verbürgten Versprecher gelungen:

«Es ist sehr schwierig, jedes Mal eine neue Rede zu erfinden.»

«In meiner Kindheit bin ich durch Karl May an Kanada gekommen. Damals war ich sieben Jahre alt. Heute ist das anders.»

«Das freie Wort schlägt unter uns Brücken von Mensch zu Mensch.»

«Sie müssten eigentlich mehr Beifall spenden, weil ich zwischendurch trinken muss, um meine Stimme zu schonen.»

«Der Schah ist ein sehr netter Mann. Er hat mich auch auf die Entwicklungshilfe angesprochen. Er ist der Ansicht, wir sollten lieber weniger Ländern Entwicklungshilfe geben, dafür aber mehr. Er hofft natürlich, dass er dann dabei ist.»

«Dann kamen wir nach Teheran, und da habe ich gleich gesehen, die Leute waren alle sauber gewaschen.»

«Die Rückreise war sehr anstrengend. Wir fuh… wir flogen 19.30 Uhr gestern Abend ab und waren um 9.30 Uhr hier. Das würde bedeuten, dass wir also fünf Stunden länger unterwegs waren, als notwendig war, denn das, diese fünf Stunden, ist eben die Umdrehung, der, der Erde schuldig, verantwortlich dafür.»

«Indonesien besteht aus Inseln, die liegen teils nördlich, teils südlich vom Äquator, und dazwischen ist eine Menge Wasser.»

«Jeder hat gesehen, dass der Ball im Netz gezappelt hat.»

«Sie können sich denken, dass ich lange nicht mehr in der Schule war. Mein geistiges Niveau ist natürlich gleichermaßen gesunken.»

«Ich soll ja nicht mehr frei reden.»

Als politisches Schwergewicht in der alten Bonner Bundesrepublik galt Franz Josef Strauß, von 1961 bis zu seinem Tod 1988 Vorsitzender der CSU, ewiger Widerpart des CDU-Vorsitzenden Helmut Kohl und Herausforderer von Helmut Schmidt. Der Metzgersohn, der auch so aussah, war Minister in diversen Bundesregierungen, soll an eben so vielen Skandalen beteiligt gewesen sein und wurde trotzdem mit großer Mehrheit zum Ministerpräsidenten von Bayern gewählt. Nicht nur am Aschermittwoch griff Strauß zu harschen Worten. Der Bundesregierung von SPD und FDP warf er vor, «einen Saustall ohnegleichen» angerichtet zu haben und sprach Helmut Kohl die Fähigkeit ab, Bundeskanzler zu werden. Strauß gehörte dem Deutschen Bundestag bereits seit der ersten Legislaturperiode im Jahr 1949 an, reiste als CSU-Vorsitzender um die Welt und pflegte seine eigene Außenpolitik. Viele Gelegenheiten also, sich deutlich ausdrücken zu wollen, es aber nicht immer zu können:

«Ich will lieber ein kalter Krieger sein als ein warmer Bruder.»

«Ich bin der Sohn meines Vaters. Sie sind der Amtsnachfolger Stalins.»

Zum damaligen Generalsekretär der KPdSU der Sowjetunion, Leonid Breschnew

«Ich bin zwar mit ihm befreundet, aber er ist ein Filzpantoffel-Politiker, das sage ich ihm auch seit Jahren.»

Über Helmut Kohl als Vorsitzenden der CDU

«Was passiert, wenn in der Sahara der Sozialismus eingeführt wird? Zehn Jahre lang überhaupt nichts, dann wird der Sand knapp.»

«So wie ein Hund unfähig ist, sich einen Wurstvorrat anzulegen, so sind Sozialdemokraten unfähig, Geldvorräte anzulegen.»

Als Bundestagsabgeordneter mit den meisten Ordnungsrufen gilt bis heute Herbert Wehner, von 1966 bis 1969 Bundesminister für gesamtdeutsche Fragen und vor allem bis heute bekannt und berüchtigt als Vorsitzender der SPD-Bundestagsfraktion. Wehner (in den dreißiger Jahren erst Anarchist, dann Kommunist und erst nach dem Zweiten Weltkrieg Sozialdemokrat) kam auf 58 Verwarnungen durch das Präsidium des Bundestages. Einmal wurde Wehner sogar für zehn Sitzungstage ausgeschlossen, weil er zusammen mit anderen SPD-Abgeordneten einen wegen Antisemitismus aufgefallenen Parlamentarier aus dem Ruheraum für Abgeordnete verjagt hatte.

Er verwirrte in seinen Reden immer wieder durch lange, verschachtelte Sätze, die durch blitzartige Wutanfälle unterbrochen wurden. Doch Wehner konnte auch kurz, knapp und hart austeilen:

Den CDU-Abgeordneten Jürgen Todenhöfer nannte er «Hodentöter», den Christdemokraten Jürgen Wohlrabe «Herr Übelkrähe». Und seinen SPD-Parteikollegen Franz Josef Zebisch bezeichnete Wehner in Rage als «Genosse Arschloch». Legendär das Interview mit dem damaligen ARD-Reporter Ernst Dieter Lueg. Wehner redete ihn absichtlich als «Herr Lüg» an, der Reporter verabschiedete sich daraufhin vom SPD-Fraktionsvorsitzenden mit den Worten:

«Vielen Dank, Herr Wöhner.»

Der unvergessene Herbert Wehner im O-Ton:

«Der Herr badet gerne lau.»

Über Bundeskanzler Willy Brandt, SPD

«Düffeldoffel.»

Über den damaligen Fraktionsvorsitzenden von CDU/CSU, Helmut Kohl

«Der mit den Ohren.»

Über den damaligen Innen- und späteren Außenminister Hans-Dietrich Genscher, FDP

Keiner war länger Bundeskanzler als er, keiner war allerdings auch so viel Hohn und Spott ausgesetzt wie er: Helmut Kohl, von 1982 bis 1998 Regierungschef, in seinen ersten Amtsjahren auch gern als «Birne» betitelt. Seltsam, dass der Pfälzer mit Vorliebe für Saumagen trotzdem so oft wiedergewählt wurde wie keiner vor ihm und keiner nach ihm. Für seine Partei der «Kanzler der Einheit und Baumeister Europas», für seine Gegner der ewige Provinzfürst, der den Mantel der «Gechichte» erhaschen wollte. Am Ende gestolpert über seine Spendenaffäre, die seine historischen Verdienste um die Wiedervereinigung deutlich schmälerte. Die «blühenden Landschaften», die Kohl den Bürgern der DDR versprochen hatte, gab es am Ende doch. Häufig lag aber auch er verbal ziemlich daneben:

«Ich habe versucht, ehrlich zu bleiben, aber in Maßen.»

«Ich weiß, dass ich 1945 fünfzehn war und 1953 achtzehn.»

«Das Zeitalter der Moderne sucht in der Unüberschaubarkeit des dramatischen Wandels nach den Momenten der Vertrautheit.»

«Dieser Norbert Blüm ist ein Glücksfall für die Union, er mag es zwar nicht hören, aber irgendwo hinten tut es ihm gut.»

«Ich weiß zwar nicht, was er denkt, aber ich denke ähnlich wie er.»

Über François Mitterrand

«Was nützt die beste Sozialpolitik, wenn die Kosaken kommen?»

«Ich bejahe die Frage rundherum mit Ja.»

«Wer ja sagt zur Familie, muss auch ja sagen zur Frau.»

«Die meisten unserer Frauen im Land sind weiblich.»

«Gestern standen wir noch mit den Füßen vorm Abgrund, heute sind wir schon ein großes Stück weiter.»

«Andere bekommen gleich kalte Füße, wenn ihnen der Wind einmal ins Gesicht bläst.»

«Bei einem guten Koalitionsklima, wo wir pfleglich miteinander untergehen, ähm, umgehen.»

Solche Versprecher leistete sich sein Nachfolger Gerhard Schröder (SPD) nur ganz selten. Schließlich sah sich Schröder als Medienkanzler, der vor und während seiner Amtszeit (von 1990 bis 1998 Ministerpräsident in Niedersachsen und dann bis 2005 siebter Bundeskanzler) großen Wert auf griffige Formulierungen legte. Vorbei die Zeiten der Schachtelsätze und Stolperreden. Deshalb nur eine kleine Ausbeute:

«Das Volk ist viel besser als seine Regierung, und deshalb verdient es eine andere.»

«Eine Kuh, die gute Milch gibt, muss man auch mal streicheln.»

«Wenn wir es nicht schaffen, die Arbeitslosigkeit signifikant zu senken, haben wir es nicht verdient, wiedergewählt zu werden. Ich rechne damit, dass es uns gelingt, bis zum Ende der Legislaturperiode 2002 die Arbeitslosigkeit auf unter 3,5 Millionen zu drücken.» (Das klappte leider nicht.)

«Wenn auf Parteitagen wieder einmal für Tempolimit 100 gestimmt wurde, habe ich wenigstens den Mut aufgebracht, auf Toilette zu verschwinden.»

«Und die Realität gibt's auch in Wirklichkeit.»

Auch seine Nachfolgerin, Angela Merkel (seit 2005 Bundeskanzlerin), leistet sich nur selten Versprecher. Sie ist keine begnadete, mitreißende Rednerin, weiß aber als frühere Pressesprecherin der ersten und letzten freigewählten DDR-Regierung, dass Formulierungen in der Öffentlichkeit möglichst Sinn machen sollten. Bei den nachfolgenden Beispielen kann man sich allerdings fragen, ob dies gelungen ist:

«Bestimmte Dinge können wir national allein nicht lösen. Deshalb müssen wir dies im internationalen Rahmen machen, denn das Herunterladen von Computern ist eine Sache, vor der nationale Grenzen nicht schützen können.»

«Ich ahne, wovon ich spreche, meine Damen und Herren.»

«Vor lauter Globalisierung und Computerisierung dürfen die schönen Dinge des Lebens wie Kartoffel- oder Eintopfkochen nicht zu kurz kommen.»

Vor 4000 Landfrauen auf dem Hessentag 2004

«Lieber Roland Kotz … ähm … Koch.»

Und dann gibt es noch: Edmund Stoiber, den Spezialfall. Als Ministerpräsident von Bayern (1993 bis 2007) unter der Devise «Laptop und Lederhose» durchaus erfolgreich, als Kanzlerkandidat der Union gegen Gerhard Schröder knapp gescheitert, als Redner häufig ein Totalausfall.

Stoiber, inzwischen bei der EU in Brüssel zuständig für den Abbau der Bürokratie, steht zweifellos in der Tradition von Heinrich Lübke, wenn es um die Rhetorik geht:

«Ich weiß, was es heißt, Mutter von drei kleinen Kindern zu sein.»

«Im deutschen Fernsehen gibt es nur noch kaputte Familien. Außer den Simpsons gibt es keine normale Familie mehr im TV.»

«Die Griechen haben getürkt.»

«Wer für alles offen ist, der ist nicht mehr ganz dicht.»

«An meiner Frau schätze ich … äh … ja gut … die … hm … die Attraktivität, die sie über all die Jahre behalten hat … äh … und … äh … die absolute … äh … ja, Familienorientiertheit.»

«Schauen Sie sich mal die großen Flughäfen an. Wenn Sie in Heathrow in London oder sonst wo, bei Charles de Gaulle ein … äh Frankreich oder in Rom, wenn Sie sich mal die Entfernung ansehen, wenn Sie Frankfurt sich ansehen, dann werden Sie feststellen, dass Sie zehn Minuten Sie locker in Frankfurt brauchen, um Ihr Gate zu finden. Wenn Sie vom Flug … äh … vom Hauptbahnhof starten … Sie steigen in den Hauptbahnhof ein, Sie fahren mit dem Transrapid in zehn Minuten an den Flughafen Josef Strauß, dann starten Sie praktisch hier im Bahnhof in München. Das bedeutet natürlich, dass der Hauptbahnhof im Grunde genommen näher an Bayern, an die bayrischen Städte heranwächst, weil das ja klar ist.»

«Ich habe es für wohltuend empfunden, dass die Bundeskanzlerin gegenüber dem amerikanischen Präsidenten Breschnew Guantánamo kritisiert hat und nicht mit dem Rechtsstaat in Übereinklang beurteilt hat …»

«Äh, natürlich freuen wir uns, das ist gar keine Frage, freuen wir uns, und die Reaktion war völlig richtig, einen … äh … sich normal verhaltenden Bär in Bayern zu haben. Äh ja, das ist gar net zum Lachen. Äh … und der Bär, ein Normalfall, ich muss mich ja auch, äh … wie … auch Werner Schnappauf hat sich natürlich hier … äh … intensiv … äh … mit … äh … so genannten Experten austauschen, austauschen … äh müssen. Nun haben wir … äh der normal verhaltende Bär lebt im Wald, geht niemals … äh … raus und … äh … reißt vielleicht … äh … ein bis zwei Schafe im Jahr. Äh. Wir haben dann einen Unterschied zwischen dem normalen Bären, dem Schadbären, und dem, äh, Problembär. Und … äh … ein Problembär ist und … äh … es ist im Übrigen auch … auch … äh … im Grunde genommen … äh … durchaus … äh … ein gewisses Glück gewesen. Der hat um ein Uhr nachts … äh … praktisch … äh … diese Hühner gerissen. Und … äh … Gott sei Dank war in dem Haus … äh … war also jedenfalls ist … äh … das nicht bemerkt worden. Äh, stellen Sie sich mal vor … äh … die Leute wären raus und wären praktisch jetzt … äh … dem Bären … äh … praktisch begegnet … äh … Was da hätte passieren können.»

«Es muss zu schaffen sein, meine Damen und Herren, wenn ich die CDU anseh, die Repräsentanten dieser Partei, an der Spitze, in den Ländern, in den Kommunen, dann bedarf es nur noch einen kleinen Sprühens, sozusagen, in die gludernde Lot, in die glundernde Glut, dass wir das schaffen können. Und deswegen, in die lodernde Flut, wenn ich das sagen darf.»

Offen und ehrlich – nach der Wahl

«Was kümmert mich mein Geschwätz von gestern?»

Konrad Adenauer, erster Bundeskanzler

«Die Wahrheit vor der Wahl – das hätten Sie wohl gerne gehabt.»

SPD-Bundesvorsitzender Sigmar Gabriel

«Wer Visionen hat, sollte zum Arzt gehen.»

Bundeskanzler Helmut Schmidt über SPD-Parteichef Willy Brandt

«Wir hatten die Wahl zwischen Frau Koch-Mehrin, einer notorischen Schwänzerin von Sitzungen im Europäischen Parlament, die in dieser Zeit mit Nebentätigkeiten 84 000 Euro verdient hat, und einem schwulenfeindlichen Rechtsradikalen. Da haben wir uns für das kleinere Übel entschieden.»

Jürgen Trittin, Die Grünen, über die Stimmen seiner Partei für Silvana Koch-Mehrin als Vizepräsidentin im Europaparlament

«Man kann sich nicht darauf verlassen, dass das, was vor den Wahlen gesagt wurde, auch wirklich nach den Wahlen gilt.»

Angela Merkel

«Ein Wahlprogramm ist das eine, das andere, was ernsthaft in Verhandlungen vertreten wird, ist wieder das andere.»

Karl-Josef Laumann, CDU-Fraktionsvorsitzender im Landtag von NRW

«Ein nicht haltbares Versprechen ist keine Lüge. In der Geschichte der Parteien werden Sie viele Beispiele nicht gehaltener Versprechen finden.»

Andrea Ypsilanti, Ministerpräsident-Kandidatin der SPD in Hessen

Ganz böse

«Mit Verlaub, Herr Präsident, Sie sind ein Arschloch!»

Joschka Fischer als Bundestagsabgeordneter der Grünen an Bundestagsvizepräsident Richard Stücklen, CSU

«Ich kann deine Fresse nicht mehr sehen.»

Ronald Pofalla, Leiter des Bundeskanzleramtes, zu seinem Parteifreund Wolfgang Bosbach, CDU

«Du intrigantes Schwein!»

Irmgard Adam-Schwaetzer, Generalsekretärin der FDP, zum damaligen Wirtschaftsminister Jürgen Möllemann, ebenfalls FDP

«Schnauze, Iwan!»

Franz Josef Strauß, CSU, 1951 zum KPD-Bundestagsabgeordneten Heinz Renner

«Laurenz Meyer hat die Mentalität eines Skinheads und nicht nur das Aussehen.»

Jürgen Trittin, damals Bundesumweltminister, über den Generalsekretär der CDU

Und dann sprachen noch ...

Wolfgang Thierse, Bundestagspräsident:
«Zur Wahl stehen Herr Professor Dr. Horst Köhler und Herr Professor Dr. Gesine Schwan.»

Guido Westerwelle, Außenminister und FDP-Vorsitzender:
«Zwischen mir und meinen Positionen ist nachgewiesenermaßen doch noch ein gewisser Unterschied.»

«Wir pfeifen nicht nach Ihrer Tanze.»

«Auf jedem Schiff, das dampft und segelt, gibt es einen, der die Sache regelt. Und das bin ich.»

Reinhard Höppner, Ministerpräsident von Sachsen-Anhalt, SPD:
«Ich verspreche nichts, was ich halten kann.»

Rudolf Scharping, ehemaliger Verteidigungsminister und Kanzlerkandidat der SPD:
«Wenn man einatmet – mit der Lunge zum Beispiel ...»

Günther Oettinger, EU-Kommissar und ehemaliger Ministerpräsident von Baden-Württemberg:
«Man kann auch über andere unkonventionelle Ideen nachdenken. Es gibt ja auch den Vorschlag, die Flaggen von Schuldensündern vor den EU-Gebäuden auf Halbmast zu setzen. Das wäre zwar nur ein Symbol, hätte aber einen hohen Abschreckungseffekt.»

Silvio Berlusconi, ehemaliger Ministerpräsident Italiens:
«Scheißland.»

Pannen-Ticker, weltweit

Bei einem Treffen einer schwedischen «Weight Watchers»-Gruppe sind die Teilnehmer durch einen Holzboden gekracht, weil sie zu schwer waren. Zwanzig Übergewichtige hatten sich in einem Raum versammelt, um sich zu wiegen.

Es war das erste Treffen der Gruppe im neuen Jahr. Gemeinsam wollten sie das aktuelle Übergewicht nach den Festtagen abbauen. In einer Reihe stellten sich die zwanzig Teilnehmer im schwedischen Växjo vor die Waage. Alle sollten sich vor Beginn der Abspeckkur wiegen lassen. Die Übergewichtigen waren zu viel für den frisch gelegten Holzboden im Büro der örtlichen «Weight Watchers»-Gruppe. Der Boden gab nach, Dielen brachen durch. Glück im Unglück: Keiner der Übergewichtigen wurde verletzt. Der Einsturz soll sie erst recht motiviert haben, schnell abzunehmen.

Zum dreizehnten Mal ist jetzt das Ortsschild von Fucking in Oberösterreich geklaut worden. Dabei sind die insgesamt acht Ortsschilder an den vier Einfahrten von Fucking bereits in den Vorjahren einbetoniert und verschweißt worden, um sie gegen Diebstahl zu sichern. Fucking hat etwa 100 Einwohner. Der Name des kleinen Ortes steht nicht wie vermutet in Zusammenhang mit dem englischen Wort «fuck», sondern ist vermutlich von «Adalpert von Vucckingen» hergeleitet, der im 11. Jahrhundert in dieser Gegend lebte. Im Sommer werden die Einwohner von Fucking häufig durch Busladungen mit englischen Touristen belästigt, die sich massenweise vor dem Ortsschild fotografieren lassen. Der Ort ist auch (unfreiwilliger) Namensgeber der Biersorte «Fucking Hell», das allerdings im Schwarzwald gebraut wird.

Fucking liegt 31 Kilometer entfernt von Petting in Bayern. Mehrere hundert Kilometer sind es zu den Orten Poppenhausen im Landkreis Schweinfurt, Fickenhof bei Passau und dem Darmstädter Ortsteil Wixhausen. Weil die Ortsschilder mit den ulkigen Namen äußerst begehrt sind, haben die bayerischen Behörden bereits auf die Ausschilderung der Ortschaft «Ficker 1» verzichtet. Der traditionelle Name ist nur noch auf Landkarten zu finden.

Ausgerechnet bei einer Konferenz zur Steigerung der Arbeitsdisziplin nickten fünf Funktionäre der KP Chinas ein. Sie wurden noch während der Sitzung ihrer Posten enthoben, berichteten chinesische Staatsmedien. Bei der Tagung sollten schlechte Arbeitsmoral in den staatlichen Betrieben und hohe Fehlzeiten im Vordergrund stehen.

Aus Angst vor Ärger mit seinen Eltern wollte sich ein 18-jähriger Schüler in Kalifornien durch den Kamin nach Hause schleichen. Der Teenager blieb im Kamin stecken.

Es war spät geworden, als der Teenager vor seinem Elternhaus stand. Er wusste, es würde wieder mal Zoff geben, weil er so spät nach Hause kam. Mit Verständnis würde er nicht rechnen können. Um seine Nerven zu schonen, wählte er den Weg durch den Kamin. Vor dort aus wollte er sich unbemerkt in sein Zimmer schleichen. Er war zwar nicht besonders dick, doch der Kamin leider besonders eng. Nach zwei Metern blieb er stecken, konnte weder vor noch zurück. Eineinhalb Stunden rief er in der Nacht um Hilfe, bis seine Eltern aufwachten. Die örtliche Feuerwehr befreite ihn aus seiner misslichen Lage. Dafür musste allerdings der Kamin aufgemeißelt werden. Der Ärger mit seinen Eltern war nun umso größer.

Das Oberhaupt der russisch-orthodoxen Kirche, Kyrill, verfügt offenbar über Wunderkräfte. Auf einem offiziellen Foto auf der Webseite des russischen Patriarchen sitzt er an einem Tisch mit dem russischen Justizminister. Auf der polierten Oberfläche des Tisches ist neben seiner rechten Hand eine Uhr sichtbar. Dabei trägt das Kirchenoberhaupt auf dem Foto gar keine Uhr. Des Rätsels Lösung: Mit Photoshop wurde seine Uhr entfernt, die Spiegelung jedoch übersehen. Nach Berichten ukrainischer Zeitungen besitzt der russische Patriarch eine Armbanduhr der Marke Brequet, die rund 30000 US-Dollar wert sein soll.

Die ewige Liebe kann leider auch noch kurz vor Schluss scheitern. So jedenfalls die traurige Erfahrung eines 99-jährigen Römers. Nach 77 Jahren Ehe reichte er die Scheidung ein. Seine 96-jährige Frau soll ihn betrogen haben.

Der Italiener wollte seine restliche Lebenszeit auf keinen Fall mit seiner Gattin verbringen. Er hatte nämlich in einer Schublade einen Liebesbrief an seine Frau gefunden, den nicht er geschrieben hatte. In seinen zittrigen Händen hielt er das Beweisstück für eine Affäre seiner Ehefrau, von der er nicht das Geringste geahnt und die er ihr auch niemals zugetraut hätte. Die Affäre war zwar schon 60 Jahre her, wie aus dem Briefkopf hervorging. Doch aus Prinzip kam ein gemeinsames Weiterleben mit der untreuen Ehefrau für ihn nicht in Frage.

Sein freundliches Winken wurde einem Bankräuber im amerikanischen Bundesstaat Delaware zum Verhängnis. Der Bankräuber hatte in Wilmington eine Bank überfallen und war mit seinem Fahrrad geflohen. Doch in der Beute platzte ein orangefarbener Beutel, der die Geldscheine wertlos machen sollte. So ließ er die Beute liegen und zog sich auf den Balkon seiner Wohnung zurück. Mit dem Polizisten, der dann unten auf der Straße vorbeikam, war er befreundet. Also kurz mal winken. Der freundliche

Gruß reichte, um den Polizisten und seine Kollegen auf seine Spur kommen zu lassen.

40-mal hat die Polizei in England die falsche Wohnung durchsucht, weil sie sich in der Adresse geirrt hatte. Auch die verzweifelten Hinweise des Wohnungsinhabers, der noch nie in seinem Leben auffällig geworden war, konnte den Dauerbesuch durch die Polizei nicht verhindern. Der Irrtum der Polizei währte 18 Monate lang.

«Zuerst habe ich es von der lustigen Seite gesehen, aber irgendwann ist es mir dann auf den Geist gegangen», erklärte der 38-jährige Matt Jillard aus Birmingham der englischen Zeitung «Metro». Die Beamten hatten seine Adresse in der Repton Road in Birmingham mit dem Repton Grove, einer Straße in der Nachbarschaft, verwechselt. «Mir wurde dreimal gesagt, dass meine Adresse nun markiert sei, sodass es zu keinen weiteren Durchsuchungen kommen werde.» Seine Ruhe fand er erst nach dem Zeitungsartikel. Die Polizei von Birmingham kündigte an, «eine ganze Anzahl an Maßnahmen» zu treffen, um die 41. Hausdurchsuchung in der falschen Wohnung auszuschließen.

Auf Schadensersatz in Höhe von 5,4 Millionen Dollar ist vor ein paar Jahren die Stadt Diego in den USA verklagt worden. Bei einem Konzert von Billy Joel in der Stadthalle habe er ein schweres emotionales Trauma erlitten, gab der Kläger an. Denn zu seinem Entsetzen habe er mit ansehen müssen, wie eine Frau, die sich offenbar nicht in die lange Schlange vor der Damentoilette einreihen wollte, die Herrentoilette betrat und dort ein Urinal benutzte. Dies habe ihn schwer geschockt. Das Gericht lehnte die Annahme der Klage ab.

Vaduz, Hauptstadt von Liechtenstein. Wie soeben gemeldet wird, ist völlig überraschend die Schweizer Armee in das kleine Fürstentum mit seinen 35 000 Einwohnern einmarschiert. Ohne Vorwarnung, ohne Kriegserklärung. Beteiligt an der Invasion war die 12. Infanterie. Unter der Leitung des Kommandanten Lucas Caduff hatten 170 schwerbewaffnete Soldaten den Vorstoß unternommen.

Dieser Vorfall hat sich tatsächlich ereignet. Während eines nächtlichen Übungsmanövers hatte sich die Schweizer Armee bei dichtem Nebel verirrt und war im März 2007 in das Staatsgebiet von Liechtenstein eingedrungen. Die Schweiz entschuldigte sich für die Invasion. Zwanzig Jahre zuvor war ein militärischer Vorfall zwischen den beiden Ländern nicht so glimpflich ausgegangen. Während einer Artillerieübung beschoss die Schweizer Armee aus Versehen den Nachbarstaat mit Raketen, dabei geriet ein Waldstück in Brand. Die Schweiz zahlte damals mehrere Millionen Franken als Entschädigung an Liechtenstein.

Mitsamt Möbeln, Scheune und Wasserpumpe ist in Serbien ein komplettes Einfamilienhaus gestohlen worden. Der Eigentümer hatte über Jahre als Gastarbeiter in Italien gelebt. Bei seiner Rückkehr in die Heimat fand er nur noch das geräumte Grundstück vor.

Trotz einer präzisen Beschreibung brachte die Fahndung der serbischen Polizeibehörden nach dem Haus keine Ergebnisse. Das Einfamilienhaus, 140 Quadratmeter mit Keller, lag in der Innenstadt der 50 000 Einwohner großen Stadt Sabac. Völlig unklar blieb auch, wie die Hausdiebe das Gebäude unbemerkt abtragen konnten.

Die in Österreich beliebte Süßspeise «Mohr im Hemd» ist in Verruf geraten. Der Name sei diskriminierend, und die Speise sollte unter dieser Bezeichnung nicht mehr in den Wiener Kaffeehäusern angeboten werden, so die Empfehlung der Fachgruppe Gastronomie der Bundeswirtschaftskammer. Korrekt sei dagegen die Bezeichnung «Schokoladenkuchen mit Schlag».

Die Wirtschaftskammer hatte damit auf Proteste reagiert. Auch das «Zigeunerschnitzel» soll von der Speisekarte gestrichen werden. In den Supermärkten sind der «Negerkuss» oder der «Mohrenkopf» bereits verschwunden.

Einen außergewöhnlichen Fuhrpark legte sich ein 37-jähriger Gangster in Spanien zu. Rund 3000 Einkaufswagen aus Supermärkten soll er binnen eines Jahres gestohlen haben, teilte die spanische Polizei nach seiner Festnahme in Madrid mit. Die Einkaufswagen soll er an einen Schrotthandel verkauft haben, deren Besitzerin offenbar eingeweiht war.

Mehrere Supermärkte hatten sich über die ständigen Diebstähle beklagt. Daraufhin hatte die Polizei eine Sonderkommission eingesetzt. Indem sie Einkaufswagen mit GPS-Sendern ausstattete, kam die Polizei dem Dieb auf die Spur. Er hatte auf ein lukratives Geschäft gehofft: Ein Einkaufswagen wiegt etwa zwölf Kilo, jedes Kilo Altmetall bringt beim Schrotthändler bis zu vier Euro.

Weil er Geier tötete und als Brathähnchen verkaufte, ist in Ghana ein 37-Jähriger zu sechs Monaten Gefängnis verurteilt worden. Der Mann war auf frischer Tat erwischt worden, als er gerade zwei Geiern den Hals umdrehte.

Der Verkauf von Geiern als Brathähnchen war offenbar ein lukratives Geschäft gewesen. Er hatte die Geier selbst eingefangen und dann gebraten. Sechs weitere tote Raubvögel fand die Polizei in seinem Versteck. Der Mann gab an, er habe die Köpfe der Geier an Medizinmänner in dem westafrikanischen Land verkaufen wollen. Doch das Gericht in Kumasi glaubte ihm nicht. Nach Angaben von Nachbarn hatte er in den Wochen vor seiner Festnahme immer wieder preisgünstige Brathähnchen angeboten.

Weil er nachts bei Einsätzen nicht allein sein wollte, hat ein Wachmann in der Schweiz zwei Überfälle erfunden und sich sogar selbst verletzt. Der 20-jährige Mitarbeiter einer Sicherheitsfirma hatte auf die Zuteilung eines mutigen Partners gehofft.

Er hatte bei der Polizei in Schaffhausen angerufen und angegeben, bei der Überwachung eines Kaufhauses von zwei Männern überfallen worden zu sein. Bei der Untersuchung des Falls kam heraus, dass der Wachmann bereits drei Monate zuvor Opfer eines Überfalls gewesen war.

Damals sei er sogar durch Messerstiche verletzt worden, hieß es im Protokoll der Polizei. Doch auf der Polizeidienststelle verwickelte sich der Wachmann in Widersprüche und gab zu, sich die Schnittverletzungen an seinen Händen selbst beigebracht zu haben. Er sei bei den einsamen Einsätzen in der Nacht von massiven Angstzuständen geplagt worden und hätte sich nichts sehnlicher gewünscht als einen mutigen Partner.

Zu viel Fernsehen schadet. Den jüngsten Beweis für diese These lieferten in Warschau zwei sieben und elf Jahre alte Jungen. Nach schlechten Vorbildern aus Fernsehkrimis machten die beiden ihren ersten Bruch – in ihrem Kindergarten. Die Polizei in Warschau kam den jungen Ersttätern jedoch schnell auf die Schliche: Sie hatten alle Wertsachen liegen gelassen und ausschließlich Spielzeug, Teddybären und Bauklötze mitgenommen. Da nützte es auch nichts, dass die beiden wie die Profis Handschuhe getragen hatten. Die Beute fand die Polizei in ihren Kinderzimmern.

Mit einem Küchenmesser hat ein 50-jähriger Nordafrikaner in Paris seinem Nebenbuhler den Penis abgeschnitten. Der Täter hatte ihn mit seiner Ehefrau eine Woche zuvor in flagranti erwischt. Der Ehemann wollte mit der Tat nach eigenen Angaben seine Ehre wiederherstellen.

Nach den Ermittlungen der Pariser Polizei hatte er seinen Nebenbuhler, der sein eigener Neffe war, in seine Wohnung eingeladen, um angeblich mit ihm über die Affäre zu sprechen. Er bot ihm einen Kaffee an, der mit Betäubungsmittel versetzt gewesen sein soll. Vor dem Abschneiden erklärte er seinem schlaftrunkenen Neffen, dass er so seine Ehre wiederherstellen wolle. Den abgeschnittenen Penis warf er in die Toilette. Nach seinen Hilferufen konnten Feuerwehrmänner das Organ zwar wieder herausfischen. Der Versuch, den Penis wieder anzunähen, scheiterte allerdings im Krankenhaus.

Weil er seinem 13-jährigen Sohn eine Prostituierte bestellt hatte, droht einem Vater aus Milwaukee in den USA eine zehnjährige Haftstrafe. Das Gericht wirft ihm Menschenhandel vor.

Am seinem dreizehnten Geburtstag erklärte ihm der Vater nach den Feststellungen des Gerichtes, dass es für ihn nun Zeit werde, die Unschuld zu verlieren. Als die angeheuerte Prostituierte eintraf, überreichte der Vater seinem Jungen ein Kondom und zeigte ihm, wie man es benutzt. Sein erster Geschlechtsverkehr sei allerdings keine schöne Erfahrung gewesen, sagte der Junge vor Gericht aus.

Der Vorfall war bekannt geworden, weil ein Lehrer auf dem Schulhof mit angehört hatte, wie er seinen Klassenkameraden von dem Erlebnis berichtete. Vor Gericht bestätige der Schüler die Vorwürfe. Der Vater warf seinem Sohn wiederum vor, gelogen zu haben. Der Junge habe sich rächen wollen, weil er ihm nicht die gewünschten Sportschuhe gekauft habe.

Mehrere Stunden stand ein junger Däne in engem Kontakt zu einem Kondomautomaten. Der junge Mann wollte sich auf der Toilette eine Packung mit Präservativen ziehen. Als er nicht von der Toilette zurückkam, entdeckten seine Freunde das peinliche Malheur. Er hatte sich einen Finger im Automaten eingeklemmt.

Weder seine Freunde noch andere Besucher der Kneipe konnten ihn aus der misslichen Lage befreien. Als die Mitarbeiter eines Rettungsdienstes mit Bolzenschneider und Schweißgerät anrückten, war der Kunde mit Kondomautomat verschwunden. Seine Freunde hatten den Kasten mit ihrem Kumpel in der Zwischenzeit aus der Verankerung an der Wand herausgerissen und ihn zu einer Station des Rettungsdienstes gebracht. Dort endlich konnte er befreit werden.

Ein fünf Monate altes Mädchen wurde im japanischen Kawasaki von seinen Eltern in einem Schließfach abgelegt, weil sie in Ruhe in einem Restaurant essen gehen wollten. Der Säugling blieb unverletzt.

Ein Passant hatte das Kind in dem Schließfach schreien gehört und die Polizei alarmiert. Das 30 mal 60 Zentimeter große Fach wurde von der Feuerwehr mit einer Brechstange aufgebrochen. Während des Einsatzes kehrten der 22-jährige Vater und die 24-jährige Mutter zu dem Schließfach zurück. Nach Presseberichten wurden die Eltern lediglich ermahnt.

Ein hochverschuldeter Lebensmittelhändler hat sich in Südkorea die Füße abhacken lassen, um an umgerechnet 1,4 Millionen Euro aus seiner Unfallversicherung zu kommen. Jetzt sitzt er ohne Füße, aber auch ohne Versicherungssumme da.

Als die Polizei den 51-jährigen Ladenbesitzer fand, sagte er aus, nach einem Trinkgelage blutend und ohne Füße in seinem Laden aufgewacht zu sein. Schnell kam heraus, dass der Ladenbesitzer, von Spielschulden geplagt, vor der Tat mehr als zwei Dutzend Unfallversicherungen abgeschlossen hatte. Schließlich gab er zu, für die Amputation einen befreundeten Taxifahrer verpflichtet zu haben. Der Taxifahrer sollte umgerechnet 35 000 Euro bekommen. Die Füße warf der Taxifahrer in einen Fluss. Er wurde festgenommen, während der Ladenbesitzer zwar seine Füße los ist, seine Freiheit aber behalten durfte. Weil er aus zeitlichen Gründen bei den Versicherungen seine finanziellen Ansprüche noch gar nicht geltend gemacht hatte, gab es keinen Grund, gegen ihn wegen Versicherungsbetrug zu ermitteln. Vermutlich ein schwacher Trost in seiner Situation.

Eine gemeine Rache dachte sich ein Franzose für seine ehemalige Freundin aus. Er mischte das WC-Deo seiner Ex mit Natrium.

Als die junge Frau in Montlucon in Frankreich ihre Toilette benutzte und die Wasserspülung bediente, kam es auf dem sonst stillen Örtchen zu einer Explosion. Aus der Kloschüssel stieg weißer Rauch auf. Ihr Exfreund stand von Anfang an unter Verdacht und gab den Natrium-Anschlag zu.

Scharfes Chilipulver benutzten 72 Häftlinge in Indien erfolgreich für einen gemeinsamen Ausbruch. Sie warfen es den Wärtern in die Augen und konnten dann das Haupttor des Gefängnisses öffnen.

Die Häftlinge hatten das Chilipulver aus der Küche einer Haftanstalt im südindischen Bundesstaat Andhra Pradesh gestohlen und versteckt. Als die Gefangenen zum Essen aus ihren Zellen geführt wurden, machten sie mit dem Chili einen Großteil der Gefängniswärter kampfunfähig und sperrten die Wärter in ihre Zellen ein. Nach einem Bericht der «Indian Express» konnten alle Häftlinge zunächst entkommen.

Im amerikanischen Salt Lake City schoss ein Hund seinem Herrchen in den Hintern. Aus einer Entfernung von drei Metern feuerte er 27 Schrotkugeln ab. Hund und Herrchen waren mit einem Freund des 46-Jährigen in einem Boot auf Entenjagd. Während Herrchen aus dem Boot kletterte, um Köder auszusetzen, trat der Hund auf die am Boden liegende Schrottflinte und löste die Schüsse aus. Mit schweren Verletzungen am Gesäß musste sein Herrchen in ein Krankenhaus gebracht werden.

Um mit einem Tapferkeitsorden ausgezeichnet zu werden, hat sich ein Polizist in Neu-Delhi selbst in den Bauch geschossen. Damit wollte er einen Überfall vortäuschen.

Der Polizist schob Wache vor dem Haus eines ehemaligen Politikers in der Nähe von Neu-Delhi. Nach seiner Aussage hätten ihn sechs Unbekannte angegriffen und sofort das Feuer eröffnet. Seine Kollegen hatten ihn dann tatsächlich mit mehreren Schusswunden vor dem Haus gefunden. Eine Kugel hatte den Bauch getroffen, auch am Arm wurde er verletzt. Seine Aussagen passten allerdings nicht zu den Ermittlungsergebnissen. So wurden nur Patronenhülsen aus der Waffe des Polizisten gefunden. Hatten die Täter ihre Kugeln wieder fein säuberlich aufgelesen? In der Wohnung des Polizisten wurden dann auch Betäubungsmittel gefunden, offenbar um die Schmerzen durch die Schussverletzungen zu mindern.

Der Polizist legte schließlich ein Geständnis ab. Er habe sich selbst in den Bauch geschossen, um den Tapferkeitsorden der indischen Polizeibehörden zu erhalten.

Um die Erfolgsvorgaben seines Vorgesetzten zu erfüllen, brummte sich ein Polizist aus Białogard in Polen selbst eine Strafe auf. Nach den Berichten von polnischen Tageszeitungen hatte der örtliche Polizeichef von seinen Untergebenen gefordert, «mindestens eine Strafe am Tag zu verhängen». Ansonsten müsse man davon ausgehen, dass die Beamten faul seien. Eine Strafe am Tag, ob groß oder klein – das ist eigentlich nicht viel, auch von einem minderfleißigen Polizisten sollte diese Vorgabe zu erreichen sein. Doch dummerweise ist in der 20000-Einwohner-Stadt im Nordwesten Polens wenig los, die Bürger sind brav und die Gangster oder auch nur Verkehrssünder selten. An einem Tag, an dem noch weniger als ohnehin schon los war, kam der Polizist auf die geniale Idee, sich selbst zum Verkehrssünder zu machen, um so die vorgegebene Quote zu erfüllen. Er schrieb sich auf, weil er zu Fuß über ein Bahngleis gelaufen sei. Höhe des Bußgeldes: fünf Euro.

Als korrekter Polizeibeamter setzte er sich selbst sowohl als Täter wie auch als Zeugen ein.

Der Mord an seinem Hamster brachte einem 29-jährigen arbeitslosen Briten eine Haftstrafe von neun Monaten ein. Der Mann hatte, offenbar betrunken, seinen Hamster «Suzie» in der Mikrowelle umgebracht. Der Staatsanwalt sprach in dem Gerichtsverfahren gegen den Hamster-Mörder von «Todesqualen» für das Tier.

Der Anwalt des Beschuldigten versuchte dagegen, den Tatvorwurf abzumildern: «Der Hamster ist schnell gestorben, er musste nicht lange leiden.»

Vor dem Gericht sagte der Mann aus, er sei betrunken gewesen und habe sich mit seiner Freundin gestritten. Aus Wut habe er Hamster «Suzie» in die Mikrowelle gesteckt (seine Freundin hätte dort wohl auch kaum hineingepasst). Unmittelbar nach dem Hamster-Mord alarmierte seine Freundin die Polizei. Die Streife fand den Kadaver mit schweren Verbrennungen in der Mülltonne. Laut Gerichtsbeschluss darf der Mann fünf Jahre lang keine Haustiere mehr halten.

Durch ihren Appetit auf ein Sandwich verlor eine koreanische Geigerin in London ihre 1,4 Millionen Euro teure Geige. Die Musikerin hatte sich vor dem Bahnhof Euston hingesetzt, um das Sandwich zu bestellen. Ihre 300 Jahre alte Stradivari hatte sie in einem schwarzen Koffer neben sich abgestellt. Noch vor dem ersten Biss merkte sie, dass der Koffer verschwunden war. Die Polizei ging davon aus, dass das einzigartige Instrument im Grunde unverkäuflich ist und die Täter vor enorme Herausforderungen stellen werde. Allerdings war die Stradivari erst einmal weg, und das Sandwich schmeckte der Geigerin deshalb auch nicht mehr.

Mit Fischernetzen geht in Vietnam die Polizei auf die Jagd nach Rasern. Nach Zeitungsberichten werfen die Ordnungshüter Fischernetze über die hinteren Räder von Mopeds. Bereits 21 Verkehrsrüpel sollen der Polizei so ins Netz gegangen sein. Verletzt worden sei bisher noch niemand.

Auch sieben Monate nach dem Tod ihres Mannes bekam eine Witwe aus Hoogezand in der Nähe von Groningen immer noch Briefe seines einstigen Hausarztes. Mal ging es um eine Impfung gegen Grippe für ihren Verblichenen, mal um eine Vorsorgeuntersuchung auf Osteoporose. Ihr Mann war an einem Herzstillstand verstorben.

Irgendwann platzte der Witwe der Kragen: Sie packte die Urne mit der Asche ihres verstorbenen Mannes ein und brachte das Gefäß in die Praxis des Arztes. Der Mediziner möge sich doch persönlich davon überzeugen, dass eine Impfung gegen Grippe ziemlich aussichtslos sei, forderte die erboste Witwe. Der Mediziner verzichtete auf den Anblick und sagte zu, nie wieder schriftlich mit dem Toten in Kontakt zu treten.

«Wegen entgangener Liebesfreuden» verklagte der 50-jährige Phillip Seaton sein örtliches Krankenhaus in Shelbyville. Bei einer Operation erlebte er den größten Albtraum für jemanden, der sich in einem Krankenhaus unter Narkose behandeln lassen muss: Nach der OP war sein Penis weg. Eigentlich ging es bei dem Patienten um eine Entzündung an der Vorhaut, die operativ entfernt werden sollte. Doch bei dem Eingriff stellte der Chirurg fest, dass der Patient ein Krebsgeschwür im Penis habe. Deshalb habe es keine andere Möglichkeit gegeben, als ihn abzuschneiden. Schließlich habe Seaton vor der Operation eingewilligt, dass der Arzt alle notwendigen Eingriffe vornehmen dürfe. Der Patient verlangt nun eine Wiedergutmachung in Millionenhöhe. Er wird bei der Klage von seiner Ehefrau unterstützt.

Mit den Pinseleien seines fünfjährigen Sohnes narrte ein dänischer Vater erfolgreich eine Kunstjury. Die Bilder wurden für eine Ausstellung ausgewählt. Ein Kunstliebhaber zahlte rund 500 Euro für jedes der drei Bilder.

Zum alljährlichen Wettbewerb für dänische Nachwuchskünstler hatte der Vater die Klecksereien seines Kindes eingesandt und sie mit den Titeln «Integrität I, II und V» bezeichnet. Über das Alter des Künstlers machte er keine Angaben. Unter insgesamt 2571 Einsendungen wählte die Jury des Kunstwettbewerbs die drei Bilder für die Siegerausstellung aus. Ein Kunstliebhaber war von den Werken und vielleicht auch von den anspruchsvollen Bezeichnungen so angetan, dass er noch während der Ausstellung alle drei Bilder kaufte.

Eine Kuh, die vom Himmel fiel, versenkte in Sibirien ein japanisches Fischerboot. Was unglaublich und skurril klingt, hat sich nach einem Bericht der Moskauer Behörde für Flugsicherheit tatsächlich so zugetragen.

Mit einem Transportflugzeug wollten russische Soldaten eine Horde Kühe wegschaffen, die sie in Sibirien gestohlen hatten. Die Soldaten vergaßen jedoch, die Kühe im Flugzeug festzubinden. Während des Fluges wurden die Tiere nach den Angaben der Behörde unruhig, das Flugzeug geriet in Schieflage. Die Soldaten sahen keine andere Möglichkeit, als die Heckladeklappe zu öffnen und die Kühe herauszutreiben. Eine der Kühe fiel auf ein japanisches Fischerboot, das gerade im Ochotskischen Meer vor der Insel Sachalin unterwegs war. Die Fischer konnten zwar gerettet werden, wurden aber zunächst verhaftet. Denn kein Polizist wollte ihnen diese Geschichte glauben. Die Überprüfung durch die Moskauer Behörde ergab dann aber, dass die Kuh tatsächlich vom Himmel gefallen war.

Weil die Brasilianerin Ana Cristina Leandro für ein paar Euro Lippenstifte und Wimperntusche gestohlen hatte, musste sie ein Jahr lang einmal im Monat vor ihrem Richter die Nationalhymne singen. Der Richter aus São Paulo sagte in seiner Urteilsbegründung, dass eine Gefängnisstrafe weder der 22-Jährigen noch der brasilianischen Gesellschaft genutzt hätte.

Mit Hilfe der Asche ihres verstorbenen Ehemannes ist die Britin Brenda Eccles zum ersten Mal in ihrem Leben in der Lage, ein weiches Ei zu kochen. Die Asche ihres Mannes befindet sich in einer gläsernen Eieruhr.

Nach den Berichten von englischen Zeitungen war es der Frau nie gelungen, ein weiches Ei zu kochen. Das habe selbstverständlich auch ihr Ehemann gewusst, der im Alter von nur 50 Jahren an Krebs starb. Kurz vor seinem Tod habe er seiner Frau vorgeschlagen, einen Teil seiner Asche in eine Eieruhr zu tun. Damit könne er ihr künftig immer beim Eierkochen helfen.

Gleich vier Fahrzeuge innerhalb weniger Stunden versenkte ein dänischer Autofahrer aus Versehen in einem Fjord. Unfall Nummer eins ereignete sich, als der Däne mit seinem Auto den zugefrorenen Augustenfjord auf der Insel Als überqueren wollte. Entgegen seinen Erwartungen brach das Eis, und sein Auto sank ein. Der Fahrer lieh sich einen Geländewagen, um sein Auto wieder herauszuziehen. Doch auch dieser SUV brach ein. Nun lieh sich der Däne von einem nahen Bauernhof einen Trecker, um beide Fahrzeuge bergen zu können. Der Trecker war zu schwer und ging ebenfalls unter. Mit einem zweiten Traktor und damit dem nunmehr vierten Fahrzeug hatte er ebenfalls kein Glück. Die Mitglieder der örtlichen Feuerwehr brauchten siebeneinhalb Stunden, um alle vier Fahrzeuge mit Bergungsseilen an ihrem Löschzug aus dem Wasser zu ziehen.

Wer war das? Während des abendlichen Ramadan-Gebetes wurden die Schuhe von 210 Gläubigen in Sirnak im Südosten der Türkei gestohlen. Nach einem Bericht der türkischen Tageszeitung «Milliyet» hatten es die Täter vor allem auf die Schuhe der wohlhabenden Besucher der Moschee abgesehen. Die Schuhdiebe konnten nicht ermittelt werden.

Bei seinem Selbstmordversuch tötete ein 72-jähriger Israeli aus Versehen beinahe einen 26-jährigen Fußgänger. Der Mann hatte sich aus noch nicht geklärten Motiven aus dem fünften Stock eines Wohnhauses gestürzt. Wie er später aussagte, habe er vor dem Sturz aus dem Fenster geschaut, ob Bürgersteig und Straße frei waren. Offenbar aber nicht gründlich genug, denn bei seinem Sturz landete er auf dem Fußgänger. Der junge Mann rettete ihm damit unabsichtlich das Leben. Beide mussten mit schweren Verletzungen in ein Krankenhaus.

Zu einer Frage der Menschenrechte erklärte ein japanischer Kommunalpolitiker den Krawattenzwang im Stadtparlament. Der 49-Jährige war einer Sitzung des Stadtrates von Misawa verwiesen worden, weil er Jackett und Pulli statt Anzug und Krawatte trug. Nach dem Rauswurf trat der Politiker für ein paar Tage in einen Hungerstreik. «Was man trägt, darf nicht von anderen bestimmt werden», forderte er. Der Stadtrat hielt jedoch an seiner Kleiderordnung fest.

Eine komplette Nacht verbrachte ein deutsches Ehepaar während ihres Urlaubs in Atlantic City an der Ostküste der USA neben einer Leiche. Das Paar hatte sich in einem Motel ein Zimmer genommen. Zwar bemerkten sie einen eindringlichen Geruch und beschwerten sich bei der Leitung des Motels. Dennoch blieben sie über Nacht. Am nächsten Morgen entdeckte das Zimmermädchen im Bettkasten einen Toten.

Zu viel gekifft? Weil er seinem Dealer nicht traute, wollte ein 17-Jähriger die eben erworbene Portion Haschisch lieber noch einmal abwiegen. Doch was tun, wenn man keine eigene Waage hat? Der jugendliche Kiffer wusste sich zu helfen: Er nutzte die Waage in der Obstabteilung im nahen Supermarkt. Ergebnis: Er hatte von seinem Dealer sogar eine etwas größere Portion erhalten, als er bestellt und bezahlt hatte – genau 5,3 Gramm lagen auf der Obstwaage. Doch seine Freude währte nur kurz: Das Hasch auf der Obstwaage fanden auch Mitarbeiter des Supermarktes ungewöhnlich und riefen die Polizei. Noch im Supermarkt wurde der skeptische Kiffer verhaftet.

Vor dem sicheren Erstickungstod wurde ein Japaner durch seinen Staubsauger bewahrt. Dem 70-Jährigen war der traditionelle Reiskloß in der Kehle stecken geblieben. Geistesgegenwärtig griff seine Tochter zum Staubsauger, als das Röcheln ihres Vaters immer heftiger wurde. Sie saugte den Kloß aus dem Hals und konnte ihm dadurch im letzten Moment das Leben retten, berichtete die Feuerwehr von Hokkaido.

Die Freude war groß, doch währte sie nur kurz. Mit ihren Keksen legte eine unbekannte Frau die komplette Feuerwehrwache der Kleinstadt Elkhart im US-Staat Indiana lahm. Das Gebäck enthielt Marihuana. Die elf Feuerwehrmänner waren nach dem Verzehr so bekifft, dass sie nicht mehr ihrem Dienst nachgehen konnten. Einige von ihnen mussten sich mehrmals übergeben und wurden vorsichtshalber in das örtliche Krankenhaus eingeliefert. Die Frau hatte einen Tag vor Heiligabend ein Paket mit Weihnachtsplätzchen bei der Feuerwehrwache abgegeben. Dankbar und ahnungslos bissen die Feuerwehrmänner zu und aßen die Kekse komplett auf. Nach den ersten Ausfallerscheinungen führte die Polizei bei der Feuerwehr einen Drogentest durch. Ergebnis: elfmal positiv.

Über das Motiv der Spenderin herrschte Rätselraten. Die Feuerwehr setzte für ihre Ergreifung eine Belohnung von 1000 Dollar aus.

Weil er in einem Supermarkt Deodorants im Wert von umgerechnet 40 Euro gestohlen hatte, ist in den USA ein 38-Jähriger zu 25 Jahren Gefängnis verurteilt worden. Der Deo-Dieb sei ein Wiederholungstäter, begründete ein Gericht in Los Angeles das harte Urteil.

Die Vorstrafen stammen allerdings aus den achtziger Jahren. Doch laut Gesetz wird in Kalifornien rückfälligen Straftätern bei der dritten Verurteilung eine Mindeststrafe von 25 Jahren aufgebrummt.

Durch die freundliche Begrüßung eines alten Bekannten löste ein Geschäftsmann auf dem Flugplatz von Detroit einen Polizeialarm aus. Denn sein Bekannter hieß «Jack», und die Begrüßung lautete schlicht: «Hi.»

Der Geschäftsmann hatte nach dem Betreten eines Privatflugzeuges seinen alten Bekannten Jack entdeckt. Seine Begrüßung «Hi Jack» wurde von einem Mikrophon im Cockpit aufgenommen und in den Tower des Flughafens übertragen. Dort wurde die freundliche Begrüßung als Hinweis auf eine mögliche Entführung des Privatflugzeuges verstanden – hijack. Die Polizei des Flughafens umstellte das Flugzeug und durchsuchte es. Erst danach durfte der Flieger abheben.

Die Zeitung «Komsomolskaja Prawda» aus Moskau meldet: Eine betrunkene, tanzende Russin hat auf dem Flug von Moskau nach London versucht, allen Männern ihre Brillen abzunehmen. Vom heftigen Protest der Brillenträger an Bord des Airbus ließ sie sich dabei überhaupt nicht stören. Das Eingreifen des Stewardessen sorgte zwar dafür, dass die 39-jährige Tatarin nicht mehr an alle

Brillenträger in dem Flugzeug herankam, die entwendeten Brillen wollte sie aber nicht mehr herausrücken.

Nach Angaben des Blattes hatte die Frau bereits kurz nach dem Start einen Striptease im Kabinengang hingelegt. Dann suchte sie den körperlichen Kontakt zu männlichen Mitreisenden. Doch sowohl ihre Stripeinlage als auch ihre Anmachversuche über den Wolken fanden nicht die gewünschte Resonanz. Die betrunkene Passagierin entschied sich daher offenbar, die kritischen Blicke zu entschärfen – durch die Entwendung der Sehhilfen. Es kam zu Rangeleien. Der Kapitän ordnete unter diesen Umständen die sofortige Rückkehr nach Moskau an. Eine Stunde lang musste die Maschine über dem Flughafen kreisen, bis sie eine Landeerlaubnis erhielt. Die Tatarin wurde verhaftet und in ihrer Heimat, der russischen Teilrepublik Tatarstan, nach alter Sitte wegen Rowdytums angeklagt.

Ein Wunder, dass er das überlebt hat: Gegen die Fahrtrichtung ist ein 84-jähriger Norweger mit seinem elektrischen Rollstuhl auf die Autobahn gefahren. Dabei durchquerte er einen 184 Meter langen Tunnel zunächst in der falschen und nach Drehung noch einmal in der richtigen Richtung. Wahrscheinlich ist es nur mit dem im Vergleich zu Deutschland geringem Verkehrsaufkommen zu erklären, dass der Rollstuhlfahrer dieses Abenteuer überlebt hat. Nach Angaben der Polizei im südnorwegischen Porsgrunn haben zwei Autofahrer den Ausflug schließlich beendet. Die alarmierten Polizisten stellten fest, dass der Rentner betrunken war.

Mit Flugblättern warnte eine Katzenbesitzerin in Wiesendangen in der Schweiz vor ihrem eigenen Haustier: Ihre Katze «Speedy» hatte mehr als hundert Kleidungsstücke aus fremden Gärten und Haushalten gestohlen. Dabei handelte es sich um Socken, Unterhosen, Handschuhe und T-Shirts. Nach Angaben der Tierbesitzerin wollte die Katze offenbar ihren kleinen Sohn beeindrucken. Der hatte sich zunächst über das von der Katze angeschleppte Diebesgut noch gefreut: Federbälle. Für die Katze war das nach Einschätzung ihrer Besitzerin ein Ansporn, auch größere Gegenstände zu entwenden. Vor bereits drei Jahren begann die Diebesserie, ein Ende ist nach Angaben der Katzenhalterin nicht in Sicht. Um «Speedy» für den Rest ihrer Tage nicht einsperren zu müssen, hat ihre Besitzerin der Nachbarschaft eine Wiedergutmachung angeboten. «Hilfe, unsere Katze stiehlt», steht auf den von ihr verteilten Flugblättern. Darin werden die Bestohlenen aufgerufen, sich ihre Sachen wieder zu holen. Auf eine Abbildung der jeweiligen Socken und Unterhosen wird auf den Flugblättern jedoch verzichtet. Deshalb gilt es als wahrscheinlich, dass «Speedy» das meiste Diebesgut behalten kann.

Weil sie sich vor ihrem eifersüchtigen Ehemann fürchtete, hat eine 25-jährige Frau aus der Slowakei ihre Entführung vorgetäuscht. Sie löste damit Polizeieinsätze sowohl in ihrem Heimatland als auch in Österreich aus.

Sie sei mit einer Waffe bedroht und dann mit einem Pkw nach Bad Kleinkirchheim in Österreich entführt worden. So lautete die SMS, die sie ihrem entsetzten Ehemann schickte.

Auch das Kennzeichen des Entführer-Fahrzeuges teilte sie in der SMS mit. Nach einem Bericht des Österreichischen Rundfunks alarmierte der Ehemann sofort die slowakische Polizei, die wiederum das Polizeikooperationszentrum Kittsee im Bezirk Neusiedl am See einschaltete. Vor einem Hotel entdeckten Polizeibeamte schließlich das Auto des vermeintlichen Entführers. Die Frau saß mit ihrem 61 Jahre alten Begleiter im Speisesaal und gab an, einen Wellness-Urlaub in dem Hotel gebucht zu haben. Nach einer Anzeige wegen Vortäuschung einer Straftat konnten beide ihren Urlaub fortsetzen. Unerwähnt bleibt in dem Bericht, ob sie sich jemals wieder nach Hause getraut hat.

Die Katze einer Australierin erhielt von der Bank eine eigene Kreditkarte. Die Bank gewährte dem Vierbeiner außerdem einen Überziehungskredit in Höhe von umgerechnet 2500 Euro.

Katzenbesitzerin Katherine Campbell wollte nach eigenen Angaben das Sicherheitssystem ihrer Bank in Queensland überprüfen. Deshalb beantragte sie eine zweite Kreditkarte für ihr Konto. Als Namen gab sie an: Messiah, so heißt ihre Katze.

Das Institut stellte die zweite Kreditkarte umgehend aus und schickte sie mit dem Namen der Katze an die gemeinsame Adresse von Tier und Besitzerin. Ohne weitere Überprüfung wurde der Katze der Überziehungskredit gleich mit angeboten.

Die Bank räumte ein «peinliche Panne» ein und kündigte nach Bekanntwerden des Falls die sofortige Sperrung der Kreditkarte für die Katze an.

Als Gag in einem Spielfilm würde dieser Vorfall wie tausendmal erzählt wirken, in Tel Aviv soll es sich nach diversen Zeitungsberichten tatsächlich so zugetragen haben: die Verwechselung eines Polizisten mit einem Stripper.

Bei einem lebhaften Frauenabend soll es sehr laut geworden sein, was zunächst an der Musik lag, die aus der Wohnung dröhnte. Nachbarn riefen nach der Polizei.

Was der Polizeibeamte nicht wusste, der dann an der Wohnungstür klingelte: Die lustigen Damen hatten einen Stripper in Polizeiuniform bestellt. Kaum hatte der echte Polizist die Wohnung betreten, schon sollen ihm die Kleidungsstücke vom Leib gerissen worden sein. Die Vorfreude soll so groß gewesen sein, dass die Frauenrunde auf eine gepflegte Striptease-Nummer gar keinen Wert mehr legte, sondern den Kerl so schnell wie möglich nackt sehen wollte. Gegen die Übermacht von 30 angetrunkenen Frauen konnte sich der echte Polizist nicht wehren.

Mit Brille wäre das nicht passiert. Nach britischen Medienberichten soll eine 26-jährige kurzsichtige Londonerin mit dem falschen Mann ins Bett gegangen sein.

Nach einer Feier zusammen mit ihrem Freund und dessen Kumpel soll sie eingeschlafen sein. Der Freund ging, sein vermeintlicher Kumpel legte sich zu ihr. Da sie ihre Brille nicht trug, merkte sie laut Bericht nicht, dass es der falsche war. Erst der Hüftspeck ihres Liebhabers soll sie stutzig gemacht haben.

Eine nachlässige Leibesvisitation sorgte 1996 in einem norwegischen Gefängnis für eine peinliche Verwechselung. Eingesperrt wurde eine Frau, die wegen diverser Vergehen am Flughafen verhaftet worden war. Erst zwei Wochen nach der Inhaftierung stellte sich heraus, dass es sich bei der Festgenommenen um einen Transvestiten handelte. Zwar hatte er durch Hormonbehandlung durchaus Brüste, war aber an anderer Stelle absolut männlich. Die Behörden ordneten die sofortige Verlegung in ein Männergefängnis an.

Wichtige Erkenntnis in der Welt des Verbrechens: Auch ohne Masken, Netzstrümpfe oder Sturmhauben können sich Einbrecher wie auch Bankräuber perfekt tarnen. Wenn sie denn einen Filzstift zur Hand haben. Nachteil dieser Tarnung: So leicht und schnell lässt sich die Farbe nicht entfernen, und deshalb endet man unter Umständen als dümmster Verbrecher des Jahres. Im US-Bundesstaat Iowa wurden die beiden 20-jährigen Gangster jedenfalls schnell geschnappt, die sich ihre Gesichter vor einem Hauseinbruch mit Filzstiften geschwärzt hatten. Nachbarn beobachteten sie, die Täter flüchteten. Doch weit kamen sie nicht. Streifenwagen stoppten die beiden an der nächsten Straßenkreuzung. Und leugnen hatte keinen Sinn, denn die Schuld stand ihnen ja ins Gesicht geschrieben.

Bei diesem Überfall am frühen Morgen zeigte sich schnell, wer schon ausgeschlafen war und wer noch nicht. Um fünf Uhr morgens wollte nach einem Bericht der «News Crime Column» ein Mann unbekannten Alters in den USA eine Filiale von «Burger King» überfallen. Er zog, in solchen Fällen nicht unüblich, eine Pistole und verlangte mit harschen Worten den Inhalt der Kasse. Ohne Eingabe einer Bestellung lasse sich die Kasse leider nicht öffnen, so die Entgegnung der Kassiererin. Der Gangster bestellte daraufhin Zwiebelringe. Leider die falsche Wahl, denn Zwiebelringe seien um diese Zeit zum Frühstück nicht erhältlich. Völlig überrascht und vermutlich auch enttäuscht verließ der Räuber die Hamburger-Filiale.

Auf der Suche nach Marihuana tippte ein 16-Jähriger im US-Bundesstaat Montana die falsche Handynummer und bestellte ausgerechnet beim Sheriff der Stadt den Stoff. Zum Schein ging der Sheriff auf den Deal ein und vereinbarte ein Treffen.

Der amerikanische Ordnungshüter wählte die Handynummer dreimal, um sicherzugehen, dass er auch den Richtigen erwischte. Als er sich dann zu erkennen gab, Dienstmarke und Waffe zog, wurde der Teenager ohnmächtig.

Schock auf dem Flughafen von Bangladesch: Auf einem Großbildschirm in der Abflughalle wurde fünf Minuten lang ein Pornofilm gezeigt. In dem streng muslimischen Land sahen Hunderte von Reisenden und Wartenden im Hauptterminal des internationalen Flughafens Shahjalal in Dhaka den Einspieler. Eigentlich werden auf dem Bildschirm Dokumentationen über die Kultur des muslimischen Landes gezeigt.

Wer die Kassette eingeschoben hatte, konnte die Polizei in Dhaka nicht klären. Büßen musste deshalb der Betreiber der Videoanlage. Für fünf Minuten Porno kam er für zwei Monate ins Gefängnis.

Überstunden für Schneeschippen – das kann vorkommen. Merkwürdig nur, wenn dabei gleich 350 Arbeitsstunden zusammengekommen sein sollen, wenn sich der Arbeitseinsatz im Hochsommer ereignet haben soll und wenn sich der Ort des Geschehens im heißen Sizilien befindet. Nach einem Bericht der italienischen Zeitung «La Repubblica» wollte ein Mitarbeiter des Katastrophenschutzes in Palermo 350 Überstunden für Schneeschippen in den Monaten April bis August abrechnen. Für 40 dieser Stunden soll er tatsächlich einen zusätzlichen Arbeitslohn erhalten haben, bevor die zuständigen Behörden seine Angaben überprüften und die weiteren Zahlungen einstellten. Allein im August will der fleißige Mitarbeiter über 200 Stunden lang Wege und Plätze in Palermo vom Schnee befreit haben, bei Temperaturen von 30 Grad im Schatten.

Zwei Wochen lang fahndete die österreichische Polizei im gesamten Land nach einem 19-Jährigen, obwohl sie ihn bereits verhaftet hatte. Des mehrfachen Diebstahls verdächtigt, saß er die ganze Zeit über in U-Haft in einem Wiener Gefängnis.

Da seit seiner Festnahme von ihm jedes Lebenszeichen fehlte, hatte seine Familie besorgt die Polizei eingeschaltet, die auf einen gründlichen Datenabgleich offenbar verzichtete. Die Familie startete landesweit eine große Suchaktion, schaltete Fernsehen und Internet ein. Mit 2000 Flugblättern wurde die Suche nach dem Verschollenen sogar noch intensiviert. Um sich an der Suche nach seinem Sohn zu beteiligen, reiste der in der Türkei lebende Vater des Vermissten an. Doch sein Sohn blieb verschwunden. Erst als der im Gefängnis einen Fernsehbericht über sich selbst sah, klärte sich der Fall. Die Polizei konnte der Familie endlich mitteilen, wo sich ihr Sohn befand.

Noch mal Wien, noch mal Knast: Aus der Justizvollzugsanstalt Wien-Josefstadt wurde fälschlicherweise ein Häftling freigelassen. Wie die Justizbehörden bestätigten, hatte sich der Mann als sein Zellennachbar ausgegeben, der an diesem Tag entlassen werden sollte. Erst als er bereits verschwunden war, meldete sein Mithäftling den Irrtum und musste ebenfalls entlassen werden. Die Behörden vermuten, dass der Trick abgesprochen worden war, konnten aber diese Absprache nicht beweisen. Künftig sollen bei Entlassungen die Fingerabdrücke verglichen werden, um solche Pannen zu vermeiden.

980 Kilometer fuhr in Indien ein Zug in die falsche Richtung, ohne dass dies jemand bemerkte. Nach einem Bericht von «Times of India» sollte der Zug von Tirupati über Bhubaneswar nach Varanasi fahren. Erst bei einem Halt in einem unbekannten Bahnhof wurde das Missgeschick nach fast tausend Kilometern entdeckt. Die indische Bahngesellschaft teilte mit, die Lokführer seien neu auf der Strecke gewesen.

Es wollte einfach nicht klappen. Jahrelang wollte ein Ehepaar aus Peking ein Kind bekommen. Doch die Frau wurde einfach nicht schwanger. In ihrer Not wandten sie sich an einen Arzt in der chinesischen Hauptstadt. Nach Berichten der Staatsmedien erkannte der Mediziner nach einem ersten Gespräch mit dem Paar den Grund für die Schwierigkeiten.

Als die beiden über ihr Sexualleben sprechen sollten, kam die große Überraschung – es gab keins. Mann und Frau waren davon ausgegangen, dass die Schwangerschaft bereits dann eintritt, wenn sie im selben Bett schlafen. Die beiden hatten noch nie in ihrem Leben Sex. Sie hätten sich ihr Leben lang mit Bildung beschäftigt und für andere Dinge keine Zeit gehabt. Der Ehemann hat einen Doktortitel, seine Frau hat gerade vor dem Besuch beim Arzt den Master erreicht.

Ein folgenschwerer Fehler unterlief der Bedienung eines Restaurants in Flamatt in der Schweiz. Anstelle des bestellten Weißweins wurde einem 90-jährigen Stammgast des Restaurants Putzmittel serviert. Damit sollte eigentlich der Geschirrspülautomat aufgefüllt werden. Unklar ist noch, wie das Putzmittel in das Glas kam. Am Ende wird es keiner gewesen sein wollen. Der Stammgast starb an den Folgen der Verätzung von Magen und Speiseröhre.

Nach einem mehr als heftigen Junggesellinnenabschied verpasste eine 24-Jährige aus Manchester ihre eigene Hochzeit und ist nun wieder solo. Der Ehemann in spe konnte ihr nicht verzeihen. Dabei war Siobhan Watson weitgehend unschuldig an dem Malheur.

Sie war am Vorabend ihrer Hochzeit von Freundinnen überrascht worden. Die Clique hatte eine Feier vorbereitet. Nach dem vierten Cocktail habe sie erste Aussetzer gehabt, erinnerte sich Siobhan später. Sonst würde sie nie Alkohol trinken. Am Tag ihrer Hochzeit wachte sie erst mittags – zwei Stunden nach dem Termin vor dem Standesamt – auf und musste sich zunächst berappeln und auffrischen. Ihr Handy war verschwunden. Stundenlang soll sie dann nach Zeitungsberichten aus Verzweiflung durch Manchester geirrt sein. Erst am Abend traute sie sich zu ihrer Mutter. Bräutigam Todd trennte sich umgehend von Siobhan und hat bis heute ihre Entschuldigung nicht angenommen.

Der Bau eines Zaunes um ein Fußballfeld im englischen Heworth hat für ein ungeahntes Problem gesorgt. Bei Baukosten von umgerechnet 7000 Euro führt der fertige Zaun nun mitten durch eines der Fußballtore. Offenbar verfügten die beteiligten Bauarbeiter nur über sehr geringe Kenntnisse des Ballsports. Die Gemeinde forderte die Baufirma umgehend auf, das Tor freizugeben.

Neun Jahre lang hatte der New Yorker mit seinen Kollegen Lotto gespielt. Woche für Woche, immer ohne größeren Gewinn. Er habe einfach kein Glück und möchte deshalb eine Zeitlang aussetzen, teilte der 40-jährige Autoverkäufer eines Tages seinen Kollegen mit. Die fragten zweimal nach, ob er wirklich nicht mehr tippen wolle. Der blieb bei seinem Verzicht, seine sieben Kollegen füllten den Schein ohne ihn aus. Und gewannen den mit 319 Millionen Dollar aufgefüllten Jackpot der «New York Mega Millions». Der Pechvogel hatte damit, nach Abzug der Steuern, auf 16 Millionen Dollar verzichtet.

Er hatte Zeit, einen guten Willen und wollte seine Tochter überraschen. Ein Großvater in Cleveland wollte sein dreijähriges Enkelkind aus dem Kindergarten abholen. Aus Versehen nahm er jedoch ein anderes Kind mit nach Hause. Auch Stunden später bemerkte er die Verwechselung nicht – bis seine Tochter mit ihrem richtigen Kind nach Hause kam. Die Mitarbeiter des Kindergartens sollen künftig besser geschult werden.

Unter der Matratze seines Vaters fand ein kleiner Junge in Israel umgerechnet rund 8000 Euro. Er verteilte das Geld umgehend an seine Klassenkameraden auf dem Schulhof. Ein Teil der Summe wurde von den Kindern für Murmeln ausgegeben.

So kam die Sache auch ans Licht, denn die Lehrer der Schule wunderten sich über das hohe Murmeln-Aufkommen und befragten die Schüler. Einige hatten noch Geldscheine bei sich. Der Großteil der Summe konnte wieder eingesammelt werden, die Murmeln durften die Schüler behalten.

Sah die Urne nicht wie eine Urne aus? Oder hielten es die jugendlichen Einbrecher für das perfekte Drogenversteck, dem sie auf die Spur gekommen waren? Aus Florida gibt es jedenfalls diese Zeitungsmeldung: Fünf Jugendliche haben dort eine Urne gestohlen und die Asche geschnupft, weil sie dachten, es sei Kokain oder Heroin. Als der Rausch ausblieb, versenkten sie die Urne im Meer. Nach Angaben der örtlichen Polizei waren die fünf in das Haus einer allein lebenden Frau eingestiegen und hatten dabei die Urne ihres verstorbenen Vaters gestohlen. Wegen eines anderen Deliktes wurden sie festgenommen. Dabei gestanden sie verschnupft ihren Irrtum.

Im Karton, als Geschenk verpackt – so wollte eine 39-Jährige aus Minneapolis in den USA ihren Hund per Post nach Atlanta verschicken. Einem Mitarbeiter der Post fiel jedoch auf, dass sich das Paket bewegte und vom Packtisch auf den Boden fiel.

Sofort öffneten die Postmitarbeiter das Paket und fanden darin einen vier Monate alten Welpen. Die Absenderin sagte aus, es habe sich um ein Geburtstagsgeschenk gehandelt. Die Frau wurde wegen Tierquälerei angezeigt.

Ein Marathonläufer musste in London seine Medaille zurückgeben, weil er heimlich während des Wettkampfes den Bus genommen hatte. Bei dem Marathon hatte der Läufer Rob Sloan überraschend den dritten Platz belegt.

Seine Konkurrenten wunderten sich über sein gutes Abschneiden. Denn niemand von ihnen hatte gesehen, dass Sloan neben ihnen lief oder dass er jemanden überholt hatte.

Bei einer eingehenden Befragung gab der Läufer zu, geschummelt zu haben. Er sei bei der letzten Etappe in einen Bus gesprungen, habe dann in einem Waldstück auf die Läufer gewartet und sich wieder in das Läuferfeld eingefädelt. Seine Medaille war er nach diesem Geständnis los.

Wer wird Schottlands Curry-König? Zwei Teilnehmer vom letzten Wettkampf gehören jedenfalls nicht mehr dazu. Nach dem «Schärfsten-Chili-in-der Welt»-Wettessen in Edinburgh mussten sie ins Krankenhaus eingeliefert werden. Beide erklärten übereinstimmend, nie wieder um den Titel des Königs auf diesem Gebiet antreten zu wollen. Bei dem Wettkampf ist es üblich, die Schärfe der Speisen in jedem Durchgang zu steigern. Die beiden Patienten waren bis zum «Kismot-Killer-Curry» vorgedrungen. Die Schärfe bei diesem Curry wird mit «nuklearer Stärke» bezeichnet. Das hat die beiden umgehauen.

Weil sie einen Mann, der nichts mit ihr zu tun haben wollte, 65 000-mal angerufen hat, ist kürzlich eine 42-Jährige von der Polizei in Amsterdam verhaftet worden. Die Frau habe die Anrufe damit erklärt, dass sie vor einiger Zeit mit dem Mann eine Beziehung gehabt habe. Der Mann bestreitet dies. In ihrer Wohnung in Rotterdam hatte die Polizei mehrere Handys und Computer sichergestellt und ausgewertet. So war die hohe Zahl ihrer Anrufe ermittelt worden. Ein Gericht hat der Frau inzwischen die Auflage gemacht, künftig keinen Kontakt mehr aufzunehmen.

Bei der Suche nach illegalen Hanfplantagen stieß die Polizei von Vancouver in Kanada auf eine ungewöhnliche Wachmannschaft. Die meterhohen Pflanzen mit einem Verkaufswert von rund einer Million kanadischen Dollar wurden von einer Horde Schwarzbären, Waschbären und Schweinen bewacht. Nach den Erkenntnissen der Polizei standen die Bären selbst unter Drogeneinfluss. Sie hätten auf das Eintreffen der Ordnungshüter mit einer Behäbigkeit reagiert, die nur so zu erklären sei. Ein junger Waschbär versuchte, am Bein eines Polizeibeamten hochzuklettern.

Die tierische Wachmannschaft war offenbar mit Hundefutter angelockt worden. In das Futter soll dann Cannabis gemischt worden sein, um die Tiere zahmer zu machen und zum Bleiben in der Plantage zu bewegen. Dieser Plan ging zwar auf, jedoch waren die Wachposten nun zu müde und zu entspannt, um ihren

Aufgaben aggressiv nachzukommen. Bei den Tieren handelte es sich unter anderem um 14 Schwarzbären.

«Die Tiere waren sehr zahm, saßen nur herum und beobachteten uns. Dann kletterte ein Schwarzbär auf unseren Streifenwagen, saß eine Weile auf dem Dach und sprang wieder herunter», schilderte Sergeant Fred Mansveld die Lage.

Beim Einsatz eines 1,20 Meter langen Alligators hatte der Besitzer einer Marihuana-Plantage in der Nähe von Los Angeles dagegen auf die Beimengung von Cannabis in das Futter verzichtet. Der Alligator machte nach Angaben der örtlichen Polizei einen absolut wachen Zustand und konnte nur nach einem längeren Kampf überwältigt werden. Das Krokodil hatte rund 2300 Pflanzen, die einen Verkaufswert von umgerechnet 1,1 Millionen Euro gehabt hätten, verteidigt. Es wog bei seiner Festnahme 25 Kilo und wurde an ein Naturschutzreservat für exotische Tiere übergeben.

Weil er während des Turnunterrichtes mehrmals laut gerülpst hatte, wurde ein 13-Jähriger von der Polizei in Handschellen abgeführt. Er kam ins Gefängnis.

Der Vorfall ereignete sich in einer Schule im US-Bundesstaat New Mexico. Beim Turnen soll der Junge immer wieder laut Rülpser ausgestoßen haben, regte sich sein Sportlehrer auf. Ungeklärt ist, ob der Lehrer den Jungen überhaupt ermahnt hatte oder sofort nach der Polizei rief. Die überführte ihn jedenfalls in das örtliche Gefängnis, ohne die Eltern zu benachrichtigen. Dort musste er sich nach Presseberichten nackt ausziehen und wurde auf Waffen und Drogen untersucht. Seine Eltern stellten Strafanzeige gegen Lehrer und Polizisten.

Wenn das in der Welt des Verbrechens Schule macht: Mit einem gestohlenen Krankenwagen konnte in Rom eine Bande bei mehr als 30 Überfällen stets entkommen. Die Masche war immer die gleiche: Vor den Überfällen klauten Bandenmitglieder in diversen italienischen Städten Krankenwagen, fuhren damit unmittelbar zum Tatort und rasten mit Blaulicht nach den Überfällen davon. Erst beim letzten Raub hatten Passanten gesehen, wie die Gangster in den Krankenwagen stiegen. Mit Blaulicht jagte die Polizei den Krankenwagen. Am Ende war die Polizei schneller. Im Krankenwagen lag noch die Beute des letzten Überfalls – rund 600000 Euro.

Eine 18-jährige Studentin aus Wales steckte stundenlang in ihrem Wäscheständer fest. Dabei verfiel sie in Panik und konnte erst durch die Feuerwehr aus ihrer misslichen Lage befreit werden.

Sie war von ihrem Hochbett auf den Wäscheständer gefallen. Wie eine Falle habe der sich zusammengeklappt, schreiben Zeitungen in Wales. Ihr Kopf steckte zwischen den Enden des Wäscheständers fest, beide Arme hatten sich ebenfalls verfangen. Die dumme Situation wurde noch durch Panikattacken der Studentin verschärft. Sie rief stundenlang um Hilfe, bis Nachbarn sie endlich hörten und Polizei und Feuerwehr anriefen.

Bei einem Flug von Taiwan nach Ho-Chi-Minh-Stadt in Vietnam verwechselte ein 81-Jähriger die Toilettentür mit dem Notausgang. Im letzten Moment wurde der betagte Passagier von einem Mitreisenden zurückgerissen. Der rüstige Mann machte seinen hohen Blasendruck für die Verwechselung der Türen verantwortlich. Auf derselben Route hatte bereits Monate zuvor ein 22-Jähriger versucht, den Notausgang zu öffnen. Seine Begründung: Er wollte die Aussicht besser genießen.

Weil seine Hose so tief hing, dass der Blick auf Unterwäsche und Teile seines Gesäßes frei waren, durfte in San Francisco ein 20-Jähriger nicht mitfliegen. Und weil er nicht sofort den Anweisungen des Bordpersonals nachkam, wurde er auch noch festgenommen.

Der Vorfall ereignete sich noch vor dem Start der Maschine auf dem Flughafen von San Francisco. Der Student ignorierte nach Darstellung der örtlichen Polizeidienststelle die Bitte der Crew, seine Hose hochzuziehen. Die Mitreisenden könnten sich durch diesen Anblick belästigt fühlen, so die Sorge des Bordpersonals. Der Student sagte dagegen später aus, er habe zwei große Reisetaschen getragen und deshalb sei es unmöglich gewesen, sofort die Hose hochzuziehen. An seinem Sitzplatz sei er aber der Aufforderung nachgekommen. Zu spät, denn die Crew hatte bereits die Sicherheitsbehörde des Flughafens alarmiert. Er habe die Anweisungen der Crew nicht befolgt und könne deshalb nicht transportiert werden. Mit hochgezogener Hose musste der Student einen Tag im Gefängnis verbringen, bevor er auf Kaution freigelassen wurde.

Seine ungewöhnliche Beweglichkeit brachte einen Dieb in Spanien auf die Idee, sich in einen Koffer einsperren zu lassen, um besser an Beute heranzukommen. Nach Mitteilung der Polizei in Barcelona kaufte ein Komplize für die eineinhalbstündige Fahrt vom Flughafen in die Innenstadt ein Busticket und gab den schweren Koffer mit dem Dieb auf. Während der Fahrt knackte der Räuber die Koffer seiner Mitreisenden und brachte die Wertgegenstände und sich selbst in dem großen Koffer unter. Erst als die Klagen über Diebstähle ständig zunahmen, fiel der große Koffer auf. Auf der letzten Tour musste der Koffer geöffnet werden. «Zusammengerollt wie ein Schlangenmensch» habe der Dieb in dem Koffer gehockt.

Aus Scheiße kann man durchaus Geld machen. Das hat jetzt auch der Zoo in Prag eindrucksvoll bewiesen. Zum Preis von umgerechnet drei Euro bietet der Tierpark jeweils einen 1,5-Kilo-Eimer gefüllt mit Elefantenkot an. Mehr als 1600 Elefantenkot-Eimer hat der Zoo nach eigenen Angaben bereits verkauft.

Für den Nachschub stehen die Elefantenkühe «Gulab» und «Shanti» sowie Elefantenbulle «Mekong» Tag und Nacht bereit. Jeder Elefant produziert täglich zwischen 140 und 180 Kilogramm Kot, sodass die Nachfrage auch bei größeren Portionen ständig befriedigt werden kann. Zoodirektor Miroslav Bobek schwört auf die Wirkung von Elefantenkot als Dünger im Garten.

Eine Grundschule in Kampala in Uganda nutzte jahrelang versehentlich eine Bombe als Schulglocke. Die nicht explodierte Mörsergranate war immer noch scharf.

Nach Angaben der ugandischen Anti-Landminen-Organisation grenzt es an ein Wunder, dass die Bombe beim Schlagen mit einem Hammer zu Beginn und Ende der Schulzeit nicht explodierte. Vor drei Jahren war der Blindgänger als Glocke installiert worden.

Der Boden war ausgehöhlt, deswegen eignete sich die Bombe so gut als Glocke. In der Spitze saß der immer noch scharfe Zünder. Die Anti-Landminen-Organisation empfahl der Schule dringend, sich eine andere Glocke zu suchen, und entfernte die Bombe vom Schulgelände. Die Mörsergranate stammte aus dem Bürgerkrieg in Uganda.

Mit Honigbienen rettete sich ein 44-jähriger Slowake vor seiner Ermordung. Er war in einer Gartenhaussiedlung am Rande der Kleinstadt Spišská Nová Ves von einem 43-Jährigen überfallen und mit einer Gartenschere bedroht worden.

Der Täter stach mit der Schere mehrmals zu und verletzte sein Opfer schwer. Bereits am Boden liegend griff der Mann nach einem Bienenstock in seinem Garten und schleuderte dem Angreifer eine Handvoll Bienen ins Gesicht. Er konnte schwerverletzt flüchten. Die Regionalpolizei in Košice verhaftete den Täter. Die Bienen konnten entkommen.

Um seiner Verhaftung zu entgehen, gab sich ein 21-Jähriger in Pittsburgh als Statist eines «Batman»-Filmes aus. Er war ausgerechnet in das Fahrzeug einer Zivilstreife gestiegen und hatte den Zivilbeamten aufgefordert, das Auto zu verlassen und ihm die Schlüssel zu übergeben. Als der Polizist seine Waffe zog und seinen Ausweis zeigte, erklärte der Täter, er sei Statist in einem neuen «Batman»-Film, der gerade in Pittsburgh gedreht werde. Der Überfall stehe im Drehbuch. Der falsche Statist wurde verhaftet. Seine neue Rolle, mit passender Kleidung: Untersuchungshäftling.

Guten Appetit – davon konnte bei einem Familienessen in Rio de Janeiro nach diesem Fund nicht mehr die Rede sein: In einer Dose mit Frikadellen in Tomatensoße entdeckte eine brasilianische Hausfrau ein Kondom. Ob es gefüllt war oder nicht, ist zwar nicht überliefert. Fest steht aber, dass die Familie eine Klage einreichte und vom zuständigen Gericht eine Entschädigung von umgerechnet 3500 Euro zugesprochen bekam. Durch den ausgelösten Ekel sei der Familie geschadet worden, urteilte das Gericht und verdonnerte den Konservenhersteller zur Zahlung.

Einen 20 Tonnen schweren Stein mit pinkfarbenen Schleifchen und aufgesprühten Wünschen schenkte ein Kanadier seiner Exfrau zum Geburtstag. Der Riesenstein lag am Morgen ihres Geburtstages vor der Einfahrt ihres Hauses in Acton Vale in der Nähe von Montreal. Laut Zeitungsberichten stand auf einer Seite des Steins: «Dies ist für alles, was du mir antust.» Die Scheidung der beiden hatte sich über Jahre hingezogen, der Mann hatte sich wiederholt über die hohen Kosten beklagt. Nach seinen Angaben hatte sich seine Ex schließlich immer wieder von ihm einen großen Stein gewünscht.

Rund 30 Kilometer legte ein belgischer Autofahrer auf einer Autobahn in Kroatien im Rückwärtsgang zurück. Der 55-jährige Belgier wollte eine Tasche holen, die seine Frau auf einem Rastplatz zwischen Zagreb und Belgrad vergessen hatte.

Die Tour entgegen der Fahrtrichtung erschien ihm als schnellster Weg. In der Nähe der Ortschaft Sitar wurde das rückwärtsfahrende Fahrzeug von einer Polizeistreife entdeckt und gestoppt. Zur Überraschung der Polizei hatte er mit dieser Fahrweise keine gefährlichen Manöver und Situationen auf der Autobahn ausgelöst.

Zu viel Höflichkeit kann auch mal schaden. Diese Erfahrung machte jedenfalls der Fahrer eines Juwelentransporters in Südfrankreich. Als er in der Nähe von Nizza an einem Kreisverkehr hielt, um einen Fußgänger vorbeizulassen, stieg ein Dieb zu ihm ins Auto. Er zwang den Fahrer, in einem Vorort von Nizza anzuhalten. Dort nahm sich der Dieb zwei Kisten mit Schmuck in einem Gesamtwert von 30 000 Euro vom Rücksitz und floh. Trotz Fahndung konnte er nicht gefasst werden.

Wegen zu kleiner Sitzecken verklagte ein 132 Kilo schwerer US-Amerikaner eine Fast-Food-Kette. Er habe sich geschämt, sich in eine dieser Sitzecken zwängen zu müssen, und dabei befürchtet, zum Gespött der anderen Gäste zu werden.

Der 1,83 Meter große Mann gab in seiner Klageschrift in Ohio an, sein Knie am Metall-Tischbein der Sitzecke angestoßen und dabei Schmerzen ertragen zu haben. Damit habe das Burger-Restaurant «White Castle» gegen die Gesetze zum Schutz von Behinderten verstoßen, führte er weiter aus. Deshalb fordere er eine angemessene finanzielle Entschädigung. Die Geschäftsführung der amerikanischen Fast-Food-Kette kündigte umgehend den Einbau von größeren Sitzecken an.

Die türkische Stadt Malataya hat ihre neue Leichenhalle (36 Plätze) mit einem Aufwachalarm ausgerüstet. Das Warnsystem soll auch auf geringste Körperbewegungen reagieren, schrieb eine türkische Nachrichtenagentur. Neu sei auch ein automatisches Verschlusssystem für die Kühlboxen, das sich bei Berührungen vollautomatisch öffne. Nach Ansicht des Friedhofsvorstehers sollte jede Möglichkeit in Betracht gezogen werden, falls eventuell die von den Ärzten der Stadt für tot erklärten Patienten aufwachen sollten.

Polizist im Berufsleben, in der Freizeit Bankräuber: Ein slowakischer Polizist hat zwischen den Dienststunden viermal dieselbe Bankfiliale überfallen. Bei den Überfällen soll er insgesamt umgerechnet rund 8000 Euro erbeutet haben. Der Polizist soll nach den Ermittlungen seiner Kollegen direkt von seiner Dienststelle in Trentschin zur Sparkassenfiliale im nahen Priewitz gefahren sein, um die Filiale zu überfallen. Als Grund für die Taten gab der Polizist hohe private Schulden an.

Um nicht beim Fremdgehen erwischt zu werden, meldete ein 24-jähriger Amerikaner aus Colorado Springs seine Verabredung als Einbrecherin. Der junge Mann steckte in einer Zwickmühle: Zum einen war er mit seiner Freundin fest liiert, zum anderen hatte er sich mit einer Internet-Bekanntschaft um drei Uhr morgens in seinem Haus verabredet. Eine günstige Zeit für einen Seitensprung, so sein Plan. Doch kurz vor dem Date kam völlig unerwartet seine Freundin nach Hause.

Als das Internet-Date vor der Tür stand, rief er bei der Polizei an und meldete einen Einbruch. Seine Hoffnung in der Not: Die Polizisten würden die Frau gleich mitnehmen und keine Fragen stellen. Doch seine neue Flamme wollte aus nachvollziehbaren Gründen nicht als Einbrecherin verhaftet werden und verwies auf die Mails, die den geplanten Geschlechtsverkehr eingeleitet hatten. Wie die Sache ausging? Der Mann bekam eine Strafanzeige wegen Falschaussage – und war mit einem Schlag beide Frauen los.

Wenn die Bio-Salatmischung mehr Bio bietet, als ein normaler Mensch vertragen kann: Eine 29-jährige Französin hat beim Kauf in einem Pariser Supermarkt eine besonders grüne Salatmischung eingekauft. Nach dem Ausschütten des Beutels in die Salatschüssel entdeckte sie beim Essen einen lebendigen kleinen Frosch auf dem Boden der Schüssel. Das Tier sei mindestens sechs Zentimeter groß gewesen, so ihre überraschend exakte Schätzung. Aus Angst vor einer Magenverstimmung rief sie den Pariser Giftnotruf an. Der offenbar völlig entkräftete Frosch überlebte diese Begegnung nicht. Wenig später schon soll er in der Salatschüssel verendet sein.

Ein Kameramann filmte in London die falsche Hochzeit und hat sich damit eine Menge Ärger eingehandelt. Weil er seinen Fehler zu spät bemerkte, musste die Zeremonie, die er eigentlich aufnehmen sollte, verschoben werden.

Umgerechnet 500 Euro gab ein Brautpaar nach Presseberichten in London aus, damit ihr hoffentlich schönster Tag im Leben professionell gefilmt wurde. Doch der Kameramann filmte im Standesamt fünfzehn Minuten die falsche Hochzeit. Seinen Fehler bemerkte er erst, als der Pfarrer vor dem Jawort die Namen von Braut und Bräutigam nannte.

Eine peinliche Rechtschreibpanne ereignete sich beim Begräbnis der volkstümlichen Sängerin Nella Martinett im Schweizer Kanton Tessin. Eine 64-jährige Floristin aus Kärnten in Österreich sollte einen Kranz für die schon vor Jahren von Kärnten nach Brissagio in der Schweiz ausgewanderte Sängerin gestalten. Auf Wunsch der Heimatgemeinde sollten auf der Schleife die Worte stehen: «In stiller Erinnerung – Stadt Rapperswil-Jona.» Zu lesen war aber: «In schtiller Erinerung – Statt Rappeswil.» – Hohn und Spott aus der Schweiz über die Schulbildung der Österreicher, Verlegen- und Betroffenheit in Kärnten. Zeitungen in der Schweiz schrieben von der «Rechtschreibpanne des Jahres».

Ohne gezieltes Marketing kommt auch der Rauschgifthandel nicht mehr aus. Um den Drogenverkauf anzukurbeln, soll nach Zeitungsberichten eine brasilianische Bande in Rio de Janeiro ihre Kokaintütchen mit Bildern der verstorbenen Sängerin Amy Winehouse geschmückt haben. Die weiße Soulsängerin hatte weltweit mit ihren Alkohol- und Drogen-Eskapaden für Schlagzeilen gesorgt. Im Alter von nur 27 Jahren starb die Sängerin im Jahr 2011. Die mit ihrem Bild versehenen Plastiktütchen wurden für umgerechnet vier bis elf Euro verkauft. Die brasilianischen Dealer müssen allerdings noch lernen, dass auch im Marketing ein gewisses Maß an Genauigkeit nicht schaden kann. Auf den Kokaintütchen ist ihr Name falsch geschrieben: Aus Amy Winehouse wurde im Drogenhandel «Amy House».

Beim Liebesakt ist ein frisch verliebtes Paar in Innsbruck fünf Meter tief in eine Baugrube gefallen. Die Feuerwehr musste beide mit Brüchen aus der Grube holen.

Er: 44 Jahre alt. Sie: 27 Jahre jung. Die beiden hatten sich in einer Kneipe in Innsbruck kennengelernt. Nach dem Genuss von diversen Cocktails wollten sie sich eigentlich auf den Weg zu seiner Wohnung machen. Doch die Lust war zu stark, an einem Gitterzaun einer Baustelle kamen sie sich bereits erheblich näher. Das Gitter gab nach, und beide fielen – immer noch umschlungen – in die Grube.

Pornobilder in einem Malheft für Kinder und Hobbykünstler haben in Paris zu Recht für Aufregung gesorgt. Zwischen Anleitungen und

Vorlagen zum Malen waren seitenweise Hardcore-Fotos abgebildet.

Die Mutter von zwei Töchtern im Alter von zehn und sechzehn Jahren war offenbar die Erste, die die Pornobilder entdeckte. Sie hatte das Heft als Überraschung für ihre Kinder gekauft. Zwischen Hinweisen zur perfekten Porträt- und Skizzentechnik lagen 20 Seiten mit mehr als eindeutigen Bildern. Der Pariser Verlag hat sich für die Panne umgehend entschuldigt. Das Missgeschick sei in der Druckerei passiert.

Der Verlag druckt neben Malheften auch Jagd- und Pornomagazine. Die unterschiedlichen Papierzufuhren waren offenbar falsch bestückt worden. Die Auflage des Malheftes mit den Pornobildern lag bei zehntausend Exemplaren. Das Heft wurde sofort vom Markt genommen, allerdings soll zu diesem Zeitpunkt ein Großteil der Auflage bereits verkauft worden sein.

Bei einer Explosion in einem Dixi-Klo verletzte sich ein 26-jähriger Soldat auf dem Flughafen von Rockhampton in Australien schwer. Er hatte die Transport-Toilette bei einer Militärübung benutzt. Nach dem Hinsetzen zündete er sich eine Zigarette an. Die brennende Kippe entzündete offenbar Gase, die sich in dem Dixi-Klo angesammelt hatten. Es kam zur Explosion, das Dixi-Klo flog in die Luft, krachte dann zusammen. Der Soldat erlitt Verbrennungen dritten Grades am Oberkörper und am Kopf. Nicht überliefert ist, was nach dem Aufwachen im Krankenhaus seine ersten Worte waren – «Was für eine Scheiße!»?

Mit ihrem Stöckelschuh tötete eine 46-jährige Frau in Georgia, USA, ihren Mann. Nach den Ermittlungen der örtlichen Polizeibehörde hatte sie immer wieder mit dem Absatz des Stöckelschuhs auf ihren zwölf Jahre älteren Lebensgefährten eingeschlagen.

Wie der Sheriff berichtete, hatten sich die beiden zuvor heftig gestritten. Nach den Schlägen mit dem Stöckelschuh hatte sie den gemeinsamen Wohnwagen in der Annahme verlassen, dass ihr Mann die Absatzattacke überleben würde und sich schon selber helfen könnte. Als sie tags darauf wiederkam, musste sie feststellen, dass ein Stöckelschuh nicht nur beim Gehen durchaus töten kann. Sie benachrichtigte selbst die Polizei und wurde verhaftet.

Mit Fitnessübungen haben Sportler im südkoreanischen Seoul versehentlich ein 39-stöckiges Gebäude ins Wanken gebracht. Das Hochhaus wurde evakuiert und geschlossen. Zunächst waren die Bewohner von einem Erdbeben ausgegangen, als das Hochhaus plötzlich zu wanken begann.

Doch Anzeichen auf Erdbeben hatte es an diesem Tag nicht gegeben, als Ursache wurde vielmehr der Aufenthalt von siebzehn Sportlern ermittelt, die sich im Fitnesscenter im 37. Stock austobten. Die Gruppe hatte das Beben nach den Feststellungen der Behörden durch ihre gleichmäßigen, rhythmischen Bewegungen ausgelöst.

Sie wollte nur mal eben kurz einer Freundin ihre Geburtstagsdaten und die ihres Ehemannes simsen. Beim Tippen der SMS war eine 49-Jährige in einer Shopping Mall in Wyomissing im US-Bundesstaat Pennsylvania so in Gedanken versunken, dass sie kopfüber in einen Brunnen stürzte. Und damit ging der Ärger für sie erst richtig los.

Denn ihr kurioser Sturz in den Wasserbrunnen war von einer Überwachungskamera aufgezeichnet worden. Zwei Tage nach dem Sturz erfuhr sie von ihrem Neffen, dass der peinliche Vorfall zum Hit bei YouTube geworden ist. Wer das Video veröffentlichte, konnte zunächst nicht geklärt werden, wahrscheinlich ein Mitarbeiter des Sicherheitsunternehmens, das für die Einkaufsmeile zuständig ist.

Fest steht, dass die Simserin keine Einwilligung gegeben hatte. Nun traf sie nach dem Sturz auch noch Spott und Hohn. Sie solle sich doch beim nächsten Einkaufsbummel einen Badeanzug kaufen, lautete ein böser Ratschlag. In anderen Kommentaren wurde die Frage aufgeworfen, ob ihr Handy nach der ungeplanten Wässerung noch funktioniert. Das tat es, und auch die körperlichen Blessuren hielten sich nach dem Sturz in Grenzen. Zum Gespött anderer Leute wollte sie dennoch nicht werden und schaltete einen Anwalt ein. Der soll nun ermitteln, wer sie nach dem Sturz ins Wasser auch noch durch den Kakao zog.

Weil ihr Lehrer beim Mopedfahren ihre Klausuren verloren hatte, mussten Schüler aus St. Pölten in Österreich ihr Mathe-Abi gleich zweimal schreiben.

Der Lehrer hatte nach der ersten Prüfung die ausgefüllten Bögen im Gepäckkoffer seines Mopeds verstaut. Während der Fahrt sprang der Deckel auf. Als er es bemerkte, war es bereits zu spät. Die Blätter waren verstreut, nicht mehr wiederzufinden oder unleserlich. Die österreichische Schulbehörde beschloss daraufhin, die gesamte Klasse geschlossen noch einmal antreten zu lassen.

Die höchste Telefonrechnung der Welt hat ein 63-Jähriger in Malaysia bekommen. Das Telefonunternehmen forderte von ihm umgerechnet 180 Billionen Euro. Dies ist deutlich mehr, als alle Telefongespräche in dem Land zusammengerechnet kosten würden.

Er sei fast in Ohnmacht gefallen, sagte er nach Angaben von Nachrichtenagenturen. Zumal ihm die Telefongesellschaft nur eine Frist von zehn Tagen einräumte, um die 180 Billionen Euro zu zahlen.

Die Rekordrechnung war noch nicht einmal auf seinem eigenen Telefonkonto aufgelaufen, sondern auf dem seines Vaters. Der war drei Monate zuvor gestorben, und sein Sohn hatte dessen Anschluss gegen Zahlung einer Restschuld von umgerechnet 19 Euro gekündigt. Damit geriet er in die Mühle der Telefongesellschaft, deren Mitarbeiter in der Buchhaltung ganz offenbar einige Zahlen verwechselten und einige dazuerfanden. Gegen die Rechnung legte er umgehend Widerspruch ein: Es sei ziemlich unwahrscheinlich, dass ein Toter in drei Monaten für 180 Billionen Euro telefoniert habe.

Wenn das keine Liebe ist: Unter zehn Tonnen stinkendem Müll fand ein 75-jähriger US-Bürger den Ehering seiner Frau wieder, den er aus Versehen weggeworfen hatte. Das Paar ist seit 55 Jahren verheiratet.

Nach einem Bericht der Lokalzeitung hatte seine Frau ihren Ehering im Badezimmer in einen Becher abgelegt, den ihr Mann später in die Mülltonne warf. Als beide den Ring vermissten, hatte die Müllabfuhr ihre Tonne bereits geleert.

Der Mann fuhr umgehend zur Mülldeponie und konnte herausfinden, dass ein rund zehn Tonnen schwerer stinkender Müllhaufen als Fundort in Frage kam. Seine Geschichte rührte den Chef des Entsorgungsunternehmens, der zusammen mit zwei Mitarbeitern den Müllhaufen akribisch untersuchte und den Ring tatsächlich fand.

Weil sie auf der Autobahn zu langsam fuhr, musste eine 78-jährige Amerikanerin in Florida fünfzehn Tage im Gefängnis verbringen. Bei ihrem Gerichtstermin war ihr Pflichtverteidiger nicht aufgetaucht und der Richter über die Hintergründe ihrer Tat falsch informiert worden.

Schon vor dem Vorfall war ihr zwar bereits einmal die Fahrerlaubnis entzogen worden. Dann hatte sie jedoch ein Schreiben der zuständigen Verkehrsbehörde erhalten, dass die Sperre abgelaufen sei und sie wieder fahren dürfe. Als sie dies betont vorsichtig tat, fiel sie einer Autobahnstreife auf, der ihre langsame Fahrweise merkwürdig vorkam. Über den Ablauf ihrer Sperre waren die Polizisten nicht informiert und brachten die Oma deshalb wegen Fahrens ohne Führerschein ins nächste Gefängnis. Erst nach fünfzehn Tagen im Knast wurde sie in Handschellen erneut einem Richter vorgeführt, der ihre sofortige Freilassung anordnete.

Einen peinlichen neuen Namen führte für ein paar Tage ein Hotel in Kalifornien. Durch den Ausfall der Buchstaben E, L und C auf dem Neonschild des Hotels wurde aus dem «Hotel Cass» so das «Hot ass», was frei übersetzt so viel wie «geiler Arsch» bedeutet. Nach dem Bericht eines amerikanischen Senders hatte zuvor ein Unbekannter durch eine technische Manipulation aus dem Beerdigungsinstitut «Ortiz Funeral Home» das «Ortiz Fun Home» gemacht. Und die Autolackierung «Johnny's Tint Station» wurde kurzfristig zu «Johnny's Tit Station».

Bei der Jagd nach einer Maus setzte ein 39-jähriger Österreicher sein Haus in Brand. 32 Feuerwehrleute mussten in Hohenfeld in der Steiermark die Flammen löschen. Unklar blieb, ob die Maus das Feuer überlebt hat.

Der Mann hatte in seinem neu gebauten Haus ein Mauseloch in der Wand entdeckt. Dieses Loch wollte er umgehend mit Kunststoffschaum abdichten, um dem Nager den Zutritt zu versperren. Was der Mäusejäger nicht bedacht hatte: Die Dämpfe des leicht entzündbaren Schaums entzündeten sich an einer in der Nähe abgestellten Kerze und setzten die ganze Wand in Brand. «Der Besitzer hofft nun, dass wenigstens die Maus tot ist», sagte der Einsatzleiter der Feuerwehr. Genauso gut ist es aber möglich, dass die Maus noch rechtzeitig flüchten konnte und sich köstlich amüsiert hat.

Auf einen zwei Zentimeter langen Nagel biss ein 47-jähriger Schwede in einem frisch gekauften Hamburger. «Die Schmerzen waren unbeschreiblich», sagte der Schwede nach einem Zeitungsbericht.

Voller Heißhunger hatte er in einer Hamburger-Filiale am Stadtrand von Göteburg zugebissen. Schon nach dem ersten Biss bohrte sich der Nagel in das Zahnfleisch. Ungeklärt blieb, wie der Nagel in den Hamburger kommen konnte.

In fünf Sekunden richtete ein russischer Gabelstaplerfahrer einen Schaden von fünf Millionen Rubel an. Der Fahrer sollte in einem Alkohollager Kisten mit Wodka und Cognac in Hochregalen verstauen. Beim Rangieren geriet er mit dem Gabelstapler an die Stütze eines Regals und löste eine Kettenreaktion aus. Die Kartons mit dem teuren Alkohol stürzten in die Gänge und trafen mehrere Nachbarregale, die ebenfalls zusammenkrachten. Der Gabelstaplerfahrer und seine Kollegen waren zunächst verschüttet, konnten dann aber aus dem Flaschenmeer befreit werden. Das Unternehmen war nicht versichert.

Durch das Mitwiegen ihrer Brüste trieb eine Mitarbeiterin eines Supermarktes auf der englischen Kanalinsel Jersey versehentlich die Preise für Obst und Gemüse in die Höhe. Der Stuhl der Kassiererin war zu niedrig eingestellt, sodass ihre Brüste auf die Waage gerieten.

Eine Kundin des Supermarktes hatte sich beim Marktleiter beschwert, weil sie für eine Melone und zwei Paprika umgerechnet zehn Euro zahlen sollte. Beim Nachwiegen durch den Marktleiter kam heraus, dass der tatsächliche Preis um sechs Euro niedriger lag. Dann wog auch die großbusige Kassiererin noch einmal nach, und wieder schnellten die Grammzahlen nach oben. Als der Marktleiter seiner Angestellten auf die Brüste starrte, erkannte er das Problem: Da der Stuhl der Kassiererin falsch eingestellt war, wog sie ihre Brüste stets mit. Die Kundin bekam das zu viel gezahlte Geld zurück. Nicht mehr geklärt werden konnte die Frage, wie viele Kunden mehr bezahlt hatten durch das Übergewicht.

Bei einer Einsatzübung für Afghanistan zerstörten schwedische Elitesoldaten kurz vor der norwegischen Grenze versehentlich ein Gebäude. Die auf Zielerkennung und Markierung spezialisierte Einheit legte ein Haus in Schutt und Asche, das mehrere hundert Meter vom eigentlichen Zielobjekt entfernt lag.

Es war wie im Lehrbuch der Arme, eigentlich. Soldaten des schwedischen Leibregimentes K 3 umzingelten das unbewohnte Haus, brachten Sprengladungen an und zerstörten durch die Explosion den Eingang. Fenster und Türen flogen durch die Druckwelle aus den Verankerungen. Die Soldaten stürmten das Haus. Mehrere Nachbarn, von der Explosion alarmiert, machten die Eliteeinheit auf ihren Irrtum aufmerksam. Das Haus in Westschweden kurz vor der norwegischen Grenze gehörte einem Wochenendurlauber. Die Armeeführung kündigte die Wiedergutmachung an.

Nach der ersten großen Freude setzte ein Riesenschrecken ein: Zusammen mit 14 Freunden hatte ein Spanier Millionen im Lotto gewonnen, konnte den gemeinsamen Tippschein aber nicht mehr finden. Die Nummer 48104 brachte den Hauptgewinn von rund neun Millionen Euro. Umso größer war nach den Zeitungsberichten die Verzweiflung, als der Mann in seiner Wohnung in Llodio im spanischen Baskenland den Tippschein offenbar verlegt hatte. Zuerst habe er seine Wohnung auf den Kopf gestellt, dann die eigenen Mülltonnen und schließlich die der Nachbarn ausgeschüttet und durchsucht.

Die Mühe lohnte sich – er fand den Tippschein wieder, wurde gemeinsam mit seinen Freunden Millionär und konnte ihnen wieder in die Augen sehen.

Jahrelang ist in einem britischen Auktionshaus eine Urne als Türstopper benutzt worden und schließlich für ein paar Pfund an einen Stammkunden des Hauses verkauft worden. Erst dann kam heraus, dass es sich bei der Urne um einen echten Schatz handelte: Die Bronze-Urne stammt aus China und wurde zwischen 1279 und 1368 während der Zeit der Yuan-Dynastie gefertigt. Der Wert der Urne liegt bei rund 17 000 Euro. Die Urne soll Mitte des 19. Jahrhunderts nach Großbritannien gebracht und seitdem als Türstopper eingesetzt worden sein.

Gelb statt blau – die Feuerwehr in Sydney in Australien wollte sich dem Modetrend nicht länger verschließen und wechselte deshalb die Farbe der T-Shirts für die Männer und Frauen der örtlichen Berufsfeuerwehr. Doch von den Frauen der Feuerwehr gab es schnell erste Klagen: Gelb sei zwar schick, schütze aber bei Nässe nicht mehr vor den Blicken von Kollegen und Passanten. Denn dieser Teil der Uniform werde bei einer Begegnung mit Wasser – und das ist bei einer Feuerwehr bekanntlich nie so ganz auszuschließen – durchsichtig. Dumm nur, dass die Leitung der Feuerwehr von Sydney die neuen gelben T-Shirts für alle Einsatzkräfte bereits gekauft hatte und nicht zurückgeben konnte. Kompromiss: Die alten blauen, blicksicheren T-Shirts dürfen weiter getragen, müssen aber selbst bezahlt werden, während es die neuen gelben weiterhin gratis gibt.

In dem Anschreiben an alle Eltern ging es um die korrekte Sprache und Grammatik. Diese sei unerlässlich und damit eine ständige Aufgabe für Lehrer und Eltern, schrieb der englische Schulleiter. Dumm nur, dass ausgerechnet diese E-Mail des Schulleiters 14 Fehler enthielt. Nach den Protesten der Eltern musste sich der Schulleiter entschuldigen.

Als «Mission Impossible» haben sich bereits zum zweiten Mal Aufgaben herausgestellt, die englische Schüler bei ihren Abschlussprüfungen lösen sollten. Die gestellte Aufgabe hatte gar keine Lösung, alle Schüler konnten nur scheitern.

Die erste Panne geschah in einer Matheprüfung. 6790 Schüler versuchten vergeblich, in der Klausur eine Aufgabe zu lösen, die nicht zu lösen war, berichtete der britische «Guardian». Der zweite Fehler schlich sich in die Abschlussklausur in Betriebswirtschaft ein, die Schüler aus England, Wales und Nordirland gemeinsam schrieben. Es ging in der Aufgabe um die Gewinne einer Schokoladenfabrik. Allerdings fehlten wichtige Angaben, um den Gewinn korrekt berechnen zu können.

Einige Schüler hatten nach den Angaben eines Wirtschaftslehrers die Aufgabe schnell übersprungen. Andere mühten sich extrem lange ab, um die Rechnung zu lösen, sodass für die anderen Aufgaben kaum noch Zeit blieb. Trotzdem lehnten die Schulbehörden eine Wiederholung der Klausur ab. Dabei ging es um das «A-Level», vergleichbar dem deutschen Abitur. Die Noten entscheiden über die Hochschulzulassung.

Leider nicht nachprüfbar, ob diese Meldung aus England wirklich stimmt. Kann sein, dass hier deutlich übertrieben wurde, denn die Quelle ist die berühmt-berüchtigte «The Sun». Also: Nach einem Bericht dieser Zeitung musste eine 37-jährige Londonerin ihr neu gekauftes Cabrio stehen lassen, weil ihre Brüste zu groß waren.

Offenbar hatte die Frau auf eine Probefahrt verzichtet, als sie den Sportwagen bestellte und bezahlte. Als sie sich zum ersten Mal angurten wollte, gab es eine unangenehme Überraschung: Der Gurt passte nicht über ihre Brüste. Ihre BH-Größe wird mit Doppel-F angegeben. Sie musste ihr nagelneues Cabrio stehen lassen. Nach dem Zeitungsbericht soll die Panne für die Vollbusige der Anlass zum radikalen Abnehmen gewesen sein. Mit einer Verzögerung von 18 Monaten und um sechzig Kilo leichter soll sie endlich mit ihrem neuen Cabrio losgebraust sein.

Notruf mitten in der Nacht bei der Polizei in Wales. Doch der Anrufer sagt kein Wort. Ein Verbrechen? Ein Notfall? Mit Blaulicht rast die Polizei zu der Adresse, von der der Anruf über Festnetz gekommen war. Der 64-jährige Besitzer des Anschlusses ist vom Eintreffen der Polizei überrascht. Ihm geht es gut, er hatte sie auch nicht gerufen. Wer aber hatte dann angerufen? Es war vermutlich sein Kater. Denn das Tier lag auf der Telefonanlage und schlief. Dabei muss es die Taste mit dem eingespeicherten Notruf gedrückt haben.

Einen Monat lang wechselte der japanische Astronaut Koichi Wakata bei seiner Mission in der internationalen Raumstation seine Unterhose nicht. Die Mission Unterhose geschah im wissenschaftlichen Auftrag. Weil für eine Waschmaschine in der Raumstation kein Platz ist, sollte Wakata herausfinden, ob ein Wechsel der Unterwäsche überhaupt notwendig ist.

Die Entwicklung der speziellen Hightech-Unterhose hatte die japanische Raumfahrtbehörde JAXA in Auftrag gegeben. Die Unterwäsche besteht aus einer neuen Art von antibakteriellem Stoff und Feuchtigkeit absorbierendem Gewebe, das unangenehme Gerüche neutralisieren soll. Das Mischgewebe aus Baumwolle und Polyester ist mit einer speziellen Faser durchzogen. Weitere Einzelheiten über die Zusammensetzung der 1-Monats-Unterhose wollte die Raumfahrtbehörde zunächst nicht offenlegen.

Der japanische Astronaut hielt sich vier Monate lang in der Raumstation auf, in den letzten vier Wochen vor der Rückkehr zur Erde trug er die spezielle Unterhose.

Das Experiment endete mit der Landung der Raumfähre «Endeavour» am 31. August 2009.

Ob und wann die Weltraum-Unterhose auf den Märkten

für jedermann eingeführt wird, steht noch nicht fest. Der Bedarf wäre jedenfalls vorhanden: Nach einer Umfrage wechseln 20 Prozent der Männer in Deutschland ihre Unterwäsche nicht täglich. Zum Vergleich: Nur acht Prozent der Frauen tragen noch die Unterwäsche vom Vortag. Im Wäscheschrank eines Mannes sollen durchschnittlich nur 19 Unterhosen liegen. Die Weltraum-Unterhose wäre in diesen Fällen eine sinnvolle Ergänzung.

Was für eine Blamage! In einem Hotel in Neuseeland soll sich eine amerikanische Touristin darüber beschwert haben, dass sich der Mikrowellenherd in ihrem Zimmer nicht öffnen lasse. Das Hotelpersonal stellte fest, dass die Touristin versucht hatte, eine Tiefkühlpizza im Hotelsafe aufzuwärmen. Die Zahlenkombination des Zimmertresors hatte sie mit der Programmierung eines Mikrowellenherdes verwechselt. In der Annahme, dass die Pizza gleich heiß sei, hatte sie den Tresor verschlossen.

Der Pannenklassiker bei Onlinebuchungen: Ein verliebter 21-jähriger Brandenburger wollte seine Freundin im australischen Sydney besuchen. Mit T-Shirts und Shorts stieg er ins Flugzeug und fand sich nach der Landung im verschneiten Städtchen Sidney im US-Staat Montana wieder.

Beim Umsteigen in Portland/Oregon habe er sich zwar gewundert. Aber er habe sich nicht getraut, beim Flugzeugpersonal oder im Flughafen nachzufragen. Drei Tage lang musste er im falschen Sidney warten, bevor das Geld für den Weiterflug ins richtige Sydney von seinen Eltern nachgeschickt wurde.

Ein 14-jähriges Krokodil aus einem Zoo in der Ukraine verschluckte das Handy einer Besucherin und verlor dann den Appetit. Im Bauch des Krokodils hatte es mehrmals geklingelt.

Die Besucherin wollte das Tier mit ihrem Mobiltelefon fotografieren und ließ es dabei ins Wasser fallen. Blitzschnell hatte das Krokodil das Handy heruntergeschluckt.

Die Besucherin informierte das Personal des Zoos, das ihr zunächst aber nicht glauben wollte. Deshalb habe sie ihre eigene Handynummer gewählt und damit die Mitarbeiter von der Richtigkeit ihrer Angaben überzeugt. Denn im Bauch des Krokodils klingelte es. Offenbar riefen auch mehrmals Verwandte und Freunde der Zoobesucherin an. Das Klingeln im Bauch rief laut Zooleitung bei dem Tier eine Depression hervor. Das Krokodil spielte nicht mehr mit seinen Artgenossen und verweigerte die Nahrungsaufnahme. Schließlich konnte nur noch eine Operation helfen, bei der das Mobiltelefon aus dem Bauch des Krokodils entfernt wurde.

Beim Versuch, eine tote Katze aus einem Trinkwasserbrunnen zu holen, sind im Jemen drei Männer nacheinander ertrunken. Nach einem Bericht der Lokalzeitung hatte der Besitzer des Brunnens in der Stadt Hoheida einen Handwerker beauftragt, die eine Woche zuvor verendete Katze zu entfernen. Der Mann ließ sich mit einem Seil in den Schacht hinunter und wurde aufgrund des starken Verwesungsgeruchs ohnmächtig. Der Handwerker stürzte ins Wasser und ertrank. Der Bruder des Handwerkers kletterte ebenso wie ein Mitarbeiter in den Schacht, um zu helfen. Beide verloren ebenfalls das Bewusstsein und ertranken. Auch ein vierter Mann, der sich in den Schacht begab, wurde ohnmächtig. Er konnte jedoch gerade noch rechtzeitig von der Polizei vor dem Ertrinken gerettet werden. Die Polizei zog die drei toten Männer sowie die Katze aus dem Brunnen, der danach gesperrt wurde.

Vor lauter Aufregung vor dem großen Spiel nässte sich ein kleiner Balljunge bei den «Australian Open» ein. Das Match zwischen dem Belgier Christophe Rochus und dem US-Amerikaner Donald

Young musste deswegen für vierzig Minuten unterbrochen werden. Zunächst gab es keinen Ersatz für den aufgeregten Balljungen, dann musste ein Teil des Platzes neu gestreut und getrocknet werden.

Die dümmste Sportanzeige aller Zeiten erschien in der US-Tageszeitung «Miami Herald» nach der Entscheidung in der Finalserie in der NBA. Das Finale hatten zum ersten Mal in ihrer Klubgeschichte die «Dallas Mavericks» gewonnen, die örtlichen «Miami Heat» hatten ausgerechnet ihr Heimspiel verloren. Doch in der Ausgabe der Zeitung am Tag nach der Entscheidung gratulierte eine Kaufhauskette in einer fast ganzseitigen Anzeige der falschen Mannschaft zum Titelgewinn: «Glückwunsch Miami.» Mit der Anzeige sollten die ersten Fanartikel für den neuen NBA-Champion aus Miami unter die Fans gebracht werden.

Wegen einer kleinen Maus hat sich der Pilot eine Linienmaschine von Amsterdam nach New York geweigert einzusteigen. 300 Passagiere mussten das Flugzeug wieder verlassen und über drei Stunden warten, bis die Maus eingefangen war.

Der Maus-Alarm soll durch eine Stewardess ausgelöst worden sein. Sie sah eine Maus an Bord des Flugzeuges umherhuschen. Darauf lehnte der Pilot den Start ab und wollte erst gar nicht in das Flugzeug einsteigen. Mutmaßlich war es keine Angst vor der Maus, sondern Umsicht: Das Nagetier könnte eine Katastrophe auslösen, wenn es Kabel anknabbert.

Bei seinem Versuch, seinen Sitz weiter nach vorne zu schieben, löste ein indischer Kopilot den Sturzflug einer Passagiermaschine aus. Dabei geriet der Kopilot so in Panik, dass er völlig vergaß, was in solchen Situationen zu tun ist. Der Sturzflug ging über 2000 Meter. Erst der Kapitän konnte den Aufprall verhindern.

Während der 39-jährige Kapitän auf der Toilette war, wollte sein 25-jähriger Kopilot seinen Sitz nach vorne rücken. Dabei riss er aus Versehen den Steuerknüppel herum. Durch die lauten Warngeräusche des Bordcomputers geriet er nach den Ermittlungen der Luftfahrtbehörde in Panik, sodass er «weder das Flugzeug unter Kontrolle bringen noch die automatisch verschlossene Cockpit-Tür öffnen konnte». Unter den 113 Passagieren löste der 2000 Meter tiefe Sturzflug Entsetzen aus: Viele schrien, Gepäckstücke flogen durch die Kabine. Erst als es dem Kapitän gelang, die verschlossene Tür zum Cockpit mit einem Notfallcode zu öffnen und seinem Kopiloten den Steuerknüppel zu entreißen, konnte die Katastrophe verhindert werden.

Sein Kopilot war mit den Nerven völlig am Ende und hatte bereits mit seinem sicheren Tod gerechnet.

Ein Abschiedskuss löste auf dem US-Flughafen Newark einen Sicherheitsalarm aus. Die Abfertigung von Passagieren und Gepäck kam für Stunden in Terminal C des Flughafens zum Erliegen.

Nach den Videoaufzeichnungen des Flughafens war der Mann nach dem Einchecken seiner Frau unter einem Absperrseil durchgeschlüpft und mit ihr Hand in Hand in die Sperrzone gelaufen. Dort kam es zu dem folgenreichen Kuss. Beide berührten dabei eine Tür und lösten damit die Alarmkette aus. Alle wartenden Passagiere, die ihre Flugzeuge besteigen wollten, wurden daraufhin erneut kontrolliert. Der Mann, der mit seinem Abschiedskuss den Alarm ausgelöst hatte, konnte übrigens nicht ermittelt werden.

Worüber unterhalten sich Piloten? «Nur Homos und Großmütter» – mit diesen Worten lästerte der Pilot der Boeing 737 der Fluggesellschaft «Southwest Airlines» auf dem Weg von Texas nach Kalifornien über seine Fluggäste. Dumm für ihn, dass das

Mikro eingeschaltet war und andere Piloten sowie die Fluglotsen im Flughafentower seine sexistischen Sprüche mithörten.

In 10 000 Metern Höhe lästert der Pilot über seine Passagiere: «Immer nur Homos und Großmütter.»

An die Zeit nach dem Rückflug nach Texas denkt er offenbar mit Schrecken.

Der Pilot wörtlich: «Jetzt bin ich wieder in Houston, die schlimmste und hässlichste Basis von allen. Ich meine, all diese alten Typen und Omas. Da gibt es höchstens eine Handvoll scharfer Bräute.» Der Monolog bricht erst ab, als sich ein Fluglotse einschaltet: «Also wer auch immer dort draußen gerade sendet. Er sollte aufpassen, was er sagt. Das Mikro ist noch an. Von seinen diversen Bemühungen wollen wir hier wirklich nichts hören.» Auch der Pilot einer anderen Maschine schaltet sich in diesen Funkverkehr ein: «Kein Wunder, dass Piloten einen schlechten Ruf haben.»

Der Pilot konnte nach Angaben der Airline zunächst nicht ermittelt werden.

Dies gelang erst nach Beschwerden von Kunden. Der meckernde Pilot wurde vom Dienst suspendiert, aber nicht gefeuert. Die Fluggesellschaft hat auch seine Angestellten und andere Piloten um Entschuldigung gebeten.

Bei seinem Besuch eines Nachtklubs in Wales ist ein 35-jähriger Londoner nach eigenen Angaben von einem Teletubby angegriffen worden. Die rote «Po» habe ihm einen Faustschlag auf den Kopf versetzt, sagte er später der Polizei. Er habe sich nach dem Schlag umgedreht und zu seiner Überraschung Teletubby «Po» gesehen. Da er nicht schwer getroffen worden sei, habe er die Verfolgung aufgenommen und der Teletubby auf der Straße nachgesetzt. Dort will er auf zwei weitere Teletubbies gestoßen sein: «Laa-Laa», die behauptete, sie kenne «Po» nicht, und «Dipsy», die überhaupt nichts gesagt haben soll. Die Polizei soll versichert haben, den Vorfall ernst zu nehmen. Im Zuge der Ermittlungen konnten die drei Teletubbies jedoch nicht aufgespürt werden.

Ein italienisches Ehepaar nahm versehentlich an einer Kreuzfahrt für Homosexuelle teil. Die Schifffahrtsgesellschaft habe sie darüber nicht informiert und müsse deshalb die Reisekosten ersetzen.

Beim Einchecken an Bord des Kreuzfahrtschiffes in Civitavecchia nördlich von Rom wunderte sich das Ehepaar über die vielen Männer, die zum Teil händchenhaltend das Schiff füllten. Erst nach dem Ablegen des Schiffes in Richtung Barcelona sei ihnen von der Reiseleitung bestätigt worden, dass diese Fahrt ausschließlich für Homosexuelle organisiert und dass auch das Abendprogramm und die Ausflüge auf die gleichgeschlechtlichen Paare abgestimmt worden waren. An Bord des Schiffes traf das heterosexuelle Paar mehrere Bekannte und Personen, die in der Nähe ihres Arbeitsplatzes leben. Dies sei extrem peinlich gewesen, klagte das Ehepaar nach ihrer Rückkehr von der Homo-Kreuzfahrt. Die Eheleute reichten eine Klage auf Erstattung des Reisepreises in Höhe von 3000 Euro ein.

Eine heiße Pizza setzte in Amsterdam ein Moped in Brand. Hinter dem Pizzaboten auf seinem Moped wehten dichte Rauchschwaden, die er nicht bemerkte. Erst die Polizei konnte den Brand löschen.

Um keine lauwarmen Mahlzeiten ausliefern zu müssen, hatte ein Pizzabäcker in Amsterdam seine Kurierfahrer mit Heizboxen auf ihren Mopeds ausgerüstet. Als einer von ihnen durch die Straßen von Amsterdam brauste, stand plötzlich die Box in Flammen. Der Kurierfahrer bemerkte das durch einen Kurzschluss entfachte Feuer nicht und raste weiter durch die niederländische Metropole. «Die Pizza überstand den Brand, hatte aber einen extra knusprigen Boden», so steht es wörtlich im Polizeibericht.

Für ein Nickerchen der falsche Ort zur falschen Zeit: Während einer Live-Schalte im amerikanischen Fernsehen schlief der Reporter ein. Vor laufender Kamera verfiel der TV-Mann in einen Tiefschlaf, aus dem ihn auch der Moderator der Sendung nicht wecken konnte.

Eigentlich sollte der Reporter live im Frühstücksfernsehen um halb sechs Uhr morgens über die aktuellen Geschehnisse im Weißen Haus berichten. Doch als zu ihm geschaltet wird, ist der Reporter mit seinem Kopf auf der Brust und geschlossenen Augen zu sehen. Der Moderator versucht mehrmals in seinem TV-Studio in Texas, seinen Kollegen zu wecken. «Hallo, hallo!», immer wieder.

Aber der Moderator kann ihn nicht aus dem Schlaf holen. «Hallo ... das wird nichts ... okay, wir versuchen es später noch mal.»

Der Reporter behauptete später, gar nicht geschlafen zu haben. Er habe sich auf seine Aufgabe konzentriert. Außerdem sei die Leitung zu ihm defekt gewesen. Er habe nicht mitbekommen, dass er angesprochen wurde. Ob ihm das jemand geglaubt hat?

Weil das Geld für Flugbenzin fehlte, sollten die Passagiere bei einem Zwischenstopp umgerechnet 23 400 Euro in bar für den Weiterflug zahlen. Wer kein Bargeld dabeihatte, sei von Besatzungsmitgliedern des Flugzeuges zum Geldautomaten am Flughafen gebracht worden.

Nach Angaben von Nachrichtenagenturen ereignete sich der Zwischenfall bei einem Zwischenstopp in Wien. Sechs Stunden lang seien die Passagiere an Bord festgehalten und von der Crew regelrecht erpresst worden. Die Piloten hätten erklärt, dass das

Geld für Flugbenzin fehle. Jeder Passagiere müsse deshalb umgerechnet 280 Euro in bar nachzahlen. Kinder unter zwei Jahren brauchten nicht zu zahlen.

Mit dem Geld für neues Flugbenzin konnte dann wie geplant der Weiterflug nach Birmingham angetreten werden. Nach der Landung beschwerten sich die Passagiere, so kam die Sache ans Licht.

«Alle aussteigen! Ich bin jetzt Lotto-Millionär!» Mit diesen Worten beendete der 49-jährige englische Busfahrer John Noakes seine Tour. Er hatte gerade über Funk erfahren, dass er gemeinsam mit elf Kollegen umgerechnet 45 Millionen Euro im Euro-Lotto gewonnen hatte.

Der Geldsegen brachte die Verkehrsbetriebe im englischen Corby umgehend in Schwierigkeiten. Denn die frischgebackenen Lotto-Millionäre stellten gleich an Ort und Stelle ihre Arbeit ein und erschienen auch am nächsten Morgen nicht mehr zur Tagesschicht. Ungewiss, ob auch nur einer der zwölf auf einen Schlag schwerreichen Busfahrer je wieder hinter dem Lenkrad Platz nehmen wird. Mit dem Ausfall von gleich zwölf Busfahrern in der englischen Kleinstadt hatte selbstverständlich niemand rechnen können. Deshalb kam es teilweise zu erheblichen Verspätungen, mehrere Linien fielen zunächst ersatzlos weg.

Die meisten der zwölf Busfahrer standen kurz vor der Pensionierung. Jeder von ihnen gewann über dreieinhalb Millionen Euro.

Pech hatte allerdings eine Kollegin der schwerreichen Busfahrer. Die alleinerziehende Mutter war nach drei Jahren unmittelbar vor dem Gewinn des Jackpots aus der Tippgemeinschaft ausgetreten. Sie hatte wöchentlich umgerechnet 2,40 Euro für die Lottoscheine ausgegeben und wollte sich diese Ausgabe sparen.

Wie gewonnen, so zerronnen: 300 dänische Lottospieler sind mehrere Stunden davon ausgegangen, Millionäre geworden zu sein. Sie hatten von der dänischen Lottogesellschaft E-Mails mit Glückwünschen zum Millionengewinn erhalten.

Es ging insgesamt um einen vermeintlichen Gewinn von 28 Milliarden Kronen, das sind umgerechnet rund drei Milliarden Euro. Die angeschriebenen Lottospieler hatten zwar auch gewonnen, jedoch nur kleinere Summen. Die E-Mail für Lotto-Millionäre war ihnen versehentlich zugeschickt worden. Die dänische Lottogesellschaft informierte Stunden später über die Verwechselung, sodass wahrscheinlich noch keiner der Lottospieler den Kaufvertrag für eine Yacht oder den lang ersehnten Luxus-Sportwagen unterschrieben hatte. Manche der falsch informierten Lottospieler seien sehr wütend gewesen, gestand die dänische Lottogesellschaft ein.

Prinz Philipp von und zu Panne

Lag es an seinem hohen Lebensalter? Oder ließ sich das ewige Leben als Prinzgemahl der Queen nur mit Sarkasmus ertragen? Oder war vielleicht sogar seine deutsche Herkunft schuld? Kein anderer Monarch ist jedenfalls so oft in ein Fettnäpfchen getreten wie Prinz Philip Andrew Mountbatten, Duke of Edinburgh, im Juni 1921 auf Korfu geboren und seit November 1947 verheiratet mit der britischen Königin Elisabeth II.

Prinz Philip ist der dienstälteste Prinzgemahl in der langen Geschichte des britischen Königreichs. Und hatte dadurch ungewöhnlich viel Zeit und Gelegenheit, sich mit seinen Sprüchen in die Nesseln zu setzen. Mal löste er damit bei seinen Gästen und Gastgebern auf Staatsempfängen Verwirrung oder betretenes Schweigen aus, jetzt gilt der Pannenprinz mit seinen deftigen Sprüchen als Kultfigur. Hier eine kleine Auswahl.

«Wenn ein Mann einer Frau die Autotür öffnet, kann das zweierlei bedeuten: Entweder ist die Frau neu oder das Auto!»

2004 zu seinem Biographen

«Wissen Sie, dass es jetzt Hunde gibt, die für Magersüchtige das Essen übernehmen?»

2002 zu einer Blinden mit Blindenhund

«Da schickt man die Kinder in die Schule, damit man sie los ist, und dann machen sie einem in den Ferien das Leben schwer!»

2002 bei einer Schuleröffnung

«Taub?! Ist hier ja auch kein Wunder, dass ihr taub seid.»

1999 zu gehörlosen Jugendlichen, die bei der Eröffnung des walisischen Parlaments neben einer Band standen

«Guten Tag, Herr Reichskanzler!»

1997 auf der Hannover-Messe zur Begrüßung des damaligen Bundeskanzlers Kohl

«Wie halten Sie die Eingeborenen hier lange genug vom Saufen ab, dass sie die Fahrprüfung bestehen?»

1995 zu einem schottischen Fahrlehrer

«Werft ihr immer noch Speere aufeinander?»

Zu Aborigines

«Wenn Sie länger hierbleiben, werden Sie alle Schlitzaugen bekommen.»

Zu britischen Studenten in China

«Sie sind doch eine Frau, oder?»

Zu einer Kenianerin

«Schaut euch diese Holländer an – haben Gesichter wie Hintern.»

Beim Den-Haag-Besuch

«Warum haben Sie einen Stock, wenn Sie im Rollstuhl sitzen?»

Zu einem Gast im Palast

«Sie sind in dem Ding ein Sicherheitsrisiko!»

Zu einer Rollstuhlfahrerin

«Wo hast du diesen Hut her?»

Bei der Krönung von Königin Elisabeth II.

«Er sieht aus wie ein Pflaumenpudding.»

Über Baby Charles

«Ich bin nichts als eine verdammte Amöbe!»

Über seine eigene Rolle

«Sie sehen aus, als wären Sie fertig fürs Bett.»

Zum nigerianischen Präsidenten im traditionellen Gewand

«Davor müsstest du aber etwas abspecken.»

2001 zu einem 13 Jahre alten Jungen, der erzählt hatte, er wolle Astronaut werden

«Es ist eine angenehme Abwechslung, in einem Land zu sein, das nicht vom Volk regiert wird.»

1962 zu Paraguays Diktator Alfredo Stroessner

«Ihr seht aus wie Draculas Töchter.»

1998 im Gespräch mit Schülerinnen der Queen-Anne's-Schule in Reading, die blutrote Uniformen trugen

«Womit haben Sie verdient, dass Sie hier sind?»

Zu einem kanadischen Reporter

«Wie hätte ich das anstellen sollen? Seit 1947 folgt mir Tag und Nacht ein Sicherheitsbeamter.»

Argumentierte er seinem Biographen gegenüber, als das Gerücht aufkam, er hätte eine Affäre

«Sie versäumen nicht viel, England ist noch immer genauso langweilig!»

Zu einer Engländerin in Neuseeland, die über Heimweh klagte

«Sie können noch nicht so lange hier sein, Sie haben keine Wampe.»

1993 bei einem Gespräch mit einem Briten in Budapest

«Schade, dass es nicht das Genick war!»

Über einen Pressefotografen, der sich das Bein gebrochen hat

«Eine unglaubliche Platzverschwendung!»

Über die britische Botschaft in Berlin

«Es tut mir leid, aber ich habe den Sinn Ihrer Rede nicht verstanden. Könnten Sie sie wiederholen?»

1956 zu einem Unternehmenschef, der auf der Duke-of-Edinburgh-Konferenz eine dreiminütige Rede über soziale Verantwortung hielt

«Sie haben es also geschafft, nicht verspeist zu werden?»

1998 zu einem Landsmann, der zu Fuß durch Papua-Neuguinea gewandert war

«Stammen die meisten von Ihnen nicht von Piraten ab?»

1994 zu einem Museumskurator auf den karibischen Kaimaninseln

«Sie haben Moskitos. Ich habe die Presse.»

Zu der Leiterin eines Krankenhauses in der Karibik

«Die britischen Geschäftsleute sollten endlich die Ärmel hochkrempeln, die Arbeitslosen können ja auswandern, wenn ihnen das nicht passt!»

In einer Attacke auf den Sozialstaat

«Ach ja, wir haben dieses Problem in unserer Familie auch!»

Antwort auf die Aussage eines Ehemannes, der sagte: «Meine Frau hat einen Doktor in Philosophie und ist viel wichtiger als ich!»

«Hiermit erkläre ich dieses Ding, was immer es auch ist, für eröffnet.»

Über die Einweihung eines Anbaus am Rathaus von Vancouver

«Das sieht aus, wie von einem Indianer installiert!»

1999 bei der Betrachtung eines notdürftig angebrachten Sicherungskastens in einer Elektrofirma

«Das Problem in London sind die Touristen. Wenn wir den Tourismus einfach stoppen könnten, könnten wir die Staus beenden.»

Zur Debatte über den Verkehr in London

«Sollte ich einmal wiedergeboren werden, dann bitte als tödlicher Virus. So könnte ich meinen Teil beitragen, um das Problem der Überbevölkerung zu lösen.»

Aus dem Vorwort des Buches «Wenn ich ein Tier wäre ...»

«Tragen Sie eigentlich karierte Unterhosen?»

Zu der schottischen Abgeordneten Annabel Goldie

«Tourismus ist nichts weiter als nationale Prostitution.»

Zu einer Tourismusexpertin in Slowenien

«Ich schlage vor, dass Autofahrer statt Nummernschilder künftig Schilder mit Namen und Adresse an ihrem Wagen führen sollten. Das bringt Manieren bei.»

«Wenn zum Beispiel ein Kricketspieler plötzlich beschließt, in eine Schule zu gehen und Menschen mit einem Kricketschläger totzuschlagen, das könnte er ohne Probleme, würden Sie dann Kricketschläger verbieten?»

Nach dem Amoklauf im schottischen Dunblane

«Was nicht furzt und kein Heu frisst, interessiert sie nicht.»

Über die Begeisterung seiner Tochter Prinzessin Anne für Pferde

«Der liebe Gott hat viele Tiere gemacht, aber keins ist so dumm wie das Pferd!»

Angeblich, um seine Frau zu ärgern

«Erst haben die Leute gejammert, dass sie zu wenig Zeit haben. Und jetzt beklagen sie sich, wenn sie arbeitslos sind.»

Über die englische Gesellschaft

«Die Bastarde haben meine halbe Familie ermordet!»

Zur Frage, ob er gerne die Sowjetunion besuchen würde

«Wenn es vier Beine hat und kein Stuhl ist oder wenn es zwei Flügel hat und fliegt, aber kein Flugzeug ist, oder wenn es schwimmt und kein U-Boot ist, dann werden es die Chinesen essen.»

1986 bei einem WWF-Treffen

«Britische Frauen können nicht kochen!»

1966

«Genug mit dem offiziellen Eisenhandel! Lasst uns was trinken!»

Bei einer Ordensverleihung

Panne exklusiv – Schlagzeilen und Werbesprüche

«Coffee to go ... jetzt auch zum Mitnehmen.»

Schild vor einem Café in Düsseldorf-Oberkassel

«In Vogelsang kam es dann zum großen Wiedersehen: ‹lauter Menschen und Hunde, die vor Freude geweint haben.›»

«Kölner Stadt-Anzeiger»

«Es geht um Tausende von Frauen, die Gaddafi vergewaltigt haben sollen.»

«Express», Köln

«Eigenes Knie pfeift Stürmer zurück.»

«Ruhr-Nachrichten»

«Ist vielleicht ein Baby unterwegs? Seine funkelnden Bernsteinaugen schweigen.»

«Bild»-Zeitung über Fritz Wepper

«Haftstrafen für zerstückelte Leiche.»

«Stuttgarter Zeitung»

«Casper David Friedrich starb 1840 im Alter von 65 Jahren in Dresden. Auch seine Bilder sind wenig lebhaft.»

«Stern» TV

«Sie hat deshalb am Mittwoch dem Gesundheitsausschuss des Bundesrats einen Gesetzentwurf übermittelt, der vorsieht, dass sich alle Bürger bei der Änderung oder Ausstellung eines Personalausweises oder Reisepasses verbindlich erklären müssen, ob sie Organspender werden wollen. Der Entwurf zu dieser Erklärungslösung soll Bürgern auch die Möglichkeit geben, sich nicht verbindlich festzulegen.»

Aus dem «Mitteilungsblatt der Gemeinde Hausen»

«In der russischen Teilrepublik Jakutien frieren die Menschen sogar bei minus 54 Grad.»

«Süddeutsche Zeitung»

«Für den Zeitraum war in dem Gebiet zwar der Luftraum gesperrt – für Schiffe galt dies jedoch nicht.»

«Husumer Nachrichten»

«Nach seiner fachlichen Einschätzung sind viele Fehler, die beim Backen passieren, nicht vom Verbraucher zu bemerken. Dass dieses auch so bleibt, dafür fährt der Fachmann im Jahr etwa 50 000 Kilometer durch den Süden des Landes.»

«Schwäbische Zeitung»

«Brüssel beschneidet Bauern.»

«Mainzer Allgemeine Zeitung»

«Die Weinreise, zu der ich Sie heute entführen möchte, geht nach Südafrika, und zwar nach Argentinien.»

«Göttinger Tageblatt»

«Empörte Bauern aus Diepholz trieben Schweine vor den Bundestag. Landwirtschaftsminister Borchert sprach mit ihnen.»

Aus dem «Straubinger Tagblatt»

«Eichhörnchen sammeln vielerorts fleißig Kastanien, aber auch zahlreiche Kielerinnen und Kieler.»

Aus der «Kieler Zeitung»

«Die Feuerwehr fing den Hund ein, anschließend brachte ein Krankenwagen den Mann in eine Klinik. Jetzt wird entschieden, ob er eingeschläfert wird.»

Aus dem «Tagesspiegel»

«Ekelfleisch war schon länger auf Dienstweg.»

«Schwäbische Zeitung»

«Die Trennung gilt in der Psychologie als der zweitgrößte Stressfaktor des Lebens nach dem Tod.»

«Neon»

«Nach der Verkostung von rund zwei Dutzend Probanden, die jeweils vom Gastgeber in heißer Milch aufgelöst und ohne Zusatz von Zucker serviert wurden, hinterließen am Ende eine Handvoll davon anhaltenden Eindruck.»

«Tagesspiegel»

«In Niedersachsen getötete Schweine dürfen nach einer Entscheidung der Europäischen Union nicht lebend außer Landes gebracht werden. Für bereits geschlachtete Tiere gilt dieses Verbot nicht.»

Aus der «Hersfelder Zeitung»

«Notruf-Telefone, Beratungsstellen oder sichere Unterkünfte für Frauen waren nicht unbedingt die Markenzeichen des Mittelalters.»

«Nürnberger Abendzeitung»

«Das Auto überschlug sich mehrere Male, ehe es total beschädigt zum Stehen kam. Der junge Mann hatte einen Schutzengel und konnte sich nahezu unverletzt aus dem Frack befreien.»

«Bayerische Rundschau»

«Der Fahrer war nicht angeschnallt, flog durch die Windschutzscheibe und zum Schluss mit dem Rettungshubschrauber.»

«Westdeutsche Allgemeine Zeitung»

«Links Beinamputierter sucht rechts Beinamputierten zwecks gemeinsamen Schuhkaufs (Größe 47). Eventuell auch Strümpfe.»

«Ihr Anzeiger», Itzehoe

«Wo sonst kann man Norbert Blüm und Konrad Adenauer über den Weg laufen?»

«Südwestpresse»

«Super: Debakel für die deutschen Frauen!»

«Hamburger Morgenpost»

«Wartungspanne: Airbus startet ohne fehlende Schrauben.»

«Nordsee-Zeitung»

«Jusos beklagen: Zu wenig Wickeltische für Männer.»

«Lübecker Nachrichten»

«Er warnte aber davor, den ersten Schritt vor dem zweiten zu machen!»

«Meppener Tagespost»

«Einmalige Chance ein zweites Mal nutzen.»

«Diepholzer Kreisblatt»

«Aus Eifersucht nach 10 Jahren Ehe: Mordversuch an der Badewanne.»

«Chemnitzer Morgenpost»

FSC
www.fsc.org
MIX
Papier aus verantwortungsvollen Quellen
FSC® C083411

Das für dieses Buch verwendete FSC®-zertifizierte Papier
Lux Cream liefert Stora Enso, Finnland.